목요일에
만나요

거인들이 울 땐, 그저 가만히 서서
그들의 슬픔이 잦아들 때까지 기다려주어야 한다.
이것이, 이보나가 내게 가르쳐준 세상에 대한 예의였다.

목요일에 만나요

조해진 소설

문학동네

TABLE OF CONTENTS

PASSWORD

그때는 또한, 다이어리 '이달의 계획'
마지막 줄에 언제나 예외 없이 '자살'이라는 단어를
연필로 꾹꾹 눌러썼던 시절이기도 했다.

1

서울에 대한 첫인상은 그리 좋지 않았다. 서울에서 만난 많은 사람들은 나 같은 불우한 인간을 위해 뭐든지 해줄 수 있다는 식의 과잉된 친절과 배려를 보였지만, 이상하게도 내게는 자주 불안감이 엄습했다. 내 자리가 없는 곳, 내가 없을 때에만 비로소 완벽한 본래의 모습을 찾게 될 것 같은 곳, 하여 나로 인하여 인위적인 평온을 가장해야 하고 그 가장의 시간이 불편하다고 호소하고 있는 듯한 곳……이런 상념들이 명색이 내가 태어난 곳에 대한 첫인상이라는 것을 나조차 받아들이기 힘들었다. 물론 나는 나의 잘못을 알지 못했다. 내가 무엇을 잘못했는지 알지 못했기에 일정을 마치고 호텔로 돌아가면 무언가 억울한 기분에 사로잡혀 냉장고에서 찬 맥주를 꺼내 마시곤 했다.

만약 그때 나 역시 다른 행사 참가자들처럼 생모를 만났다면 안에서부터 문을 닫아놓은 것 같은 서울에 대한 나의 첫인상 따위는 잊은 채 다만 뜨거운 감격 속에서 귀국할 수 있었을까. 전 세계 한국계 입양인들의 네트워크라는 그 비영리 단체에서 마련한 2주간의 행사 기간 동안, 그러나 나의 생모만은 끝내 나타나지 않았다. 단체에 속한 스태프들이나 대학생 위주의 봉사단은 그것이 마치 그들의 잘못이나 실수라도 되는 듯 내 눈을 똑바로 바라보는 것조차 힘들어했다.

생모를 만나지는 못했지만 대신 돌아가신 생부의 누나, 그러니까 내게는 고모가 되는 사십대 후반의 여성이 나를 찾아오긴 했다. 12년 만에 만난 고모를 나는 알아보지도 못했지만 그녀는 나를 보자마자 있는 힘껏 끌어안으며 숙련된 배우처럼 더없이 사실적으로 울기 시작했다. 입양되기 전까지 나는 고모의 집에서 고모의 딸들과 함께 살았다. 친자포기각서에 도장을 찍은 건 생모였겠지만 키우지도 못할 아이를 처분하도록 생모에게 강요한 사람은 고모일지도 몰랐다. 고모에게 궁금한 것이 너무 많았지만 그녀는 네덜란드어는 물론 영어도 할 줄 몰랐기에 우리 사이에 소통될 수 있는 언어는 없었다. 게다가 남은 행사 기간 동안 나를 만나러 올 수 있을 만큼 한가하지도 못했다. 그래서였는지 극적으로 달려와 나를 끌어안았던 그녀는 세 시간 후, 조금은 어색하게 내 어깨를 한번 안아준 뒤 황급히 행사장을 떠나갔다. 보이지 않는 줄에 연결된 듯 행사장 출구를 빠져나가며 흘끗흘끗 뒤를 훔쳐보던 그녀의 매끄럽지 않은 행동이 내 마음을 이유 없이 아프게 했다.

남은 행사 기간 동안, 다른 참가자들이 가족들과 시간을 보낼 때 나는 정오까지 늦잠을 잤고 밤에는 귀에 이어폰을 꽂은 채 호텔 근처를 배회했다. 서울의 밤거리는 낮이 주는 상념보다 훨씬 더 나를 불편하게 했다. 개별성이 감지되지 않는 비슷비슷한 사람들의 외투 안쪽엔 나와는 다른 인간임을 표시해주는 라벨 하나씩이 붙어 있을 것 같았고, 거리의 지나치게 밝은 조명은 나 같은 라벨 없는 인간을 단박에 찍어낼 듯이 섬뜩하면서도 나태하게 빛났다. 얼마 지나지 않아 나는 밤의 산책을 그만뒀다. 그 대신 하루종일 텔레비전을 켜놓고 호텔 침대에 앉아 시간을 보냈다. 텔레비전 속에선 무수히 많은 사람들이 한국어로 웃고 떠들고 울고 화를 냈다. 14년 전까지 나 역시 저 언어를 혀 안에 숨겨두고는 말하고 싶은 것이 있을 때마다 마음껏 꺼내어 자유자재로 사용했다는 것이 믿어지지 않을 정도로 내게는 그 모든 소리가 기계들의 윙윙대는 소음처럼 무의미하게만 들렸다. 희미하게라도 기억이 나야 하는데 간단한 인사의 표현조차 기억해낼 수 없다는 것이 언제나 새삼스러웠다. 내 안에서, 어쩌면 나조차도 인지하지 못한 곳에서, 강하게, 내 살아 있음보다 강하게, 한국이라는 곳이 나를 거부하듯 나 역시 한국어를 거부하고 있다는 느낌이 든 날엔 한국에 온 이후 처음으로 공포감에 몸을 떨기도 했다. 나는 물론 그와 똑같은 분량의 공포를 이미 한번 경험한 적이 있었다. 결국 행사 마감일 나흘 전, 나는 텔레비전을 보다 말고 침대에서 벌떡 일어나 미친 듯이 짐을 쌌다. 생모를 만난다면 다시는 네덜란드로 돌아가지 않겠다는, 혼자서만 은밀하게 키워온 양부모를 향한 배반의 희열도 짐과 함께 착착 접어 가방 속에 밀어넣어야 했다. 그리고 다음날, 나는 다시 네덜란드행 비행기를 탔다.

네덜란드로 돌아간 후에는 양부모와의 약속대로 J를 위한 수술을 받았고 암스테르담으로 가서 그들이 보내준 돈으로 대학에 다녔다. 각기 다른 성 정체성을 갖고 있는 두 명의 애인을 사귀었고 두 번의 이별로 바닥까지 마음을 소비해보기도 했다. 대학은 한 학기를 남겨 놓고 그만뒀다. PASSWORD. 암스테르담 외곽에 위치한 세무사 사무실에서 파트타임 직원으로 일하던 어느 날, 집으로 돌아가는 전차 안에서 신문 한 귀퉁이에 나는 그렇게 썼다. 두번째 연애도 실패로 끝났을 무렵이었다. 그때는 또한, 다이어리의 '이달의 계획' 마지막 줄에 언제나 예외 없이 '자살'이라는 단어를 연필로 꾹꾹 눌러썼던 시절이기도 했다.

'PASSWORD'라고 쓴 신문을 가슴에 안고 퇴근한 날로부터 석 달 후, 그리고 나는 노트북을 켜고 한국행 비행기 티켓을 예약했다.

2

10년 만에 다시 만난 고모는 열여덟 살의 나를 끌어안았을 때처럼 뜨거웠다. 너무 격정적인 포옹으로 공항 로비를 오가던 많은 사람들이 우리를 한 번씩 곁눈으로 쳐다보며 지나가는데도 그녀는 전혀 개의치 않았다. 고모는 이번엔 혼자가 아니었다. 고모 곁엔 고모와 닮았으나 그녀의 젊은 날과는 그리 겹쳐지지 않을 것 같은 아름다운 두 명의 여자들이 서 있었다. 다행히 나는 그들과 나를 연결시킬 수 있는 몇 개의 장면들을 어렴풋이 기억해낼 수 있었다. 가령 M이 소꿉놀이를 하면서 벽돌 가루를 삼키는 바람에 밤새 설사로 고생했던 일이나 내가 실수로 D가 가장 아끼는 종이인형의 목을 부러뜨려 서로의 머리채를 쥐어잡은 채 심하게 싸우기도 했던 어느 저녁나절, 그리고 덤

프트럭 뒤에서 셋이 나란히 엉덩이를 내밀고 오줌을 누었던 장면 등이 20년이 넘는 세월을 건너와 내 머릿속에서 조심스럽게 재생됐다.

고모와의 긴 포옹이 끝난 후, 나는 시내의 저렴한 호텔에 묵겠다고 말했지만 고모와 두 사촌은 내 캐리어 가방을 끌고 공항 밖의 야외 주차장 쪽으로 앞장을 섰다. 아마도 그들은 내가 잠깐의 휴가 동안만 한국에 머물 거라고 짐작했을 것이다. 내가 이미 회사를 그만둔 상태이며 이번 방문 기간은 얼마든지 길어질 수도 있다는 것을, 결국 나는 설명할 기회를 잃은 셈이었다.

시내 한식집에서 값비싼 정식 코스를 먹은 뒤 우리는 고모의 집으로 갔다. 내 예상과 달리 고모는 가난하지 않았다. 그녀는 서울에서는 부자들만 소유할 수 있다는 강남의 고가 아파트에서 살고 있었다. 엘리베이터를 타고 꼭대기 층인 23층 고모의 아파트로 들어선 나는 사촌들의 안내로 M의 방에 짐을 풀었다. M은 전날 몇 벌의 옷과 소지품을 D의 방으로 옮겨놓았다고 했다. 나보다 한 살 위인 M의 방은 단출했고 책꽂이엔 각 나라의 여행 책자들이 빼곡히 꽂혀 있었다. M은 2년 전, 살인적인 경쟁률을 뚫고 공무원 시험에 합격해 서울 외곽에 있는 정부기관에서 근무하고 있다고 했다. 나보다 한 살 어린 D는 집 근처의 보습학원에서 중고등학생을 대상으로 영어를 가르치는 일을 하고 있었다. 그래서인지 D는 나와 고모 사이의 소통되지 않는 이야기들을 해석 가능한 각자의 언어로 옮겨주는 걸 자신의 할 일이라고 여겼다. 간간이 들려오는 M의 영어 발음이 훨씬 자연스러웠지만 그런 얘기는 하지 않았다. 고모가 하는 일은 정확하지 않았다. 나중에야 나는 D로부터 고모가 강남역 근처에서 작은 술집 하나를 경영하고 있다는 얘기를 들었다. 고모는 10여 년 전에 이혼했고 그 위자료로 술집을 개업했다는 것이다. 그 시기가 내가 한국을 처음 방문했을 때와 맞물렸기 때문에 충분히 나를 챙겨주지 못한 걸 두고두고 떠올리며 후회했노라고도 했다. D의 얘기를 모두 정성스럽게 경청한 후, 나는 떠듬떠듬 고모가 내 생모와 연락하며 지내는지를 물어보았다. D는 알 듯 말 듯한 표정을 지어 보였고 곁에 있던 M은 영원의 시간 속으로 문을 닫고 들어가버린 듯 고개를 숙인 채 단단한 침묵을 지켰다. 이후에 M이나 D가 고모에게 생모를 만나고 싶다는 내 간접적인 의견을 전달해주긴 했을 것이다. 그러나 그날 저녁엔, 그 누구도 더이상 내 생모에 대한 말을 꺼내지 않았다.

한국에 다시 온 첫날은 그렇게 지나갔다.

밤이 깊어지고 서로의 눈에서 하루분의 피곤을 발견한 우리는 한국어와 영어로 잘 자라는 인사를 나눈 뒤 각자의 방으로 들어갔다. M의 방으로 들어온 나는 캐리어 가방에서 노트북을 꺼내 양부모에게 이메일을 썼다. 보내진 못했다. 일종의 계약관계였던 우리는, 10여 년 전 열아홉 살의 내가 J와 함께 수술대에 오른 이후 어느 정도 정리되어 있었다. 이미 정리된 관계에서 내 처지와 현 위치를 설명한다는 건 결국 쓸데없는 책임감과 부담감만 요구하는 것임을 모른다 할 수는 없었다. 노트북을 끄고 다이어리를 꺼내 '이달의 계획' 마지막 줄에, 그리고 나는 천천히 썼다. PASSWORD. 오랜만에 '자살'이라는 단어가 입력되지 않은 다이어리는 가벼워서 좋았다. 불을 끄고 침대에 누웠으나 좀처럼 잠은 오지 않았다. 한국을 다시 찾은 첫날, 나는 그렇게 M의 방에서 새벽 늦도록 뒤척였다.

3

고모의 집에서 가장 먼저 하루를 여는 사람은 M이었다. M은 6시 반쯤 일어나 한 시간 정도 출근 준비를 한 후 8시가 되기 전에 집을 나섰다. 출근 시간은 9시였지만 8시 이후의 북적이는 지하철이 싫어서 조금 이르게 출근하는 거라고 M은 말했다. M이 출근하고 세 시간 정도가 지나면 D가 방에서 나와 욕실로 들어갔다. D는 씻는 데에만 30분 이상을 소비했다. 그러나 느긋하게 시작된 그녀의 출근 준비는 정신없이 이 방 저 방을 뛰어다니다가 급기야 간다는 인사도 없이 현관문을 박차고 뛰쳐나가는 모습으로 마무리되곤 했다. 다른 식구들이 깰까봐 발뒤꿈치를 살짝 올린 채 조심스럽게 거실과 욕실을 걸어다녔던 M의 출근 전 모습과는 사뭇 달랐다. 고모는 정오가 다 되어서야 일어났다. 고모는 새벽 5시가 하루의 끝으로, 정오가 하루의 시작으로 입력되어 있는 자신만의 시계를 갖고 있는 사람이었다. 고모는 정오부터 한 시간가량을 청소기나 세탁기를 돌리면서 보냈다. 그럴 때, 나는 M의 방에서 나와 조용히 고모 근처를 서성였다. 조금만 서성이다보면 고모는 몸짓과 눈짓으로 내가 할 만한 집안일을 지시해주곤 했다.

오후 2시쯤 고모마저 출근을 하고 나면 그때부턴 무거운 침묵이 아파트를 채우게 된다.

처음 일주일 정도는 주로 M의 책장에 꽂혀 있던 여행 책자를 들춰보거나 텔레비전을 보는 것으로 시간을 보냈다. 비가 오는 날 M의 방에 앉아 있으면 희미하게 담배 냄새가 났다. 방을 채 빠져나가지 못하고 책상 뒤나 침대 아래 숨어 있다가 비의 습기를 만나고 나서야

길 잃은 유령들처럼 스멀스멀 스며나오는 그 냄새가 나는 싫지 않았다. 가족들 몰래 담배를 피우며 M이 대체 어떤 시간들을 흘려보냈을지 내게는 늘 미스터리였다. 여행 책자에도 M의 미스터리는 있었다. 출판사도 제각각이고 여행지도 유럽 유명 도시부터 아프리카의 오지까지 다양한 그 책자들을 M은 대부분 정독한 듯했다. 하지만 그녀의 취미는 여행이 아니라 오로지 여행 책자 읽기였다. 그녀는 지금껏 단 한 번도 비행기를 타본 적이 없었고 3일 이상 집을 떠나본 적도 없다 했다. 그 3일의 시간조차 학교나 회사가 의무적으로 강요한 단체 여행이나 출장에 지나지 않았다. 한 권의 여행 책자를 훑고 나면 그 책자의 부피만큼 M을 알게 됐다는 생각이 들었다. 비록 내가 독해한 건 알파벳으로 표기된 지명 정도에 지나지 않았지만 책자를 덮을 때마다 거기에 들어 있던 모든 활자들이 M을 알아가는 데 꼭 필요한 코드들이 되어 내 머릿속에 입력되는 기분이었다. 어느 날은, M이 담배를 피우다 말고 온몸을 웅송그린 채 흐느껴 우는 모습을 그려보기도 했다. 다만 상상에 지나지 않았는데도 그 장면의 테두리에 느슨히 기대어 서 있는 내내, 나는 심각하게 인상을 쓰고 있었다.

오후 2시 이후부터 가벼운 산책을 다니기 시작한 건 한국에 온 지 2주째로 접어들 무렵이었다. 아파트 단지 주변은 걷기에 좋았고 단지 입구에 있는 대형 지하상가엔 구경할 것이 많았다. 직장을 그만둔데다 한국에 오는 통에 많은 돈을 쓰긴 했지만 나는 마트에 들를 때마다 과일이나 생필품 같은 걸 사곤 했다. 실제로 내 통장은 아직 무거웠다. 양부모는 여전히 매달 15일만 되면 내 소유의 통장에 약간의 돈을 송금해주고 있었다. 기분이 바닥일 때는 돈을 보내고 있는 그들을 내 마음속에 세워둔 채 한 명씩 총으로 쏘았다. 그럼에도 나는 그들이 보내주는 돈을 늘 필요로 했고 언제나 꼭 필요한 곳에 남김없이 쓰곤 했다. 기분이 평소보다 좋아서 스스로도 어색하다고 느끼는 날엔, 그들에게 더이상의 송금은 필요 없다는 말을 끝내 하지 못하는 나를 허공에 세워두고는 조용히 돌아섰다. 버림받은 내 마음속의 나는 총상보다 더 큰 고통으로 'No'를 외치며 오래오래 울부짖곤 했다.

그 아이를 만난 것도 오후 2시 이후에 시작되던 그 가벼운 산책길에서였다. 평소처럼 아파트 단지와 지하상가를 돈 뒤, 운동이라도 할 겸 엘리베이터 대신 계단을 이용하여 고모의 아파트로 올라가다가 나는 그 아이와 맞닥뜨렸다. 일곱 살 정도 되어 보이는 꼬마였다. 작고 깡마른 꼬마가 속옷차림으로 22층과 23층 사이의 계단에 앉아 자신의 머리를 반복적으로 때리고 있었다.

그러니까 그건, 꼬마의 몸을 부여받고 환생한 시시포스와 조우한 기분이었다.

실제로 머리카락이 거의 나 있지 않은 아이의 머리는 구타 탓인지 여기저기 멍이 들어 있었고 실루엣도 울퉁불퉁했다. 아이의 손에는 놀라울 정도의 힘이 들어가 있었는데, 그래서인지 그 손이 머리를 내리칠 때마다 빈 복도에는 퍽 하는 메마른 소리가 울렸다. 나는 아무것도 하지 못하는 내 손을 내려다보며 한참을 가만히 서 있었다. 그 무엇도 떠올리지 말아야 한다고 머릿속에 대고 명령했지만 기억의 회로는 이미 뒤죽박죽 엉켜가고 있었다. 바로 그 순간, 내가 생모에 대해 언급하자 반사적으로 침묵하던 M의 옆모습이 혼란스러운 머릿속에서 선명한 이미지로 플래시백됐다. 위로의 필요성을 느끼면서도 그 무엇도 위로해줄 수 없는 자신의 무력함을 인정해야 했던 그 순간의 영원성을 M은 어떤 방식으로 견디고 있었을까. 문득, 아주 간절히 나는 M이 보고 싶어졌다.

마침 중년의 여인 한 명이 계단을 통해 아이가 있는 쪽으로 내려오고 있었다. 여전히 자신의 머리를 때리며 뒤로 뻗대는 아이를 여인은 그저 무덤덤한 얼굴로 내려다보다가 이내 아이의 양쪽 겨드랑이에 팔을 끼웠다. 소리 없는 그들의 고투가 1분 정도 지속됐다. 여인의 가슴을 밀치는 아이도, 그런 아이를 끌어당기는 여인도 말이 없었다. 아이는 아직 말을 제대로 못하는 듯했고 여인은 점잖은 언어로 아이를 타이르는 것이 아무런 소용이 없다는 것을 오랜 경험으로 터득한 것처럼 보였다. 잠시 후 여인은 익숙한 동작으로 주머니에서 흰색의 긴 천을 꺼내 아이의 두 팔을 뒤로 묶고는 아이를 번쩍 안은 채 힘겹게 계단을 올랐다. 여인이 아이를 안고 들어간 곳은 고모의 아파트 바로 앞집이었다. 나는 목이 아프도록 고개를 뒤로 젖힌 채 그 집의 현관문이 열렸다가 닫히는 것을 지켜보았다. 내 앞의 광포한 시간은 이미 뒤를 향해 정신없이 전력 질주를 하고 있었고, 머릿속의 서랍 하나가 열리면서 튕겨 나온 수많은 이미지 파일들은 마술사의 카드들처럼 어지럽게 섞이고 있었다. 기억의 회로가 닿는 곳이 그날들임을 감지한 내 마음속의 내가 또다시 두 손으로 머리통을 감싼 채 목놓아 울부짖었지만 막무가내로 비집고 들어오려는 그 기억들을 내 힘으로는 막아낼 수 없었다.

4

기억은 아주 희미하게 남아 있다. 열두 시간 가까이 비행기를 타고 도착한 그곳에 처음 발을 내디딘 순간, 내 존재는 오직 공포로만 대체되었다. 내가 곧 공포였고 공포가 곧 나였다. 거인의 세계에서 걸어 나온 듯한 두 명의 키 큰 외국인이 내 한국 이름이 새겨진 피켓을 들고 게이트 앞에 서 있었다. 그들은 나를 피켓에 써놓은 삐뚤빼뚤한 한국 이름이 아니라 '베로니크'라는 낯선 이방의 이름으로 불렀다.

양부모의 집에는 내 방이 있었고 향긋한 빵냄새가 있었으며 조금은 병약해 보이는 금발의 소녀도 있었다. 그녀가 J였다. 양부모도 J도 대체로 내게 친절했다. 그리고 그 친절함 뒤에는 그만큼의 무관심이 그림자로 길게 드리워져 있었다. 그들은 나를 무시하지도 않았고 명목 없는 구박으로 치명적인 상처를 주지도 않았다. 절제된 행동 속에는 허술하게라도 감춘 적의가 없었기에 불필요한 경계심으로 예민해질 필요도 없었다. 하지만 그곳에서 나는 한국에서 쓰다 남은 여분의 인생을 살고 있다는 생각을 전혀 할 수 없었다. 오히려 이전과는 확연하게 구분되는 새로운 인생을 배당받은 기분이었다. 아침에 침대에서 일어날 때마다 내가 있는 곳이 정확하게 어디인지 판단하지 못해 한참을 두리번거려야 했고, 요의로 새벽에 잠이 깰 때면 문밖이 곧 끝없는 낭떠러지로 이어질까봐 감히 방문을 열어보지도 못했다. 그것이, 뿌리가 뽑힌 자의 운명이었다.

학교에 들어가면서 나는, J보다는 내가 더 양부모의 마음을 사로잡아야 한다는 강박적인 생각에 시달리게 됐다. 단기간에 네덜란드어를 익혔고 작문이나 수학 성적이 나온 날엔 칭찬뿐인 시험지를 어서 빨리 양부모에게 보여주고 싶어 안절부절못했다. 물론 내가 남들보다 탁월하게 잘하는 것이 생길 때마다 양부모는 적당히 기분좋은 미소를 지어 보이며 내 양쪽 뺨에 짧은 키스를 해주었다. 하지만 양부모의 그런 애정 표현은 내 계산보다 항상 모자랐고 성의가 없었다. 사소한 실수나 잘못을 저지를 때도 마찬가지였다. 그 집의 누구도 내게 화를 내지 않았고 신경질적인 목소리로 주의를 주지도 않았다. 실수로 수학 문제를 하나 더 틀린 날, 나는 학교 화장실에서 내 뺨을 세게 때렸다. 너는 정말 아무 쓸모없는 아이구나. 뺨은 곧 빨갛게 부풀어올랐다. 하지만 나는 나의 체벌이 만족스럽지 않았다. 더 크고 더 확실한 체벌을 내려야 했다. 손님들과 저녁식사를 하면서 잘못된 어휘를 사용한 날엔 플라스틱 자로 내 종아리를 때렸고 양어머니의 유리컵을 깬 날엔 바닥에 떨어져 있던 유리 조각으로 허벅지를 찔렀다. 그리고 이제는 기억하는 것만으로도 힘에 부치는, 혼자만 있는 공간에선 어김없이 이어졌던 스스로를 향한 언어적 학대…… 문제의 심각성을 가장 먼저 발견한 사람은 J였다. J는 어느 날 양부모를 데리고 나를 감시하다가 내가 제도용 칼을 꺼내 그날의 실수를 벌주려던 순간 내 방문을 박차고 들어왔다. 양어머니는 믿을 수 없다는 듯 두 손으로 얼굴을 감싼 채 울먹였고, 양아버지는 그런 양어머니를 보듬으며 도저히 해석할 수 없는 표정으로 우두커니 서 있기만 했다. 자신에게조차 진실하지 못한 사람은 아무것도 할 수 없다는 교과서적인 훈계를 남기고 내 방문을 닫은 사람이 그들 중 누구였는지도 이제는 정확하게 기억나지 않는다.

네덜란드에서 가장 길었던 밤이 그렇게 지나갔다.

하지만 그후로도 나는 나의 잘못과 실수를 용납할 수 있는 관대함을 배우지 못했고, 그랬기 때문에 체벌도 멈출 수 없었다. 열다섯 살이 되었을 때에야 스스로가 스스로를 벌주어야 했던 나의 체벌은 끝났다. 양부모의 슬픔과 J의 만류 때문은 아니었다. 그건 오로지, 내 체벌의 무의미함을 인정해야 했던 그 일 때문이었다.

양어머니는 J를 낳은 이후로 심한 신부전증을 앓았고 양아버지는 그런 아내에게 오래전 신장 하나를 떼어주었다. 이야기는 그렇게 시작된다. 양어머니는 언젠가 J도 자신과 비슷한 고통을 겪을지도 모른다는 불안 때문에 극심한 우울증에 시달리게 됐다. J에겐 형제가 없었고 양부모에게겐 신장을 부탁할 만한 친척이 없었다. 양아버지는 양어머니의 과장된 불안을 조금이라도 잠재워주고 싶어 J와 같은 혈액형의 아이를 입양하기로 했다. 입양한 아이의 신장을 친딸에게 이식하겠다는 구체적인 계획은 없었다. 아니, 그들의 건강한 양심과 독실한 신앙심이 그들로 하여금 그 진의에 눈멀게 했을 것이다. 실제로 신장을 이식하려면 혈액형만 맞아야 하는 것이 아니라 조직형까지 적합 판정을 받아야 했고 그 확률은 오로지 신의 주사위만이 알 수 있는 거였다. 예감이 빗나가지 못하고 결국 J도 본격적으로 신부전증을 앓기 시작하면서 양부모는 초조해지기 시작했다. 일종의 우울증 처방약으로 데려온 나에게 그들은 마지막 판돈을 걸 수밖에 없었다.

내 조직형 검사가 나온 날, 양부모는 병원 복도 간이의자에 앉아 오랫동안 서로를 부둥켜안고 있었다. 신의 은총을 받은 선량한 사람들의 위대하고도 감동적인 기적이 마침내 완성되는 순간이었다. 한 발 떨어져 벽에 기대 서 있던 열다섯 살의 나는 병원 복도 창을 통해 들어오는 봄 햇살을 건너다보고 있었을 것이다. 휠체어를 타고 있던 환자복 차림의 내 또래 남자아이가 창가 근처에 자리를 잡고는 손바닥으로 나비나 늑대 같은 그림자를 만들어 내게 선물해주었다. 어딘가 치명적으로 아픈 사람들은 어디서든 그렇게 서로를 쉽게 알아보고 위로를 해준다는 사실이 나는 그저 신기하기만 했다.

한참 후에야 의자에서 일어난 그들은 고등학교를 졸업하게 되면 J를 위해 신장 이식 수술을 해줄 수 있겠느냐고 내게 물었다. 여전히 타인과의 적당한 거리를 조율할 줄 아는, 신중한 예의가 느껴지는 목소리였다. 신이 성의 없이 내던진 주사위를 물끄러미 내려다보며 나는 순순히 그렇게 하겠노라고 대답했다. 사실 그들의 질문은 '예스' 외에는 대답할 말이 없는, 질문을 가장한 정당한 요구에 지나지 않았다. 순간, 어디든 전화를 걸어 나를 알고 있느냐고 묻고 싶은 욕구를 참기 힘들었다. 누구든 나를 안다고 한다면 어서 빨리 내가 있는 곳으로 와서 나를 좀 데려가라고, 그래야 하는 거라고 열다섯 살의 소녀답게 떼를 쓰며 소리라도 지르고 싶었다. 버림받은 이후 처음으로 생모가 그리워졌다.

하지만 내가 전화할 곳은 없었고 한국을 떠날 때부터 따로 연락처를 주지 않은 생모를 만나기 위해 무작정 짐을 쌀 수도 없었다. 바뀐 것은 단 하나, 그날 이후 체벌이 끝났다는 것뿐이었다. 흉터는 빠르게 아물어갔고 체벌이 빠진 일상은 덤덤하게 흘러갔다. 아픔이 있을 때 그 아픔을 즉각 내 몸에 남기는 짓은 더이상 하지 않았기에 나를 훑고 지나간 아픔을 깨닫는 데 오랜 시간을 소비하게 되었다는 것 외에는 정말이지 바뀐 건 아무것도 없었다. 가끔은 되돌릴 수 없는 시간을 건너오고 나서야 '왜?'를 되뇌는 나를 발견하긴 했다. 아무도 상대를 해주지 않는 빈 벌판에 서서 절대 진리에 의심을 품고 있는 불행한 철학자처럼 나는 침착하고 골똘하게 되뇌고 또 되뇌었다. 그럼에도 끝내 내가 다만 누군가의 삶을 위한 도구일 뿐이라는 결론에 도달하고 나면, 나는 내 가슴속 어딘가에 꼭꼭 숨어 있던 양부모와 J를 꾸역꾸역 꺼내놓고는 한 명씩 한 명씩, 총으로 쏘았다.

5

그날 저녁 고모는 다른 날보다 일찍 퇴근했다. 고모가 집으로 오기 전까지 나는 D에게서 앞집 아이에 대한 이야기를 들을 수 있었다. D로부터 들은 이야기는 하나같이 놀라운 것뿐이었다. 그애는 꼬마가 아니라 이미 사춘기 무렵의 소년이었고—하지만 D도 소년의 정확한 나이는 알지 못했다—가족도 없이 간병인 아주머니와 단둘이 살고 있었으며 부모로 보이는 중년의 남녀는 한 달에 한 번씩 번갈아가며 소년을 보러 올 뿐이라고 했다. 왜, 라고 묻자 장애 때문일걸, 옆에서 M이 시니컬하게 대답했다. 소년은 유전자의 장난으로 다운증후군 환자로 태어났고 그 탓에 제대로 교육을 받지 못했으며 소년의 부모는 그런 자식이 부끄러워 익명성이 보장되는 아파트의 꼭대기층에 가둬놓은 것이다. 탑에 갇힌 라푼젤은 지나가는 왕자가 구원해주었으나 강남의 고가 아파트 23층에 사는 소년은 구원을 꿈꿀 수조차 없다. 이 세상 전체가 소년에겐 탑일 테니까.

"그런데 자기 머리는 왜 때리는 거지?"

다시 물으며, 나는 어쩐지 M은 오래전부터 소년과 친구처럼 지내왔을지도 모른다고 생각했던 것 같다.

"자기 머리를 때리는 건 장애 때문도, 스트레스 때문도 아냐. 그것 외에는 자신이 살아 있다는 걸 증명할 길이 없어서 그래."

M이 제법 유창한 영어로 긴 문장을 구사해서인지 D는 우우, 입술을 모아 장난스럽게 야유 같은 감탄의 표현을 했다. 나는 D와 함께 웃으면서도 또다시 영원의 시간 속으로 문을 닫고 들어가버린 M의 침묵하는 옆모습을 흘끗흘끗 훔쳐보았다. 그날 M과 D는 나를 위해 편지 한 장을 써주었다. 우선 한국어로 내용을 쓴 다음 글자 하나하나에 영어로 발음을 단 편지였다. 간병인 아주머니도 좋아할 거야. 마지막으로 D가 용기를 주었다.

"여기 앉아봐라."

그리고, 여느 날과 달리 밤 11시가 되기도 전에 집에 도착한 고모는 거실 바닥에 주저앉으며 가벼운 손짓으로 나를 불렀다. 고모의 충혈된 눈과 상심한 듯한 표정이 나는 불안했다. 소파에 누워 있던 D는 은근슬쩍 나와 고모 사이에 끼어 앉으며 통역을 준비했고 주방 쪽으로 걸어간 M은 식탁에 앉아 사과를 깎기 시작했다.

꼭 엄마를 만나봐야겠니?라고 고모가 물었노라고 D가 설명했다. 하지만 나는 D의 통역 없이도 고모의 입에서 흘러나온 '엄마'라는 단어만은 단박에 알아들었기에 고모가 하고 있는 말을 대충은 짐작할 수 있었다. 순간 어딘가 불편하고 이유 없이 슬퍼졌는데, 그 불편한 슬픔이 구체적으로 어떤 감정인지는 감히 알 수 없었다. 내가 알 수 있는 건 엄마라고 불리는 그 사람을 꼭 만나야 한다는 것, 그녀를 만나지 못한다면 이 도시 어딘가로 들어갈 수 있는 내 고유한 번호를 다시는 찾을 수 없을 거라는 것, 오직 그뿐이었다. 나는 그녀의 몸에서 나왔고 그녀는 내 뿌리였다. 나는 나의 근원으로 돌아가 처음부터 다시 시작해야 했다.

내가 힘을 주어 천천히 고개를 끄덕이자 고모는 잠시 뚫어지게 나를 바라봤다. 무슨 말인가를 해야 하지만 그 말을 해야 하는 순간을 가능하다면 영원히 미루고 싶다는 듯한 표정이었다. 마침내 고모가 몹시 떠듬거리는 말투로 내게 무언가를 말했다. 나는 다급하게 D를 건너다봤다. D는, 고개를 숙이고 있었다. D가 차마 통역하지 못하는 고모의 말을 물론 나는 짐작할 수 있었다. 나의 생모는 이번에도 나와 만나는 것을 거부했다. 사물을 인지할 수 있었던 어느 날부터 나의 눈에 생모는 보이지 않았었다. 서른이 되기도 전에 죽음을 맞이했다는 생부의 섬세한 눈빛도, 저녁상 앞에 앉을 때마다 이유 없이 나를 부끄럽게 했던 젊었을 적 고모의 싸늘한 시선도, 나와 장난치기 좋아했던 어린 시절의 M과 D의 순박한 웃음도, 심지어 이제 다시는 만날 일이 없는 고모부의 머리숱 적었던 매끈한 이마도 어렴풋이 기억이 나는데, 생모의 얼굴, 그녀만은 내 기억에 없다. 그녀는, 두려웠던 것일까. 20여 년 전에 탑 속에 가두고 지워버린 자신의 아이가 탑 밖으로 손을 내밀어 사랑을 구걸하고 있다는 이야기가 눈을 멀게 하고 귀를 막게 할 만큼 무서웠던 것일까.

어느새 M이 예쁘게 깎은 사과를 접시에 담아와 내 곁에 앉았다. 그녀는 그것만이 나를 위해 해줄 수 있는 것의 전부라는 듯, 포크로 사과 한 조각을 찍어 내게 내밀었다. 나는 사과를 받는 대신 M의 창백한 손을 잡았다. 이 집에서 내게 진실을 얘기해줄 사람은 그녀뿐이었다.

내 생모는 범죄자야? M은 고개를 저었다. 그럼, 정신적으로 아픈 사람이야? 이번에도 M은 단호히 고개를 저었다. 혹시 심각한 병에 걸려서 거동조차 못하는 거야? M이 또다시 고개를 젓는 것을 보기도 전에 나는 M의 어깨에 얼굴을 묻었다. 모두 아냐. M의 나직한 음성이 귀가 아니라 내가 기대고 있던 그녀의 어깨를 통해 들려왔다. 말해봐. 그럼, 너무 먼 곳에 살아? 술이나 마약에 중독된 건가? 설마 기억상실증은 아니겠지? 연이어 쏟아지는 질문에 M은 더이상 답변을 하지 않은 채 심하게 떨리고 있던 내 어깨를 보듬어주었다. 고모는 돌아앉았고 D는 화장실로 들어가 오랫동안 나오지 않았다. 누구라도 깨주길 원했지만 우리를 감싸고 있는 침묵은 견고하기만 했다. 울고 싶으면 울어. M이 내 귓가에 나만이 들을 수 있도록 낮게 속삭였지만 나는 생모 때문에 눈물을 흘릴 마음은 전혀 없었다. 그저 너무도 쉽게 내 감정을 자기연민이라는 화두 앞에 서게 하는 그 장면, 그러니까 J를 위한 수술을 마치고 혼자 잠에서 깼던 그날의 고독하고 추웠던 저녁 병실이 떠올라 조금, 눈가가 젖을 만큼만 아주 조금 울었을 뿐이다. 그 인색한 몇 방울의 눈물을 보아버린 고모는 이내 아파트가 떠나가도록 울음을 터뜨리며 끊임없이 무언가를 외쳐대기 시작했다. 알아들을 수 없는 그 길고 긴 이야기 속에서 '엄마'라는 단어가 들려올 때마다 나는 깜짝깜짝 놀라며 M의 여린 어깨 위에서 몸을 떨어야 했다.

6

세 번이나 초인종을 눌렀지만 인기척은 들리지 않았다. 열리지 않는 현관문 앞에서 나는 전날 저녁 M과 D가 써준 편지를 꺼내 다시 한 번 읽었다. 아, 이, 와, 노, 라, 도, 되, 어, 요? 저, 는, 그, 냐, 앙, 아,

이, 에, 친, 구, 가, 되, 고, 시, 퍼, 요. 몇 번이나 반복해서 읽어봤지만 문은 여전히 열리지 않았다. 용기를 내어 현관문의 전자키 뚜껑을 열고는 어젯밤, M이 D 몰래 작은 메모지에 적어주었던 여섯 개의 숫자를 차례차례 입력했다. M이 어떻게 소년의 PASSWORD를 알게 되었는지는 묻지 못했다. 물론 M이라면, 밤마다 소년이 풀어준 머리채를 타고 소년의 방으로 올라가는 능력이 있다 해도 나는 믿었을 것이다. 이내 경쾌한 멜로디와 함께 문이 열리면서 같은 평수의 같은 아파트임에도 고모의 집과는 전혀 다른 느낌의 공간이 하나하나 내 시야에 들어오기 시작했다.

신발을 벗고 거실로 들어서서 조심스럽게 주위를 둘러봤지만 소년의 집은 끝없는 적막뿐이었다. 한 걸음 내디딜 때마다 깊이를 알 수 없는 땅 밑으로 내려가는 기분이었다. 몇 발짝 떼지도 않았는데 나는 문득 걸음을 멈추고 그 자리에 멈춰 섰다. 퍽, 퍽, 퍽…… 내 오른편에서부터 간헐적으로 들려오는 그 메마른 소리가 어떤 영상에서 비롯된 것인지 잘 알고 있었기에 그쪽으로 시선을 옮기는 건 자기 몸보다 큰 바위를 하데스의 언덕으로 올리는 것만큼이나 쉽지 않았다. 있는 힘을 다해 아이 쪽으로 천천히 고개를 돌리는 동안 온몸에선 힘이 빠져나갔다. 퍽, 퍽, 퍽…… 나는 나도 모르게 소년에게 다가가고 있었다. 짧은 거리였음에도 어느새 전속력으로 뛰기 시작한 나는 아주 오랜 시간이 흐른 후에야 소년에게 닿았다. 반사적으로, 그리고 나는 소년의 머리를 두 팔로 꽉 끌어안았다.

잠시 후, 등허리를 통해 통증이 느껴지기 시작했다. 아아악, 소년은 나로 인해 자신을 때리지 못한다는 사실에 악을 썼고 나는 소년의 주먹 쥔 손이 등허리에 닿을 때마다 전해지는 통증을 참기 위해 이를 악물었다. 소년의 미래를, 나는 조금은 알 수 있다. 어느 날 눈을 뜨면 세상은 모든 문을 닫아건 채 등을 돌리고 있을 것이고, 많은 세월이 흘러도 소년에겐 소년이 서 있을 만한 곳을 가르쳐줄 사람이 나타나지 않을 것이다. 소년은 어두워지기 시작한 병실에서 혼자 눈을 뜰 것이고 소년의 친부모는 언제나 소년이 갖고 있는 것보다 적은 분량의 그리움으로 소년을 기억할 것이다. 그리고 그 기억은 죄의식에 빛바래져 어느 날엔가는 무관심이라 불러도 되는 영역으로 흘러가버리리라.

그것이, 얘야, 버림받은 자들의 운명이란다, 내 아이야.

꼭 통증 때문은 아니었겠지만 나는 더이상 소년을 끌어안고 있을 수 없었다. 설명할 수 없는 고통이, 절제할 수 없을 것 같은 거대한 분노가 치밀었다. 미안해. 너한텐 이 엄마가 정말 미안해. 의미 없이 중얼거렸지만 나는 내 감정을 직시할 수도 없었고 그 감정에 적당한 이름을 붙일 수도 없었다. 소년의 머리를 끌어안고 있던 팔을 풀고 일어나 뒷걸음을 치며, 내가 지금부터 가게 될 곳은 이 세상의 바닥이어도 좋겠다고 나는 생각했다. 아홉 밤 아홉 낮을 끊임없이 추락해야 닿을 수 있다는 이 삶의 끝이라 해도, 그리하여 내 살아 있음을 증명해줄 수 있는 것이 단 하나도 남지 않고 소멸된다 해도 아까울 것은 없었다. 현관문 앞에서 나는 누군가와 부딪혔다. 그 중년의 여인이었다. 친, 구, 가, 그, 냐, 앙, 노, 라, 되, 아, 이, 는, 친, 구, 가…… 나도 이해할 수 없는 글자 하나하나가 M과 D가 써준 쪽지에서 제멋대로 튀어나왔다. 장바구니를 들고 있던 여인이 고개를 갸우뚱거리며 의심스럽다는 듯 나를 쳐다봤다. 나는 무력하게 여인을 바라보다가 이내 현관 쪽으로 달려가 신발도 제대로 신지 못한 채 그 집에서, 소년의 견고한 탑으로부터 뛰쳐나와야 했다.

고모의 아파트로 돌아오자마자 나는 M의 방으로 들어가 벽에 세워 둔 캐리어 가방을 내려놓고 노트북과 몇 벌의 옷을 손에 잡히는 대로 마구 집어넣었다. 정신없이 짐을 싸다가, 그리고 나는 문득 깨달았다. 내겐, 도망갈 곳도 도망갈 시간도 없었다. 양부모가 흐느껴 울던 병원의 복도로부터 14년이나 되는 세월을 가르며 부지런히 달려왔는데도 그때처럼 내게는 전화를 걸어 나를 알고 있느냐고 물어볼 만한 곳도 없었다. 손에 들고 있던 가을용 점퍼가 힘없이 바닥으로 떨어졌다.

결국 짐 싸는 것을 포기한 채 나는 캐리어 가방의 지퍼를 열고 낡은 다이어리를 꺼냈다. '이달의 계획' 마지막 칸에 적어놓은 'PASSWORD'를 두 줄로 지운 뒤 아무것도 적지 않은 종이를 한 장 뜯어 무턱대고 M에게, 라고 썼다. 다 쓴 편지는 바로 찢어버리려 했지만 그러지 못했다. 찢지 못한 편지를 주머니 속에 집어넣고 캐리어 가방 위에 걸터앉은 채 어두워지는 창밖을 오랫동안 건너다봤다.

"정은아아! 베로니크야!"

나를 부르는 고모의 절박한 목소리가 들린 건 벽시계의 시침과 분침이 저녁 7시를 가리킬 때쯤이었다. 고개를 돌려 현관 쪽을 바라봤다. 고모보다 먼저 신발을 벗고 도착한 고모의 그림자가 온 힘을 다해 내게 오라는 손짓을 해 보였다. 하고 싶은 말은 너무 많지만 그 말을 할 수 없어 애가 탄다는 듯 그림자의 손짓은 점점 더 격렬해졌다. 잠시 후, 뒤늦게 모습을 드러낸 고모는 미친 듯이 손짓만 하는 그림자를 한쪽으로 밀어내고는 다시 한번 큰 소리로 말했다.

"빨리 나와봐라, 빨리! 니 엄마가 왔다, 니 엄마아!"

이상했다. 고모는 분명 한국어로 말하고 있었는데, 나도 모르는 사이 내가 지나온 길바닥 위에서 몽땅 잃어버렸다고 여겼던 그 언어를, 나는 모두 알아듣고 있었다. 캐리어 가방에서 아주 천천히 일어서며 고모 뒤편에서 걸어오는 누군가를 두 눈을 찌푸린 채 뚫어지게 바라봤다. 희미한 실루엣이 아주 조금씩 선명해지며 내게 다가오는 동안, 바닥의 내 그림자는 심장에서부터 끊임없이 붉은 피를 토해내기 시작했다. 정작 무덤덤한 나와는 달리 총상보다 더 큰 고통으로 울부짖는 내 그림자를 지켜보는 내내 내 몸은 나른해졌고 걷잡을 수 없이 졸음이 밀려오기도 했다.

가까이 다가온 고모가 무언가를 말했지만 그새 누군가 이 세상의 볼륨을 줄여놓았는지 고모의 놀란 목소리는 터무니없이 작게 들렸다. 너무 늦었노라고, 나는 오직 그것을 확인하기 위해 한국을 다시 찾은 것뿐이라는 이야기는 아주 오랜 시간이 흐른 후에야 그녀에게 말해줘야겠다고 생각했다. 단 하나의 위안은, 고모 곁에 서 있는 그녀를 정신을 집중해서 보지는 않을 것이므로 앞으로도 나는 그녀의 얼굴을 완벽하게 기억해내기 위해 애쓰지 않아도 된다는 것뿐이었다.

그녀가 지금, 내 앞에 서 있다.

북쪽 도시에 갔었어

뜻하지 않게도 그곳 북쪽 도시에서 나는,
내가 가장 불행하다고 생각했던 그 시절이 사실은
진심으로 사랑했던 한때였음을 인정하게 되었다.

1

늘 죽음을 생각하는 부류가 있다. 그런 부류의 사람은 연속된 시간을 산다기보다는 분절된 현재만을 향유한다. 그들에게 과거는 추억이 되지 못한 채 덤덤하게 시선의 바깥을 스쳐가고, 미래란 흑백의 필터로 찍은 현재의 모사본에 지나지 않는다. 너에겐, 너의 연인이었던 칼박이 바로 그런 부류의 사람이었다.

칼을 만나던 당시의 네가 감당해야 했던 초조와 불안은 시한폭탄의 재깍거리는 소음을 내장하고 있었을 것이다. 소지품처럼 셔츠 안에 들어 있던 그 초조와 불안을 너는 자주 너 자신의 심장박동과 착각했을지도 모르겠다. 한밤중, 잠결에 칼이 없다는 것을 느끼고 침대에서 일어나 거실로 나가면 냉장고 문을 열어놓고 웅크린 채 앉아 있던 너의 어린 연인이 있었다. 희미한 조명을 내뿜는 냉장고 안을 마치 우주 저편처럼, 혹은 생의 뒤편처럼 건너다보던 연인을 지켜보면서 어쩌면 그날은 예상보다 일찍 찾아올지도 모르겠다고 너는 생각하기도 했다. 재깍재깍, 의지와 상관없이 부지런히 박동소리를 내던 자신의 불수의근을 혐오하면서. 가끔은, 너에게도 위로받고 싶은 순간이 있었을 것이다.

토론토의 겨울은 일찍 왔다. '칼 박'으로 불렸지만 '영훈'이란 또다른 이름을 오른쪽 어깨 뒤편에 문신으로 새기고 다녔던 너의 연인은, 겨울이 시작되는 10월부터 겨울이 끝나는 이듬해 4월까지 자주 악몽에 시달리곤 했다. 매번 자신의 죽음으로 끝나던 악몽을 꾼 날이면 그는 뜨겁게 젖은 얼굴로 너의 몸속을 파고들었다. 겨우 일곱 살이었는데, 한 번도 영어를 배운 적이 없는데, 다들 영어도 못하는 칭크*는 꺼지라고 했어. 피가 막 났어, 너무 많이 났어. 칼 박, 혹은 박영훈이 온몸을 떨며 잠결에 속삭이던 그런 말들은 그를 향한 너의 맹목적인 연민이 변하지 않도록 이끄는 마법의 주문이었다. 그때의 너에게도 섹스가 너의 모든 것을 위로해주던 유일한 달콤함이었느냐고, 그러나 나는 단 한 번도 묻지는 못했다.

서울의 겨울은 토론토보다 한 달 늦게 오고 두 달 일찍 끝난다. 그해 가장 심한 황사가 불던 3월 중순의 이른 아침, 겨울은 그저 불어오는 바람 끝에만 간신히 얹혀 있던 그 완연한 봄날, 막 셔터를 올린 내 샌드위치 가게에 들어서던 너를 본 순간 나는 무슨 생각을 했던가. 때때로 우리의 의도와 다르게 흘러가는 관계에 대해서, 아니 그런 관계를 아주 긴 시간 동안 되새기며 살아갈 수밖에 없는 형벌 같은 날들에

* chink. 아시아인을 비하하여 부르는 속어.

대해서 생각했을까. 아니다. 그런 것들을 미리 알고 계산하여 피해 가는 요령까지 터득하고 있었다면 나는 그때 네 앞에서 샌드위치를 만들어 파는 사람의 역할만을 하고 있어야 했다. 한줌의 웃음도, 단 하나의 단어도, 그리고 서로를 거의 완벽하게 끌어당겼던 시선의 마주침조차 허락하지 말았어야 했다.

당신도 미스터 파아크인가요? 너의 부탁대로 베이컨 샌드위치와 드립 커피 한잔을 포장하여 건네자 너는 자못 진지한 얼굴로 내 가게의 상표를 가리키며 떠듬거리는 한국어로 물었다. '파아크'라는 낯선 발음 때문에 조금 웃었던 것을 기억하고 있다. 그럴걸요. 〈PARK's Sandwiches & Coffee〉의 직원은 저뿐이니까요. 내가 어눌한 영어로 그렇게 대답했을 때, 우리는 이미 시간이 정지된 세계 속으로 걸어들어가 서로를 고요히 응시하고 있었다. 다시 오지 않을 한순간. 누구 하나 입술로 말하진 않았으나 그때 우린 분명 그렇게 생각하고 있었을 것이다. 잠시 후 주머니에서 온갖 지폐와 동전을 꺼내 골똘하게 셈을 하는 너를 보며 나는 또 한 번 웃었다. 누군가를 만나 그토록 짧은 시간 동안 두 번이나 소리내어 웃어본 것이 나에겐 아주 오랜만이라는 것을, 그러나 그때는 깨닫지 못했다. 그날 이후, 네가 내 가게의 단골손님이 된 데에는 '박'이라는 내 성도 중요한 이유로 작용했다는 것 역시 나는 아주 나중에야 알게 된다. 너를 처음 본 순간 내가 품었던 그 많은 상념들을, 그러나 너는 많은 시간이 흐른 후에도 눈치채지 못했을 것이다. 미스터 파아크, 네가 그렇게 나를 부를 때 네 가슴속에서 재깍재깍 다시 소리를 내기 시작하는 초조와 불안을 내가 단 한 번도 들어본 적이 없었던 것처럼. 때때로 우리의 의도와 다르게 흘러가는 관계와 그런 관계를 되새기며 살아갈 수밖에 없는 형벌 같은 날들에 대해서 우리는 어리석게도 아무런 짐작도 하지 못했던 것이다.

2

우리는 곧 연인이 되었다. 하지만 우리는 서로에게 깊이 빠져드는 것을 원하지 않는 연인이었고 실제로 그리되지도 않았다. 오히려 우리는 상대방에게 너무 가까워지지 않도록 암묵적인 요구를 했고 그 암묵적인 요구를 암묵적으로 받아들일 줄 아는, 조금은 이상한 연인이었다. 우리에겐 여전히 우리를 자유롭지 못하게 하는 지나간 연인들이 있었다. 그들은 우리의 심장에, 머릿속과 손끝에 남아 있었다. 우리는 서로에게 다가갈수록 우리의 심장이 아프게 죄이고 머릿속이 순간순간 깜깜해지는 것을, 그리고 손끝에 새겨진 그들의 체온이 날아가는 것을 고통스럽게 감지해야 했다. 우리는, 그들과 헤어질 준비가 되어 있지 않았다.

그러니까 우리는 어느 날 갑자기, 작별인사도 없이, 그림자조차 거두어간 연인을 두었다는 공통점을 갖고 있었다. 하지만 떠난 연인을 대하는 우리의 방식은 사뭇 달랐다. 내가 자포자기한 상태로 K를 향한 원망과 그리움을 반반씩 섞은 알 수 없는 감정 속에서 스스로를 마모해가고 있었을 때, 너는 몇 개의 단서들을 품에 안고는 지리 시간에도 눈여겨보지 않았던 한국이라는 나라를 찾아왔다. 사실 나는 네가 왜 그토록 칼을 찾고 싶어하는지보다 멀리서도 너의 열정을 조종할 수 있었던, 토론토에 남겨져 있을 너와 칼의 추억이 더 궁금했다.

당시 너는 분주한 하루하루를 보내고 있었다. 한국에서의 생활비를 벌기 위해 일주일에 세 번씩 서울 시내의 영어학원에서 임시 강사로 강의를 하기도 했고, 강의가 없는 날엔 한국에 와 있을지도 모를 칼의 행방을 찾으러 다녔다. 너는 칼 박의 한국 이름이 박영훈이라는 것과 그가 가족과 캐나다로 이민을 가기 전 살았던 곳이 서울의 문래동이라는 사실을 마치 모험가의 은밀한 열쇠처럼 품속에서 하나씩 꺼내어 그를 찾는 데 차례차례 이용하였다. 결과적으로, 네가 갖고 있던 그 열쇠들은 칼 박의 공간으로 이어지는 그 어떤 문도 열어주지 못했다. 한때는 무허가 판잣집이 즐비했다지만 이제는 아파트촌으로 변해버린 문래에서 칼이 살던 집은 흔적도 찾을 수 없었고 그의 이름이나 가족을 기억하는 사람을 만난다는 건 불가능했다. 한국의 여러 공공기관을 드나들기도 했지만 이방인의 얼굴로, 이방의 언어를 사용하는 너에게는 모든 정보가 너무 무겁거나 너무 허술했다. 어쩌면 다시는 칼을 못 만날지도 모른다는 생각이 든 날, 너는 이태원의 어느 지하 바에서 밤늦도록 혼자 술을 마셨다고 했다. 새벽 2시쯤 바 스태프의 도움을 받아 택시에 올라탔을 때는 이미 녹다운이 된 후였다. 그날, 너는 어렴풋이 떠올리지 않았을까. 사라지기 전 칼이 자주 보내곤 했던 무언의 메시지를, 끝까지 네가 외면하고 싶어했던 그의 본심을, 고향에 돌아갈 거라고 버릇처럼 말하긴 했지만 사실은 그 모든 게 너에게서 떠나기 위해 그가 미리 짜놓은 각본일 수도 있다는 어떤 가능성을. 그토록 취했음에도 너는 바로 잠들지 못한 채 호텔 침대에 엎드려 귀를 틀어막고는 조금 울었을지도 모르겠다. 아아 제발, 칼. 잠들기 직전 그렇게 나직이 외쳤을 너의 목소리가 상상되면 나는 문득 모든 걸 멈추고 몇 초 정도 숨을 고르곤 해야 했다.

그날로부터 석 달 후, 그리고 우리는 만나게 된다. 나와 만나면서 너는 칼과의 재회를 운명, 혹은 우연에 맡겨야 한다는 것을 수긍하게 되었고 나의 원룸 오피스텔로 짐을 옮겨놓기도 했다. 우리가 함께 산 이후 처음 한 달 동안, 나는 되도록 6시 이전에 샌드위치 가게의 문을 닫았고 그후엔 언제나 마트에 들러 장을 보았다. 토론토에서 칼 박이 소금에 절인 양배추에 액즙으로 된 생강과 마늘, 잘게 자른 부추와 고춧가루를 넣어 김치를 만들어준 날이 많았기에 너는 다른 외국인들보다는 한국 음식에 익숙한 편이었지만 그렇다고 해서 내가 해준 음식을 좋아한 건 아니었다. 아니, 먹는다는 것 자체를 즐기지 못했다고 해야 더 정확한 표현이 될 것이다. 호밀빵이나 맥도널드 포테이토 같은 걸 사와서는 소파에 구겨앉은 채 우적우적 씹어먹는 너를 볼 때마다 나는 먹을 수밖에 없는 스스로를 있는 힘껏 혐오하고 싶어하는 너의 또다른 얼굴을 읽을 수 있었다. 너 역시 그런 시간을 통과하면서 너 자신이 생각보다 훨씬 더 나약한 인간이었음을 인정해야 했을 것이다. 그건, 자신을 혐오하는 방식으로 연민을 위장하는 자들의 나약함이었다. 이봐, 어쳐. 그런 날이면 나는 너를 불렀다. 왜? 하는 얼굴로 네가 나를 돌아보면 나는 다시 입을 다물었다. 그럴 때 내가 하고 싶었던 말은 무엇이었을까. 가령,

개새끼들은 꺼져라.

이런 문장으로 시작되는 나와 K의 이야기는 아니었을까.

그날, 스물여섯 살의 나는 서른두 살의 K를 내가 머물고 있던 고시원으로 데려갔었다. 달리 갈 곳이 없었다. K와 나에게 필요한 것은 오직 밀폐된 방 하나뿐이었지만 손에 닿는 현실적인 공간을 우리는 소

유할 수 없었다. 이제 막 샌드위치 가게를 개업한 나에겐 방 한 칸 마련할 여분의 돈이 없었고 두 아이로부터 아버지라는 호칭을 들으며 살던 K에겐 은밀한 사적 공간이 없었다. 그와 내가 갈 수 있는 곳은 고작 모텔뿐이었는데 K는 모텔 로비에서 방값을 계산하는 순간, 어쩔 수 없이 마주보게 되는 사람들의 시선을 못 견뎌 했다. 몇 번을 망설이다가 결국 K를 고시원으로 데려간 건 오직 그 때문이었다. 모텔보다 마음은 확실히 편했지만 고시원의 얇은 베니어판은 두 남자의 신음 소리를 정성스럽게 보듬어주지 못했다. K를 바래다주고 새벽 늦게 다시 고시원으로 돌아온 나는 주머니에서 열쇠를 찾다가 내 방문에 검은색 스프레이로 거칠게 씌어진 그 문장을 보았다. 개새끼들은 꺼져라. 나는 그대로 문에 기대어 주저앉았다. 도망쳐왔다고 믿었는데, 내 머리와 내 성기, 내 존재 자체를 철저하게 죄악의 표본으로 삼던 세계로부터 미친 듯이 악을 쓰며 도망쳐왔다고 굳게 믿고 있었는데, 내가 숨을 헐떡이며 도착한 곳이 고작 '개새끼'들의 한 뼘 공간이라는 것이 나를 울부짖게 했을 것이다. 그때 나는 이미 K와 한 번 헤어진 건지도 몰라. 너에게 하고 싶었던 이야기는 어쩌면 이 문장부터였는지도 모르겠다. 자신의 고통이 더 커 보인다면 그건 더이상 사랑이라 불러선 안 된다는 문장으로 끝날 수밖에 없는 그 긴 이야기를. 하지만 차마 할 수 없는 말들은 언제나 내 안에서 미리 차단되었고 사라져갔다. 많은 시간이 흐른 후 너에게 그 이야기를 하고 있었을 때 나는 너와는 너무도 다른 공간에, 그러나 너의 생각보다는 훨씬 가까운 곳에 혼자 서 있었다.

3

너는 너의 어린 연인의 눈에서 늘 죽음을 생각하는 자의 초조한 강박을 보았겠지만 나는 K에게서 자기도 모르게 죽음 근처를 서성이는 자의 위험한 무심함을 보았다. 그것은 동경의 대상이 아니라 살아 있다는 의식과 뒤엉켜 구분할 수 없는 모습으로 그의 삶을 채워갔다. 죽고 싶어, 그는 단 한 번도 그렇게 말한 적이 없다. 하지만 밥맛이 없어, 여행을 가고 싶어, 아이들이 자꾸 커가는 게 무섭고 신기해, 라는 말을 K에게서 들은 날이면 나는 불안했다. 위로받기보다는 위로해주고 싶은 연애 감정을 나는 K를 만나면서 처음 느꼈다.

"미스터 파아크, 그런데 너와 너의 애인은 왜 헤어졌던 거지?"

그리고 어느 날, 너는 내게 물었다. 거실 소파에 비스듬히 누운 채 텔레비전을 보다가 문득 내 쪽으로 서선을 돌린 너는 '내일 날씨는 어떻지?'와 같은 질문을 던질 때처럼 건조한 목소리로 묻고 있었다. 나는 한 5초 정도 물끄러미 너를 되바라봤다. 어떻게 그를 만났지? 누가 먼저 접근했던 거야? 너희에게도 만날 수밖에 없었던 이유가 있었겠지? 그런 식의 질문이었다면 조금이라도 할말이 있었을까. 아니다. K에 관한 거라면 그 어떤 질문에도 내 안에 해답은 없었다. 대답을 못하고 머뭇거리자 너는 어깨를 으쓱해 보이며 소파에 더 깊숙이 몸을 기댔다.

"스케이트장이었어."

잠시 후 너는 다시 말했다. 너는 그렇게 나와 시선을 맞추지 않은 채 과거로 향하는 문을 열고 그 안으로 들어갔고, 이어서 들려오는 너의 목소리는 아주 먼 곳에서 시작된 듯 희미해져 있었다.

"토론토 시청 앞에는 겨울이면 무료 야외 스케이트장이 개설되지. 11월 말부터는 점등 축제도 하고 말이야. 사실 그때 나와 칼은 혼자가 아니었어. 각자 당시 만나던 애인과 거기에 갔던 거지. 유명한 데이트 코스니까."

상상할 수 있었다. 은빛의 얼음 빙판, 그 빙판에 비치는 화려한 크리스마스트리와 오색의 조명, 하얀 입김을 불어대며 손을 맞잡고 스케이트를 타는 연인들과 아이들…… 볼륨을 높이자 여자들의 하이톤 웃음소리와 엉덩방아를 찧고는 엄마를 외쳐대는 아이들의 울음소리, 그리고 빙판을 스치는 스케이트 날의 '슥슥' 하는 매끄러운 소리가 한꺼번에 들려왔다. 함께 온 가족이나 애인에게 편하게 몸의 한 부분을 맡겨놓았기에 아무도 분리의 고통 따위는 몰라도 되었던 그곳, 그곳의 밤하늘은 태초의 시간과 맞닿을 듯 끝없이 넓게 펼쳐져 있었을 것이고 그런 밤하늘을 올려다보는 사람들의 머릿속엔 삶은 영원할지도 모른다는 달콤한 착각이 깃들어 있었을지도 모르겠다.

그 멋진 곳에, 그리고 스물여덟 살의 네가 있었다. 아하하, 소년처럼 웃으며 우아하게 스케이트를 타는 너에게로 줌인(zoom-in). 지금보다 훨씬 젊었을 적의 너는 그때나, 그때를 떠올려보는 지금이나 내겐 익숙하지 않다. 너는 그 당시의 애인과 함께 그곳에 갔었고 음료수를 사기 위해 스케이트장을 내려오다가 발을 한 번 삐끗하기도 했었다. 곧 자신에게 닥칠 생의 어떤 전환점을 인지하지 못한 채 느긋하게 자판기 쪽으로 걸어가던 너의 뒷모습은 편안해 보인다. 스케이트화의 끈을 매고 있던 스무 살의 칼을 발견했을 때, 그러나 편안해 보이던 너의 등은 순식간에 경직되고 말았다. 그에게서 시선을 떼지 못했고 혼이 빠진 듯한 얼굴로 가만히 서 있었지만 그 순간의 감정이 통증에 가까운 황홀함이었다는 것을 그때의 너는 깨닫지 못했다. 종종 그 장면을 되돌려 생각하며 네가 그 감정을 투시하게 된 건 또 한참이 지난 후였다.

"헐렁한 쿨워싱 청바지에 회색의 풀오버 코트를 입고 있었어. 아주 날렵한 모양의 검은색 비니를 쓰고 말이야. 한 손엔 담배를 들고 무성의하게 스케이트화 끈을 매고 있더군. 다가가서 머리를 한 대 쥐어박으며 그렇게 허술하게 맸다가는 금방 넘어지고 말 거라고 점잖게 타이르고 싶었지. 하지만 내가 그에게 다가가 막상 한 말은 다음주 토요일에 시간 있느냐는 뻔한 질문이었어."

너는 문득 말을 멈추고 창밖으로 고개를 돌렸다. 칼은, 혹시 죽은 걸까? 고개를 돌린 너에게서 들려오는 낮은 목소리에 내 마음은 금세 어두워졌지만 그 어떤 마음도 언어가 되진 못했다. 그 대신 최대한 아무렇지도 않은 듯한 목소리로 나는 너를 불렀다. 어쳐. 이봐, 어쳐. 너는 흠칫 놀란 얼굴로 다시 나를 바라보았다.

"나는 파아크가 아니야. 파아크는 한국어로 공원일 뿐이지. 나는 박이야, 박. 재미있는 이야기 하나 더 해줄까? 칼은 한국에서는 주방에서 사용하는 나이프야. 게다가 무사의 장검도 칼이지."

내 싱거운 농담에도 너는 웃지 않았고, 방금 전 자신이 한 말을 수습하지 못한 채 여전히 놀란 얼굴로 뚫어지게 나를 보고 있었다. 바로 그 얼굴이 우리가 헤어진 후 너를 생각할 때마다 가장 먼저 떠오르는 이미지가 될 거라는 걸, 나는 그때부터 이미 알고 있었던 것 같다.

"나는 럭키 가이라고 할 수 있군. 이 세상 어디에도 나이프를 만나다가 공원의 집에서 살게 된 인간은 없을 테니까."

한참 후에야 너는 그렇게 말하며 고개를 끄덕여 보였다. 너의 그 말에 우리는 어쩌면 웃었을지도 모르겠다.

그날 밤, 우리는 자정까지 와인을 마셨고 술 때문이었는지 너는 다른 날보다 일찍 잠이 들었다. 나는 고르게 숨을 내쉬는 너의 등뒤에 대고 말했다. K와 나는 헤어진 게 아냐. 그저, 추방된 거야. 내 말을 잠꼬대라고 생각했는지 너는 잠결에 돌아누워 나를 꼭 안아주었다. 너도 나쁜 꿈을 꾸니? 네가 안으로 깊이 잠긴 목소리로 물었지만 나는 대답 대신 너의 가슴에 얼굴을 부볐다. 낯설지 않은, 기분을 좋게 하는 바람이 어디선가 불어오는 것 같았다.

그 바람의 결이 낯익었다.

오래전, K와 등을 맞대고 앉아 있을 때면 우리 사이에 작은 세계 하나가 만들어지곤 했다. 그럴 때 나는 나도 모르게 음음음, 음음음, 허밍을 하며 K의 손에 얹힌 내 손바닥에 힘을 주곤 했다. 그렇게 해서라도 그가 살아 있고 살아가야 함을 일깨워주고 싶었다. 이곳과 저곳 사이에 심어진 나무 위로 올라가 바람을 맞는다면 꼭 그런 기분이었을 거라고, K와 함께였을 때는 정의내릴 수 없었던 그 감정을 그날 밤, 나는 너의 품속에서 그렇게 구체적으로 느끼고 있었다.

4

10월이 되면서 나는 예전처럼 밤 9시가 되어서야 샌드위치 가게의 문을 닫기 시작했고 너를 위한 저녁 식탁에 대한 고심도 그만두게 되었다. 인터넷 창을 띄워놓고 캐나다의 뉴스나 날씨를 검색하는 너를 목격하면 조용히 욕실로 들어가 오랫동안 이를 닦았다. 너는 한국에 동성애자들이 편히 쉴 수 있는 카페가 거의 없다는 것에 자주 화를 냈고 캐나다보다 한 템포 빨리 흘러가는 서울의 시간을 못 견뎌 했다. 눈여겨보지 않는다면 시선에 포착되지도 않을, 길에서 마주친 여러 장면들을 주의깊게 지켜보고는 집으로 돌아와 자못 진지한 얼굴로 내게 그 얘기를 해주기도 했다. 허공에 대고 손가락질을 하며 욕을 하는 할아버지를 봤어. 일주일 전엔 가로수를 붙잡고 한국식 레슬링을 하는 청년을 보았는데 그때처럼 참 기이했어. 에스컬레이터에서도 여자들은 일렬로 구두 소리를 내며 걸어가는 거야. 테이크아웃 커피를 들고 막 파란불로 바뀐 횡단보도를 스포츠 스타처럼 뛰어서 건너가는 여자들만큼이나 이해되지 않았어. 비가 오는 날, 서울은 더 우울해져. 건물들이 땅에서 10센티미터 떨어져 있는 것 같아. 너에게서 그런 말을 들은 날이면 이제 그만 고향으로 돌아가야 할 것 같아, 라고 말하고 싶어하는 너의 본심을 나는 헤아릴 수 있었다. 우리 중 그 누구도 입에 담지는 못했지만 사실 우리는 점점 더 확실해지는 하나의 예감 때문에 불안해하고 있었다. 그건 물론, 칼 박이 서울에 없을지도 모른다는 불안감이었다. 1년 후 내게 보낸 이메일에서 너는, 그때는 진정 마지막 포커 게임에서 로얄스트레이트를 쥐고 있는 상대를 만난 기분이었노라고 쓰기도 했다. 더이상 한국에 머물 이유를 찾지 못한 채 너는 날마다 속수무책으로 소모되는 시간 앞에서 자신이 가야 할 길을 고민해야 했다.

그래서 오랜만에 중국 레스토랑에서 외식을 하던 날, 조만간 캐나다로 돌아갈 생각이라고 네가 말했을 때 나는 덤덤했다. 충분히 예상했던 일이었으므로 충격도 받지 않았다. 오히려 나는, 나와 함께 갈래?라는 너의 질문 앞에서 허둥댔다. 나는 젓가락을 내려놓고 잠시 사념 없이 너를 바라봤다. 안타깝게도, 나는 너의 흔들리는 눈빛에서 'No'라는 대답을 듣고 싶어하는 마음을 보고 말았다. 후식으로 커피가 나올 때까지 침묵은 고통스럽게 이어졌다. 우리가 앉은 테이블 근처엔 두 남자가 후룩후룩 커피를 마시는 소리만이 오랫동안 남아 있었다.

그날 이후, 너의 귀국 준비는 차근차근 진행되었다. 영어 학원에 일을 그만두겠다는 의사를 밝혔고 붙박이장에 처박아두었던 먼지 쌓인 두 개의 캐리어 가방을 꺼내놓기도 했다. 예전 회사 동료에게 전화하여 경력자 구인에 대한 정보를 얻는 너를 발견한 적도 있었다. 비행기 티켓을 예약했노라고 네가 통보한 날은 내가 새벽 늦게까지 혼자 술을 마시다 돌아온 날이었다. 잔뜩 취해 있었기 때문에 사실 나는 조금 감상적인 상태였다. 몸을 가누지도 못한 채 비틀비틀 너에게 다가가 나는 물었다. 날 좀, 데려가줄래? 내 한국말을 알아듣지 못한 너는 그저 괜찮으냐고만 되물었었지. 괜찮아? 파아크, 정말 괜찮아? 그래, 나는 괜찮아. 나는 언제나 오케이야. 노 프라블럼, 얼웨이즈 오케이! 침대 쪽으로 걸어가 그대로 쓰러져 쿠션에 얼굴을 묻으며 나는 온 힘을 다해 웃었다. 곧이어, 내 등을 어루만지는 너의 손길이 느껴졌다.

그 새벽, 목이 말라 깨어난 뒤 가까스로 침대에서 일어나 주방 쪽으로 걷다가 소파에서 불편하게 잠이 든 너를 나는 보았다. 가만히 멈춰서서 너를 내려다보는데 어떤 장면 하나가 믿을 수 없도록 선명하게 내 눈앞에 펼쳐지기 시작했다. 네가 아직 경험하지 못했고 나 역시 그저 상상만 할 수 있는 1년 후의 어느 하루란 걸 알 수 있었다. 헤어졌음에도, 그때도 우리는 서로에게 암묵적으로 거리감을 요구하며 현재의 모사본에 지나지 않는 미래를 두려워하고 있을까. 아마, 그럴 터였다.

너는 그날, 연말의 토론토 시청 앞 광장을 지나가다가 문득 걸음을 멈추게 된다. 조명이 일제히 켜지고 하늘엔 폭죽이 터지는 그곳에서 사람들은 와아, 함성을 지르며 언젠가 추억으로 포장될 그 밤의 아름다움을 지켜보고 있다. 모든 사람들이 멈춰 선 채 밤하늘을 올려다보고 있는 그곳엔 방금 전 칼을 보았다는 확신과 그 사람이 칼이 아닐 수도 있다는 의심 중 무엇이 진심에 가까운 건지 판단하지 못하는 네가 서 있다. 판단도 못한 채 너는 사람들 사이를 비집으며 정신없이 뛰어갔지만 칼은 이미 사라지고 없다. 뒤늦게 너를 따라온 너의 새 애인이 무슨 일이야? 묻자 너는 파아크를 찾고 있었어, 라고 대답한다. 너의 등을 치며 소리내어 웃는 너의 새 애인에게로 줌인을 하고 싶지만 그의 모습만은 내 상상의 범위 안으로 들어오지 못한다. 세상에, 파아크라는 이름도 있어? 너의 새 애인이 묻는다. 조금은 고음인, 앳된 소년 같은 음성이라면 어떨까. 너는 뒤를 돌아보며 새 애인을 향해 멋쩍게 웃어준다. 1년 사이 부쩍 나이든 모습, 스물여덟 살의 너만큼이나 내겐 익숙하지 않은 얼굴로. 이봐, 파아크는 이름이 아니라 성이야. 그런데 세상에는 파아크라는 성만 있는 게 아니더군. 나이프라는 이름도 있지. 너의 새 애인은 또 한번 큰 소리로 웃고 너는 다시 길을 걷는다. 파아크를 외치며 찾았던 이가 칼이었는지, 아니면 서울에 남아 있는 미스터 파아크였는지 혼란스러워하며. 나아가 칼을 목격했다고 믿었던 그 순간 왜 칼의 얼굴이 아니라 서울에서 샌드위치를 팔고 있을 또다른 파아크의 얼굴이 또렷이 기억이 난 건지 스스로 해답을 찾지 못한 채. 그날 밤, 너는 나를 떠난 후 1년 만에 처음으로 내게 이메일 한 통을 보낸다. 마지막 포커 게임에서 로얄스트레이트를 쥐고 있는 상대를 만난 기분이었다는 문장이 들어 있던, 첫번째 이메일이었다.

5

태초의 인간은 남자도 여자도 아니었다. 남자와 여자, 남자와 남자, 여자와 여자가 한몸이었고 그들은 네 개의 건강한 발로 광활한 세상을 거닐었다. 네 개의 눈이 있었기에 거대한 산속에서도 길을 잃지 않았고 밤이 되면 하나의 머리 안에 들어 있는 두 개의 얼굴이 서로를 마주보며 고요히 사랑을 나누었다. 인간의 방종에 분노한 신이 번개를 내리쳐 분리되기 전까지 그들에게 사랑은 언제나 손끝에 닿을 수 있는 가까운 거리에 있었다. 분리된 이후에야, 그들은 사랑을 찾고 사랑을 하고 사랑을 잊는 과정의 고통을 알게 되었다. 우리가 보는 모든 거울은 늘 금이 간 상태로 우리 곁에 남겨지게 되었고, 나 역시 내가 남들과 조금은 다른 인간임을 알게 된 열두 살 이후로 내 모습을 온전히 보여줄 수 있는 완벽한 거울을 단 한 번도 소유해본 적이 없다.

출국일 바로 전날, 너는 밤 10시가 넘도록 내 오피스텔로 돌아오지 않았다. 아직 해지되지 않은 너의 휴대폰에 수십 통의 전화를 걸었던 기억이 난다. 서른다섯번째, 혹은 서른여섯번째 통화 버튼을 눌렀을 때에야 너는 전화를 받았다.

너는 네가 일했던 영어학원에서 한 정거장 거리에 있는 자동차 대리점에 있다고 했다. 모두 퇴근했어. 내가 그곳에 도착했을 때, 아직 비닐도 벗기지 않은 전시용 새 차의 운전석에 앉아 있던 너는 창문을 열고 말했다. 쇼윈도를 향해 서 있는 새 차는 윤이 흐르는 검은색 세단이었다. 언뜻 보니 조수석에는 와인 한 병이 놓여 있었고 너의 얼굴은 취기에 조금 젖어 있었다.

대체 어떻게 된 거야? 나는 물었을 것이다. 내 학생 중 한 명이 여기 사장이야. 언젠가 강의실에 카드 하나를 흘리고 갔지. 지나가다 생각이 나서 카드 리더기에 그때 주운 카드를 갖다대니 문이 열리더군. 너는 대답했겠지. 그러다가 경찰에 잡혀갈 수도 있어. 네가 타고 있는 이 차는 아직 판매되지도 않은 고급차잖아. 내가 조금은 우울한 목소리로 말했을 때, 걱정 마. 벌써 열 번은 넘게 여기에 와봤지만 경찰은 한 번도 나를 찾아오지 않았어. 그리고 잊었나본데, 나는 내일 한국에 없어, 말하며 너는 장난스럽게 와인병을 흔들어 보였을 터이다. 너는 어땠지? 내가 차문을 열고 조수석에 앉자마자, 그리고 너는 불쑥 그렇게 물었다. 뭘? 되묻자, 남들과 다르다는 걸 느꼈을 때 말이야, 좀 전보다 시무룩해진 목소리로 네가 대답했다. 나는 네가 건넨 와인병을 들고 병째로 몇 모금 마셨다. 피곤한 하루였다. 피곤했던 수많은 날들이 있었다. 열두 살 이후, 나는 나를 경멸하고 그 경멸의 양만큼 연민하는 힘으로 살아왔다. 마치 너처럼, 그리고 K처럼. 그게, 다였다.

"나는 아홉 살 때 처음 느꼈어. 조금 이른 편이었지. 3일 정도 내 방에서 한 발자국도 안 나갔어. 그 3일 동안, 탈진하도록 춤을 췄고 너무 지치면 이온 음료를 마셨지. 정말 긴 시간이었어."

나는 와인병을 바닥에 내려놓고 너의 손을 잡았다. 네가 고개를 들어 나를 마주보자 나는 나도 모르게 입술을 깨물었다. 입술을 깨문다(se mordre les lèvres)는 건 프랑스어로 후회한다(regretter)는 의미라고 말해준 건 너였다. 후회하고 있니? 네가 다시 물어올까봐, 나는 지레 놀란 듯 고개를 저어 보였다. 다행히 너는 아무것도 묻지 않았고 우리는 이내 샌드위치 가게에서 처음 만났던 그때처럼 고요하게 서로를 응시하기 시작했다. 정지된 시간이 기다렸다는 듯 우리 곁으로 다가와서 단단한 막 하나를 만들어주었다. 우리의 일생이, 본 적도 없고 들어본 적도 없는 시간까지 섬세하게 교환되는 기분이었다. 그때, 폐쇄된 세상의 어느 한 부분이 열리면서 뚜벅뚜벅, 누군가 걸어나와 우리를 지나쳐갔다. 푸른 눈의 아이였다. 몇 번의 탈진을 반복했을 아이의 얼굴은 3일 사이 청년의 표정으로 바뀌어 있었다. 밖에서 그애를 기다리고 있던 열두 살의 깡마른 소년이 아이의 손을 잡더니 어딘가로 걸어가기 시작했다. 사이좋게 걸어가는 그들을 우리 역시 말없이 지켜보기만 할 뿐, 불러 세우지는 않았다.

그들이 아주 사라지고 나서야 나는 너의 어깨에 머리를 기댔다. 언뜻 본 세단의 백미러에서 우리의 몸은 겹쳐 보였다. 우리에겐 두 개의 팔과 두 개의 다리, 두 개의 얼굴이 있었고 내 가슴속엔 두 몫의 숨이 하나가 되어 흘러가기 시작했다. 그제야 나는 너에게 K가 나를 떠난 이유를, 아니 우리가 왜 추방될 수밖에 없었는지에 대해 이야기해줄 수도 있겠다는 생각이 들었다. 그 이야기를 하기 전에는 물론 '그곳'부터 말해야 했다. K와 내가 '숲의 끝'이라고 불렀던, 원목의 고가 가구들로 세팅된 침실과 거실이 있었던 그곳. 우리가 이름을 따온 고흐의 그림 〈숲의 끝〉은 무채색으로만 표현된 스산한 해질녘의 숲이었지만 우리의 진짜 그곳은 작은 장식품 하나에도 섬세한 조각이 새겨져 있던 우아하고 따뜻한 세계였다는 말도.

너는 더 이야기해달라고 했다. 한 손으로 턱까지 괸 채 이윽하게 나를 바라보며 자못 흥미롭다는 표정을 짓기도 했다.

내 허술한 고시원에서도 쫓겨난 K와 나는 일주일에 두 번씩 그곳, K의 가구점에서 목마른 섹스를 나눴다. 화요일과 금요일은 K의 아내가 아이들을 위해 다른 날보다 일찍 퇴근하는 날이었다. 샌드위치 가게의 문을 닫고 거리를 배회하다 밤 10시, 가구점 폐점 시간에 맞춰 그곳을 찾아가면 K는 셔터를 내리고 콘솔 서랍에서 패브릭 원단을 꺼내 앤틱풍의 킹 사이즈 침대 위에 깔았다. 이탈리아에서 직수입한 마호가니 침대는 언제나 아늑했다. 조명을 끄고 K와 부둥켜안은 채 그곳에 누워 있노라면 세상 모든 사람들이 내 지나온 삶을 속속들이 알고 있고 전적으로 이해하고 있으며 심지어 지금의 나를 가슴 깊이 동정하고 있을 거라는 행복한 착각에 빠져들 수 있었다. 실제로 나는, 그 침대에서 자주 그런 꿈을 꾸었다. 커밍아웃 이후 나를 정신병원에 보내려고 했던 아버지와 그런 아버지의 허리를 끌어안고 필사적으로 몸부림치며 울부짖던 어머니, 내 사물함 안에 여성용 속옷을 넣어놓고 내가 보일 행동을 지켜보며 천박하게 웃던 고등학교 동창들이 어느새 하나둘 몰려와 손을 내밀어 내 머리를 정성스럽게 쓰다듬어주는 꿈. 그런 꿈을 꾼 날이면 세상 전체가 따뜻한 혀가 되어 몇 번이고 내 몸을 부드럽게 핥아주곤 했다.

그래서, 그토록 그 순간에 온 정신을 집중했기에, K의 아내가 가구점 문을 열고 들어올 때까지 K와 나는 어떤 인기척도 느끼지 못했다.

아니다. 어쩌면 우리는 모두 알고 있었으면서도 절정에 다다랐던 그 순간을 누구에게도 빼앗기고 싶지 않아 더더욱 서로에게 매달렸는지도 모른다. 잠시 후 가구점 안의 실내조명이 켜지면서 나무들의 노랫소리도, 내 머리를 쓰다듬어주던 사람들의 환영도 하얗게 부서졌다. K와 나는 동시에 그의 아내 쪽을 쳐다봤다. 이상했다. 충격으로 격하게 흔들리던 그녀의 눈빛은 분명 우리에게 수치심을 강요하고 있었는데 우린 서로에게서 몸을 떼지도 않았고, 부끄러운 맨몸을 가릴 수 있는 나무 그늘 아래로 뛰어가지도 않았다. 우리는 그저 어리둥절한 얼굴로 말없이 그녀를 바라보다가 이내, 문이 열리면서 자동으로 셔터가 올라간 쇼윈도 쪽으로 동시에 시선을 돌렸을 뿐이다. 그리고 그곳에, K와 내가 갇혀 있었다. 알몸의 한 남자가 또다른 알몸의 한 남자를 뒤에서 끌어안고 있는 모습이, 마치 싸구려 포르노 잡지의 한 페이지처럼, 그곳에 온전히 갇혀 있었다. 간간이 지나가던 행인들이 걸음을 멈추고 우리의 숲을 들여다봤다. 놀란 아이의 눈을 가리던 젊은 주부와 은근슬쩍 휴대폰을 꺼내 사진을 찍어대던 여고생들, 못 볼 것이라도 본 것처럼 한껏 얼굴을 찌푸린 몇 명의 중년 사내들이 그렇게 쇼윈도 너머에서 우리의 신성한 숲으로 경멸 어린 시선을 막무가내로 밀어넣고 있었다. 뒤늦게, 보지 마! 소리치며 두 손으로 K의 눈을 가렸지만 이미 바닥으로 떨어져버린, 낙원 밖을 보아버린 그의 눈은 두려움과 고통으로 뿌옇게 흐려져 있었다. 곧이어, 그의 아내가 가구점 안의 여러 장식품들을 우리 쪽으로 집어던지며 울부짖기 시작했다. 그녀가 감당해야 했을 충격과 배신감을 나는 감히 외면할 수 없었다. 그 상황에서 피해자는 누가 뭐래도 그녀였고 우리는 그녀의 삶을 뿌리부터 흔들어놓은 파렴치한 '개새끼들'에 지나지 않았으니까. 어쳐, 이봐 어쳐.

"너는 그렇게 생각하지 않니, 어쳐?"

내가 마지막으로 그렇게 물었을 때 너는 문득 두 손으로 내 얼굴을 감쌌다. 나는 어미젖을 찾는 눈먼 새끼처럼 너의 얼굴을 입술로 더듬었다. 우리는 곧, 정신없이 키스를 하기 시작했다. 잘 봐. 아직 내 입안에 들어와 있는 너의 혀가 말했다. 뭘? 쇼윈도 밖을. 그제야 나는 너의 품에서 빠져나와 쇼윈도 쪽을 건너다봤다. 아무도 없어. 그래. 너와 키스를 하면서도 나는 내내 쇼윈도 밖을 보았지. 우리를 지켜보기 위해 걸음을 멈춘 사람은 한 명도 없었어. 너의 말대로 쇼윈도 밖은 고요했다. 사람들은 그저 자기 삶의 화두를 좇아 무심하게 걷고 있을 뿐, 쇼윈도 너머 자동차 안에서 서로를 깊이 끌어안고 있는 두 명의 남자에겐 아무런 관심도 보이지 않았다. 나는 다시 너에게로 고개를 돌렸다. 우리가 의식하지만 않는다면 그 누구도 우리를 추방할 수 없어. 너는 말했고 나는 맹목적으로 고개를 끄덕였다. 잠시 후 우리는 다시 키스에 몰두했고 미래의 그 어느 순간에도 후회하지 않기 위해 애썼다. 상상할 수 있었다. 토론토 시청 앞 광장에서 스무 살의 칼이 지은 표정을, 세상의 모든 조명을 암전시키며 자신에게만 온 정신을 집중하도록 했을 그의 매력적인 웃음을. 처음 만난 날로부터 다음 주 토요일이 될 때까지 그들이 얼마나 애타게 그 시간을 기다렸을지, 충분히 상상할 수 있었다.

다음날 너는 아침 비행기를 타기 위해 내가 잠든 사이 내 원룸 오피스텔을 떠났다. 그리고 나의 예감대로, 우리는 다시는 만나지 않았다.

6

어떤 날은 K를 생각했고 또 어느 날은 너를 떠올렸다. 길을 걷다가, 샌드위치를 만들다가 혹은 소파에 구겨앉은 채 우적우적 빵을 씹어먹다가 가만히 눈을 감으면 내 가슴속 어딘가에서 재깍거리는 소리가 들려왔다. 어쩌면 그건, 초조나 불안이 소비되는 소리가 아니라 시간을 앞질러 가고 싶어하는 내 감정이 균열되는 소리였는지도 모르겠다. 나는 점점 말이 없어졌고 자주 식사를 걸렀으며 밤마다 욕실의 거울 앞에서 이를 닦으면서 추억을 방치하는 자의 유약함을 지켜보았다.

계획도 없이 토론토행 비행기 티켓을 예약하게 된 건 너의 이메일도 석 달간 끊긴 후였다. 그리고, K의 아내로부터 무려 3년 만에 전화가 온 날이기도 했다. 그녀는 잔뜩 쉰 목소리로 K의 부고를 전했다. K의 시신은 산에서 발견됐노라고 했다. 몰랐는데, 나와 헤어진 후 K는 산으로 갔던 모양이다. 산에서 K는 무욕의 삶을 살았다. 사회적 관계를 포기했고 돈을 벌고 쓰는 고단한 일상에서 벗어났으며 나에게서 돌아누울 때마다 소리 죽여 지갑에서 꺼내 보던 아이들의 사진도 고통스럽게 외면했다. 직접적인 사인은 동사(凍死)인데, 이미 오래전부터 심각한 영양실조 상태였다더군요. K의 아내는 덤덤한 목소리로 다시 말했다. 뚫어지게 정면만을 응시하며 한 방울의 눈물도 흘리지 않기 위해 이를 악물고 있을 그녀의 모습이 눈에 선했다. 그 순간 슬퍼하지 말라는 말을 하고 싶은 내 마음을 저버리기 위해 나 역시 그녀처럼 이를 악물어야 했다. 매정하도록 관용을 베풀지 않는, 여전히 그녀를 괴롭히며 날마다 새롭게 기억되고 있을 그날의 한 장면을 이제는 잊어버려야 한다는 되지도 않는 충고도 나는 온 힘을 다해 참았다. 그의 죽음을 알아야 당신의 고통도 진짜가 될 것 같다는 생각에 전화한 것일 뿐, 아이들을 위해서라도 장례식엔 오지 말라는 말을 남기고 그녀가 먼저 전화를 끊어준 덕에 나의 그런 멍청한 말들은 다행히 전화선을 타지 못했다.

토론토행 비행기를 타던 날은 마침 연말이었고 크리스마스 시즌이었다. 열두 시간 넘게 비행기를 타고 공항에 도착했을 때까지만 해도 토론토 시청으로 가리라 다짐했는데 그러지 않았다. 아니다. 택시를 타고 시청 앞을 지나가긴 했다. 너의 말대로, 눈부신 빛으로 물든 얼음 빙판 위에서 많은 사람들이 스케이트를 타고 있었다. 음음음, 음음음. 나도 모르게 내 입에서 허밍이 흘러나왔다. 기다렸지만, 나무의 잔가지를 흔들어놓던 그 부드러운 바람은 불어오지 않았다.

토론토는 생각보다 추웠고 내가 갔을 때는 사흘 내내 눈이 왔으므로 온 도시가 은백색이었다. 뚜렷한 계획 없이 토론토에 도착한 나는 사흘 동안 호텔방과 호텔 지하의 바에만 있었다. 마지막 날, 너에게 딱 한 통의 전화를 걸긴 했다. 너의 새 전화번호가 적힌 이메일을 나는 여권 수첩 안에 넣어 다니고 있었다.

너는 내 생각보다 훨씬 반갑게 전화를 받았다. 내 건강과 샌드위치 가게의 안부를 물었고 서울은 여전히 그렇게 빠르고 쓸쓸하냐고 묻기도 했다. 나는 내가 무척 건강하고 샌드위치 가게도 그럭저럭 운영되고 있으며 서울은 여전하다고 말해주었다. 너의 새로운 삶에 대해선 아무것도 묻지 못했다. 침묵이 조금 이어졌다. 즉흥적으로 전화를 한 것이었으므로 수화기 안쪽 어딘가에서 동전을 더 넣으라는 메시지가 들려왔지만 내 주머니엔 여분의 동전이 없었다. 전화가 자동으로 끊기기 직전 내가 속삭였던가. 언젠가 이런 날에, 그러니까 너와 너무도 다른 공간에, 그러나 너의 생각보다는 훨씬 가까운 곳에 혼자 서서 속삭였을 거라 믿어왔던 그 이야기를 그 순간 내가 정말 너에게 하고 있었던 걸까. 확신할 수 없다. 나는 그저, 어느새 내가 온 힘을 다해 수화기를 움켜쥔 채 조금씩 울고 있다는 것만 알게 되었을 뿐이다. 뜻하지 않게도 그곳 북쪽 도시에서 나는, 내가 가장 불행하다고 생각했던 그 시절이 사실은 진심으로 사랑했던 한때였음을 인정하게 되었다. 수화기를 내려놓았을 때, 이제 더이상 내가 전화할 곳은 없었다. 통증에 가까운 황홀감을 되새기며 살아갈 수밖에 없는 형벌 같은 날들이 아직 너무도 많이 남아 있던 저녁이었다. 그러니까 어쳐, 이것도 꽤 오래전의 이야기가 되어버렸다. 첫 답장이 너무 길어져서 미안하다. 서울에서, 너의 사랑 박.

목요일에 만나요

숨을 불어주면 K는 갑자기 거세게 휘몰아치는 바람 속에서
그 갈색 머리칼을 휘날리며 아주 잠깐,
목요일 저녁의 농구 게임을 그리워할지도 몰랐다.

1

통곡의 의자는 도시의 한가운데, 높은 계단 끝에 있다 했다. 그 의자에 앉은 사람은 누구라도 자신의 죄를 고해야 하고 용서를 구해야 한다. 그 나라에서는 수도에 사는 중산층에서부터 지도에는 잘 표시되지도 않는 아주 작은 섬의 최하층 주민들까지, 그 통곡의 의자에 앉아 모든 죄를 고한 후 구원받는 것이야말로 삶의 위대한 이유이고 가치라고 믿었다. 여자는 상상하곤 했다. 끝이 보이지 않는 긴 줄, 자기 차례가 되면 덜덜 몸을 떨며 조심스럽게 의자에 앉는 사람들, 점점 더 절박해지는 고백의 목소리, 가슴을 쥐어뜯으며 목젖이 보이도록 울부짖는 일그러진 표정, 온 도시를 울리는 통곡의 메아리, 그리고 아무런 미동도 없는 그저 푸른 하늘. 고하면 고할수록, 의식하면 할수록 죄는 선명해지고 커진다. 까맣게 잊고 있었던 일들도 고백의 목소리 사이에서 비집고 나와 또다른 죄의 목록에 포함된다. 어디까지가 죄이고 어디부터가 부주의한 실수인지 혼란스러워지기도 할 것이다. 연유나 과정은 망각된 채 다만 되돌릴 수 없는 어떤 행동만이 현미경으로 들여다본 것처럼 무한히 확대되면 그 모든 것이 현실적인 재앙으로 되돌아올지도 모른다는, 혹은 마음속 간절한 염원이 무참하게 좌절될지도 모른다는 병적인 불안감을 키우면서 또다른 고백을 불러오게 되리라. 이상한 반복, 선의가 없는 순환. 의자에 앉은 이의 고통은 점점 더 날것으로 드러나게 되고 그 고통을 지켜보는 사람들은 어서 빨리 자기 차례가 오기만을 기다리며 무료한 얼굴로 하품을 하거나 사소한 고민에 잠긴다. 실제로는 본 적 없는 그 의자가 여자는 세상에서 가장 잔인한 고문 기계 같다고 생각했다.

꿈같은 이야기다.

여자는 눈을 부비며 침대에서 몸을 일으켰다. 나무 그늘 아래서 잠이 든 소년이 잠에서 깨어나자 노인이 되어 있었다는 식의 이야기를 언젠가 읽은 적이 있는 것 같다. 사위는 어두웠다. 나방 한 마리가 들어와 어두운 방의 허공을 날아다녔다. 여자는 힘없이 날아다니는 나방을 가만히 건너다보며 오래전 중국에서 살았던 어떤 현자가 나비를 거론하며 남긴 잠언을 떠올려봤다. 목이 말라왔다. 잠이 덜 깬 탓에 조금은 비틀거리는 걸음으로 여자는 천천히 거실로 나가 냉장고 문을 열었다.

2

냉장고는 텅 비어 있었다. 지난주 홍천으로 가기 전, 냉장고 안에 들어 있던 음식을 모두 내버린 뒤 플러그까지 빼놓은 것이 그제야 기억났다. 주섬주섬 플러그를 찾아와 콘센트에 꽂으니 늙은 냉장고는 쿨럭, 큰 기침을 한 번 하고는 금세 청년으로 변해 위윙, 경쾌한 소리를 내며 돌아가기 시작했다. 여자는 쭈그리고 앉아 목마름도 잊은 채 조명이 들어온 텅 빈 냉장고 안을 물끄러미 들여다보았다. 무슨 이야기든 품어줄 것 같은 가슴이 아주 넓은 이 사물에게 여자는 단 하룻밤 사이에 진짜 노인이 되어버린 어떤 청년의 이야기를 들려주고 싶었다. 그애한테는 빼버릴 플러그도 없었는데 말이야, 아마도 이렇게 시작될 이야기를.

그전에 이 냉장고 안을 조금이라도 채워놓는 게 좋을 것 같았다.

외출 준비를 하기 위해 욕실로 향하던 여자는 문득 걸음을 돌려 어머니 방으로 들어갔다. 어머니가 사용하던 5단짜리 옷장 속엔 어머니의 옷들이 아직 그대로 있었다. 여자는 어머니가 즐겨 입던 감색 치마와 수국이 그려진 면 셔츠, 보라색 조끼를 꺼내 입었다. 어머니의 양말을 신었고 어머니가 들고 다니던 하얀색 양산과 벽돌색의 가방도 손에 쥐었다. 어머니의 물건에서는 나프탈렌 냄새가 났다. 여자는 거울 앞에 서서 헝클어진 머리칼을 빗으며 어머니가 즐겨 부르던 노래를 흥얼거리다가 마지막으로 어머니의 구두를 찾아 신고 아파트를 나왔다.

근처에 있는 대형 마트로 가려면 일반버스보다는 마을버스가 편했다. 마을버스를 기다리는 동안 여름의 끝을 알리는 바람이 불어왔다. 달콤한 바람이었다. 양산 안은 아늑했고 감색의 긴 치마는 기분 좋게 맨다리에 감겨왔다. 어머니가 걸치거나 들고 다녔던 옷과 양산에선 외부의 미세한 위험까지도 막아줄 것 같은 든든함이 느껴졌다. 마침 초록색 마을버스가 느릿느릿 다가오는 게 보였다. 여자는 가장 먼저

버스에 오르기 위해 주먹을 꽉 쥐었다. 어머니는 마을버스가 오면 언제나 가장 처음으로 버스에 올라 기사 바로 뒷자리에 자리를 잡았고, 어느 순간 벌어진 다리를 의식도 못한 채 끄덕끄덕 졸곤 했다.

월요일 오후의 대형 마트는 한산했다.

한 시간여 장을 본 뒤 여자는 대형 마트 로고가 찍힌 두 개의 종이봉투와 하드를 손에 쥔 채 다시 마을버스 정류장에 섰다. 어렸을 적 질리게 먹었던 상어 모양의 이 하드는 색소가 너무 많이 들어간 탓에 다 먹고 나면 입안이 씁쌀해졌다. 입술 근처에 회색과 빨간색 색소를 잔뜩 묻히고 집으로 돌아가면 어머니는 마른 수건으로 여자의 입가를 박박 문질러주곤 했다. 곁에 서 있던 K도 예외는 아니었다. 세트로 칠칠맞지 못하기는. 어머니는 가볍게 짜증을 냈지만 그래도 다음날이면 여자와 K의 손을 맞잡아주며 꼭 함께 다녀야 한다고 주의를 주었다. 마을버스는 곧 왔다. 버스에 오르자마자 여자는 이번에도 기사 뒷자리에 앉아 창문을 열었다. 구식 옷을 입고 하드를 빨다가 돌연 알아들을 수 없는 멜로디를 흥얼거리는 여자를 기사가 룸미러로 흘끗 쳐다봤다. 눈이 마주쳤다. 여자는 고개를 돌리며 조금 남은 하드를 한입에 다 깨물어 먹었다. 색소로 물든 입가는 보라색 조끼에 닦았다.

대형 마트에서 네번째 정거장을 지날 때 마을버스는 급정거를 했다. 작은 횡단보도 앞이었다. 비명이 들려왔다. 횡단보도 옆으로 자전거 하나가 나뒹굴었고 기사는 운전대에 고개를 파묻었으며 신호등은 여전히 빨간색이었다. 횡단보도 근처로 사람들이 몰려들자 그제야 기사는 아주 느린 동작으로 운전석에서 나와 승객들을 향해 돌아섰다. 여자는 젊은 버스 기사의 건강한 두 다리가 맥없이 흔들리는 것을 물끄러미 쳐다보았다. 창백해진 얼굴로 온몸을 떨고 있던 기사는 한참 후에야 울먹이듯 소리를 내질렀다.

"분명히 빨간불이었어요! 누가, 누가 좀 도와주세요!"

누가 좀 도와주세요!

사고 직후, K도 가장 먼저 저렇게 외쳤을까.

그 일 이후, K는 끊임없이 떠나고 싶어했다. 어딘가에 중요한 가방이나 서류를 놓고 온 사람 같았다. 떠나지 못한 K는 소파에서, 장롱 안에서, 심지어 욕실의 거울 속에서 자주 무언가를 중얼거렸다. 이렇게 기도하는데, 이렇게까지 하는데 왜 호전되지 않지? K는 절망했다. 절망의 크기만큼 기도의 시간도 길어졌다. 아무래도 진짜 기도를 하러 가야 할 것 같아. K가 그런 말을 했던가. 여자는 기억나지 않는다. 아무것도 확신할 수는 없었지만 초조하게 발을 동동 구르며 끝날 듯 끝나지 않는 사람들의 고백을 들으면서 죄의 목록을 고치고 또 고치고 있을 K를 상상하는 건 어렵지 않았다. 어쩌면 K는 오래전 보았던 어떤 영화의 주인공처럼 자신의 고백으로 빽빽한 노트 한 권을 갖고 있을지도 모른다. 허리가 꾸부정한 노인의 자세로 시도 때도 없이 그 노트를 들여다보며 무언가를 적고 지우고 다시 적는 K를 여자는 상상의 영역에서 본 적이 있었다. 상상의 입구에는 거대한 문이 있어서 힘겹게 문을 옆으로 밀면 K가 있는 곳이 한눈에 내려다보였다. 뙤약볕이 쏟아지는 황량한 사막이나 거미줄처럼 이어진 허름한 골목, 험한 계곡 사이의 산길 등이 번갈아 보였다. 마음이 지옥인 사람들은 어디를 가나 긴 줄을 만들며 서 있었지만 어딘가에 꼭 있다고 여겨왔던 통곡의 의자는 아무리 샅샅이 뒤져봐도 보이지 않았다. 불가능한 기대를 이제 그만 버려. 열린 문에 고개를 들이밀어 나직이 속삭인 적도 많았다. 분명 속삭임이었는데도 문을 지나간 여자의 목소리는 우렁우렁 울려퍼졌다. 놀란 K가 주위를 두리번거리면 여자는 한번 더 단호하게 말했다. 지금 너는 엄살을 부리고 있는 거야, 아무 소용이 없다고! 그럼 K는, 도저히 더는 참을 수 없다는 듯 악을 쓰며 울었고 그러다가도 문득 자세를 고치고는 이것만은, 이것만은 제발, 하며 기계적으로 기도를 하기도 했다. 공포로 흐려진 눈동자, 어제와 다를 것 없는 하늘을 올려다보며 맹렬히 휘젓는 고갯짓. K를 고문하는 것은 의자가 아니라 늘 K 자신이었다. 내가……

"내가, 다 봤어요, 다아!"

여자는 얼떨결에 자리에서 일어나 큰소리로 외쳤다. 의도와 다르게 목소리가 조금 떨렸다. 버스 안에 앉아 있던 대여섯 명의 승객들이 일제히 여자 쪽을 쳐다봤다. 여전히 겁먹은 얼굴을 하고 있던 기사가 여자에게 한 발 가까이 다가왔다. 어떤 문장인가가 목에서 가시처럼 걸렸다. 기시감이 밀려왔다. 늘 가슴에 품고 다녔지만 K 앞에서도 이렇게 입 밖으로 꺼내보지 못한 문장이었다.

"빨간불이었어요. 맞죠? 그렇죠?"

이어지는 기사의 다급한 질문에 여자가 고개를 끄덕이자 그의 풀린 눈동자에는 순간적으로 축축한 물기가 고였다. 희망이란 부질없어서 의미가 있는 것일까. K는 어땠을까. K도 그 새벽의 인적 드문 국도에서 희망을 찾았을까, 저렇게 한 방울의 눈물이 배어나오도록 간절하게? 앰뷸런스와 경찰차가 오기 전까지 뒤집혀진 승용차 안에서 철철 피를 흘리며 의식을 상실해갔을 조수석의 어머니를 꼼짝없이 지켜보면서도 K가 희망을 품었다면 대체 그 희망이란 무슨 의미가 있다는 것인지 알 수 없었다. 끔찍한 배반을 이미 품고 있던 미래를 감히 예상도 하지 못한 채 K가 그렇게 가짜의 방식으로 위로받은 게 사실이라면, 정말 그랬다면, 진실에 눈멀게 하고 이성적인 사고를 불허한 그 부질없는 위로의 순간을 여자는 영원히 용서하지 못할 것 같다는 생각이 들었다.

경찰서에는 버스 기사와 여자, 그리고 사고를 당한 아이의 부모와 보험회사 직원들이 모였다. 아이는 의외로 크게 다치지 않았다. 가벼운 타박상과 찰과상 정도였다. 여자는 몇 번에 걸쳐 신호등에 대해 진술한 후 밤이 되어서야 경찰서를 나올 수 있었다.

허기가 졌다. 부지런히 걸어가 아파트에 도착했을 때 201호 우편함에 끼워져 있던 엽서 하나가 여자의 시야에 들어왔다. 여자는 우편함 앞에 선 채 한참 동안 그 엽서를 들여다봤다. 주황색 승복을 입은 동자승이 석양을 바라보고 있는 사진이 인쇄된 엽서였다. 엽서에는 이번에도 단 한 줄의 문장뿐이었다.

3

동자승이 인쇄된 엽서를 가방에 넣고 계단을 오르는데 다리가 자꾸만 꺾였다. 지난주 홍천에 갔을 때가 생각났다. 아니, 그날 새벽에 보았던 고독한 외길이 선명하게 눈앞에 그려졌다. 처음부터 계획을 하고 떠난 여행은 아니었다. 다만 그날 아침 의사로부터 인공호흡기 제거에 대한 제안을 들었을 뿐이다. 선례가 있으니 절차가 복잡하진 않을 거라고 의사는 조심스럽게 말했다. 여자는 의사 뒤편의 달력을 뚫어지게 쳐다보다가 무심한 목소리로 K가 돌아온 후에 결정하겠다고 대답했다. 의사는 몹시 어려운 문제이긴 하다며 얼버무렸고 더이상 아무것도 강요하지 않았다. 여유가 느껴지는 인상 좋은 의사였다.

홍천에 도착해서는 펜션에 방을 얻어 밀린 숙제를 하듯 이틀 내내 잠만 잤다. 3일째 밤에 꿈을 꾸었다. 롱샷을 잡는 카메라 같은 시선은 먼 곳에 있었지만 그 시선이 향한 곳엔 여자 자신이 있었다. 여자의 시선은 침대에 무력하게 누워 있던 자신에게로 조금씩 다가갔다. 초점을 맞춰보니 이미 자줏빛 시반(屍班)이 불길하게 퍼져 있는 시체였다. 여자는 황급하게 카메라를 끈 뒤 단박에 이불을 박차고 일어났다. 이미 동이 터 있었다. 펜션의 창문을 여니 뿌연 물안개가 피어올랐고 산등성이를 향해 뻗어 있는 외길 하나가 희미하게 실루엣을 드러냈다. 외길 중간엔 목이 꺾인 나무 한 그루가 위태롭게 서 있었다. 길을 걷는 사람은 아무도 없었다. 삶의 뒤편에도 길이 있다면 꼭 저런 분위기일 것 같다고 여자는 생각했다. 그렇다면 숨은 쉬고 있으나 의식이 없는, 장기는 움직이지만 머릿속은 까맣게 타버린 어머니는 지금쯤 목 꺾인 나무가 서 있는 지점 정도를 걸어가고 있는 중일지도 몰랐다. 한번 수화기를 잡으면 한 시간은 너끈히 수다를 떨어야 하고 구멍 난 양말을 신고도 태연하게 신발을 벗고 고깃집 룸으로 들어갈 수 있었던, 일주일에 한 번은 찜질방에 가서 허리가 아플 때까지 잠을 잤고 소주를 들이켠 후에도 아멘이라고 외쳤으며 보험에 들겠다는 사람이 있으면 부산이든 해남이든 가리지 않고 한걸음에 달려갔던, 너무도 구체적인 인생을 살았던 나의 어머니는. 대학 때 처음 연애를 한 남자애에게 일방적으로 이별을 통보받고 돌아와 되지도 않는 술주정을 부렸을 때 그녀는 매서운 손으로 여자의 어깨를 내리치며 "오줌 싼다" 한마디의 말로 여자를 어리둥절하게 만든 적이 있었다. 고등학생이었던 K도 "그래봤자 폼 안 잡히거든?" 비아냥거리며 여자의 화를 북돋았다. 그래도 그날 밤, 세 사람은 거실에 마주앉아 나쁜 놈, 미친 새끼, 패 죽여도 성에 안 찰 놈, 세상의 온갖 놈들을 찾아가며 밤새도록 맥주를 마셨다. 웃음이 났다. 그런 시절이 분명 있기는 했을 텐데 너무 까마득했다.

웃음이 걷히자 여자는 순수하게, 그 어떤 거짓된 상념도 없는, 오로지 명쾌하고 단순한 욕구에 사로잡히기 시작했다. 너무도 생생한 욕구여서 오랫동안 예행연습을 하며 이 순간만을 기다려온 것이 아닌가, 의심이 될 정도였다. 자신의 장례식을 상상하자 그 욕구는 더 맹렬해졌다. 알싸한 국화향, 울먹이는 소리, 생전의 여자에게 관심을 가져주지 못한 것을 뼈저리게 후회하는 지인들의 모습, 여자의 영정사진을 애처롭게 바라보는 누군가의 시선, 그리고 빈소로 향하는 모퉁이에 서서 뒤늦게 여자도 쉽지 않았다는 것을 깨닫게 될 K…… 준비해간 알약을 복용하지는 못했다. 소풍이라도 가는 줄 알았는지 홍천행 버스를 탈 때부터 병 속에서 소란스럽게 떠들어댔던 알약들은 약통을 열자마자 뛰쳐나와 짓궂은 정령들처럼 방안을 날아다녔고, 여자가 잡으려고 하면 장난스럽게 웃으며 유유히 여자의 손길에서 벗어났다. 여자는 잡힐 듯 잡히지 않는 알약들에 곧 지치고 말았다. 펜션을 떠나기 직전에야 힘이 빠져 유순해진 알약들을 허공에서 하나하나 낚아챌 수 있었다. 손안에 들어온 하얀 알약들은 나무 열매처럼 앙증맞았다. 누군가의 살아 있음을 앗아갈 수도 있는 유해한 화학성분이라는 것이 믿어지지 않았다. 여자는 알약들을 변기에 쏟은 후 다시 서울행 버스를 탔다. 변한 것은 없었다.

그후에 쓴 것일까. 이곳의 개들은 영물 같다, 라고?

4

이곳의 개들은 영물 같다. 방콕에서 K. 여자는 뿌연 먼지가 두껍게 내려앉은 책상 위에 엽서를 내려놓으며 방콕에서, 아니 방콕이 아닌 어떤 곳에서 날아온 문장을 다시 한번 중얼거려보았다. 지난번엔 바라나시였고 그 이전엔 도쿄였다. 도쿄 사람들은 패스트푸드점에 혼자 앉아 만화책을 읽으며 햄버거를 씹는다. 갠지스 강 화장터에는 타다 남은 시체를 노리는 하이에나가 있다. 도쿄와 바라나시에서, 아니 도쿄나 바라나시와는 상관없는 곳에서 도착한 엽서들에도 그렇게 단 한 줄의 문장만이 씌어 있었다.

오래전 방콕에 가보긴 했다. 세번째로 혼자 떠난 해외여행이었다. K는 그 좋은 곳에 자신을 데려가지 않는다며 잔뜩 화를 냈고 여자가 비행기를 타러 공항에 갈 때까지 말을 섞으려 하지 않았다. 나도 대학 때 내가 돈 벌어서 여행 다녔어. 너도 가고 싶으면 아르바이트해서 네 돈으로 가. 여자도 지지 않고 K의 뒤통수에 대고 훈계를 늘어놓았다.

방콕에는 실제로 주인 없는 개들이 많았다. 불교를 믿는 태국 사람들은 개들을 쫓아내거나 죽이지 않았고 개들 역시 그 누구에게도 적의를 드러내는 법이 없었다. 누군가 건들지만 않는다면 언제까지고 무해한 종족이라는 것을 보여주려는 듯 그저 긴 혓바닥을 내민 채 폭염 아래 거리를 느릿느릿 걸어다녔고 관광객들이 던져주는 단 음식을 의심 없이 주워 먹곤 했다. 그러다가 졸리면 사원이든 백화점 앞이든 가리지 않고 아무 그늘에나 자리를 잡고는 태평하게 낮잠을 잤다. 산다는 건 환멸과 권태뿐이고 인간도 다를 것 없을 터이니 날카로운 송곳니를 드러내 보이거나 목청을 울리며 컹컹, 짖는 건 모두 무의미하지 않은가. 개들은 그렇게 말하는 것 같았다. 인간의 언어도 터득했으나 귀찮아서 발설하지 않는 것뿐이라는 오만한 태도마저 느껴졌다. 엽서를 코르크 메모판에 압정으로 고정시키다 말고 여자는 킥킥 웃었다. K라면 어쩐지 영물 같은 개들과 이 세상에는 없는, 아마도 멜론향이 나는 초록빛의 언어로 대화를 나눌 수도 있을 것 같았다. 코르크 메모판에는 이제 세 개의 엽서가 모였다. 도쿄와 바라나시, 그리고 방콕으로부터 왔다고 밝힌 엽서들이었다. 마트에서 사온 식료품으로 대충 저녁을 해 먹은 뒤 여자는 어머니의 옷을 입은 채 침대에 누웠다. 휴대폰이 울린 건 막 잠들 무렵이었다.

마을버스 기사에게서 전화가 올 줄은 몰랐다.

그는 꼭 식사를 대접하고 싶다고 말했다. 사고가 크지 않았고 여자 덕에 보행자의 과실이 인정되어 보험 처리에 큰 문제는 없을 것 같다고도 했다. 그는 하필 목요일을 거론했다. 목요일이 비번이라고 했다. 목요일에는 해야 할 일이 있다고 말해야 하는데 그 말이 나오지 않아 답답했다. 여자가 대답을 못하고 머뭇거리자 그는 불쑥 마을버스를 모는 건 직업이 아니라 취미라고 말했다. 아버지가 이 일 저 일 하며 사회 경험을 쌓아야 사업을 물려준다고 해서 어쩔 수 없이 하는 거라며 쑥스럽다는 듯 웃기도 했다. 여자는 이번에도 아무런 대답을 하지 않았다. 그 침묵을 수줍은 동의라고 생각했는지 기사는 그럼 기다리겠다고 한번 더 다짐을 둔 후 먼저 전화를 끊었다.

목요일에는 농구를 해야 하는데…… 기사에게 하지 못한 말이 전화를 끊고 나서야 맥없이 흘러나왔다. 목요일 저녁의 농구 게임, 그건 여자와 K 사이의 오래된 습관이었다. 탕, 탕, 울리는 농구공 소리가 좋았다. 농구공이 골대 그물에 척 감기는 소리도 여자는 좋아했다. 정신없이 공을 쫓다보면 어느새 온몸엔 적당히 땀이 차왔다. 농구대가 있던 오래된 교정의 빈 운동장은 투명한 물방울 같은 두 사람의 숨소리로 촘촘해졌다. 톡, 톡, 손가락으로 때로는 발가락으로 물방울을 터뜨렸다. 몇 번이나 말해? 드리블 후엔 슛을 할 게 아니라면 양손으로 공을 잡아선 안 돼. 또 공을 들고 세 발자국 갔잖아. 그럴 땐 정면돌파를 하지 말고 중거리 슛을 쏘아야지. 그리고 끊임없이 이어지던 K의 잔소리. 패배가 확실해지는 게임 막판엔 꼭 K에게서 막무가내로 공을 뺏어와 끌어안은 채 주저앉곤 했다. 무어라 명명할 수도 없는 치사하고 저급한 반칙이었다. 그럼 K는 게임의 긴장감을 높이기 위해서라며 여자에게 동점이 될 때까지 자유투를 던져도 된다는 이상한 규칙을 마련해줬다. 가까스로 동점이 되면 K는 어느새 잽싸게 나타나 리바운드로 공을 가져갔다. 점수의 간격은 금세 넓혀졌다. 어느 날 여자는 역시나 농구공을 끌어안은 채 주저앉았다. 날숨은 더이상 투명하지 않았고 그저 뜨겁기만 했다. K가 여자의 어깨를 치자 여자는 공을 놓친 채 그대로 무릎을 꿇었다. 5년 동안 결근도 없이 다녔던 은행으로부터 해고에 대한 이메일을 받은 지 한 달째 되는 날이었다. 구체적인 해고 사유는 적혀 있지 않았다. 딱 한 번 마음을 굳게 먹고 은행을 찾아간 적도 있었지만 아무도 정확한 해고 사유를 말해주지 않았다.

회의 시간에도 아무렇지 않게 반말만 사용하던 팀장은 여자가 입사한 이래 처음으로 존댓말을 써가며 윗선의 결정일 뿐이라는 애매한 해명을 했다. 여자는 스스로 자신의 잘못을 찾아야 했다. 회식에 자주 빠져서일까. 개인용 머그컵을 제대로 씻지 않고 퇴근한 날이 많아서일까. 아니면 나사가 빠져 삐끗거리던 의자를 고치지 않고 그대로 사용한 탓일까. 생각하면 할수록 사소한 실수들도 치명적인 해고 사유가 되어갔고 그 세부사항들도 점점 더 구체적으로 변해갔다. 그날 K는 인내심을 갖고 여자 곁에 오래오래 서 있었다. 뜨거운 날숨을 모두 내뱉은 뒤 힘들어, 속삭이자 K는 다시 공을 주워와 제법 아프게 여자 쪽으로 던지며 뭘, 대꾸했다. 16 대 5야. 이제 다섯 개만 더 넣으면 게임 오버라구! 저쪽에서 K가 드리블을 하며 악을 쓰듯 외쳤다. 여자는 먹이를 잡기 위해 오랜 시간 잠복하는 영리한 동물처럼 한동안 잠자코 웅크리고 있다가 K가 다가오자마자 벌떡 일어나 K에게서 순식간에 공을 뺏어왔다. 농구는 이렇게 하는 거야!

여자는 책상 앞에 앉아 서랍을 열고 아무것도 씌어 있지 않은 엽서를 한 장 꺼냈다. 단 하나의 단어도 쓸 수 없었다. 빈 엽서는 다시 책상 서랍 속으로 들어갔다. 언뜻 본 벽시계는 자정을 알리고 있었다. 여자는 신발장에서 스니커즈를 꺼내 신고 무작정 아파트를 나왔다. 준비, 땅. 속으로 외치며 계단에서부터 뛰기 시작했다. 아파트를 나와 몇 개의 신호등을 건너 계속해서 뛰다보니 어느새 어머니의 병실 앞이었다. 헉, 헉, 거친 숨을 내쉬며 병실 문 손잡이에 가만히 손을 올려놓았다. 심장이 손바닥으로 옮겨간 듯 손안에서 쿵쾅쿵쾅 힘센 박동소리가 났다. 새벽 당직을 맡은 간호사들이 간간이 어두워진 복도를 지나다니고 있었다. 지금 열지 못하면 어쩌면 영원히 이 문을 통과하지 못할지도 모른다는 생각이 들었으므로 여자는 손잡이를 잡은 손에 더욱 힘을 줬다.

병실 문을, 열지는 못했다.

무력하게 문손잡이에서 손을 떼자 세상은 갑자기 겨울이 됐다. 여자는 추위로 몸을 떨며 병원 복도에 마련된 긴 의자에 앉았다. K가 궁금했다. 상상의 입구는 이번에도 잘 열리지 않았다. 그 안으로 숨을 한번 불어넣어주고 싶었는데…… 숨을 불어주면 K는 갑자기 거세게 휘몰아치는 바람 속에서 그 갈색 머리칼을 휘날리며 아주 잠깐, 목요일 저녁의 농구 게임을 그리워할지도 몰랐다.

저녁식사 대신 농구나 한판 할까요?

5

식사 말고 농구 어때요? 병원 복도에서 생각해본, 어차피 보내지 않을 그 문자 메시지를 여자는 목요일 아침, 침대에 누워 이렇게 고쳐봤다. 휴대폰 통화 목록에는 마을버스 기사의 번호가 남아 있었다. 식사는 다음에 하고 오늘은 농구나 할까요? 문자 메시지는 금세 바뀌었다. 여자는 문자를 작성하고 지우는 것을 여러 번 반복하다가 그대로 휴대폰을 내려놓았다. 침대를 빠져나와 청소를 했고 세탁기를 돌렸다. 땀을 뻘뻘 흘리며 속옷까지 정성스럽게 다림질을 했지만 시간은 더디게만 흘러갔다. 너무 많은 시간이, 너무 많은 의문부호를 달고 집 안 여기저기에 어질러져 있었다.

오랜만에 여자는 K의 방문을 열어보았다. 방문 맞은편에는 K가 사용하던 초록 테두리의 하얀색 장롱이 자리하고 있었다. 어머니의 뇌가 회생 불가능하다는 판정을 받은 후 K는 종종 그곳에 숨어들어가 있곤 했다. 나와. 여자는 장롱 밖에서 문을 두드리며 말해야 했다. 밥 먹어, 빨리! 절규하듯 소리도 질렀다. 하지만 장롱 속에 한번 들어가면 K는 좀처럼 나오려 하지 않았다. 장롱 속에는 어떤 세상이 있었던 걸까. 여자는 조심스럽게 장롱 문을 열어보았다. 그러고 보니 K가 떠난 이후 처음이었다. 바람이 불고 있었다. 모래바람처럼 황량하면서도 사이사이 축축한 습기가 밴, 근원을 알 수 없는 바람이었다. 장롱 속 어딘가에 K가 이 도시를 빠져나간 출구가 있을 것만 같아 여자는 티셔츠와 청바지, 겨울 코트와 재킷 등이 차곡차곡 걸려 있는 장롱 속으로 더 깊이 들어갔다. 거기 있니? 여자는 입안에서 서걱거리는 모래알을 씹으며 애원하듯 물어보았다. 저마다 램프 하나씩을 물고 있는 새들이 날아올랐다. 한참을 무릎발로 기어가다보니 문 하나가 손에 잡혔다. 열리지 않는 문이었다. 문 너머로 방콕의 거리를 걷는 떠돌이 개들의 무력한 발소리가 들려오는 것도 같았다. 혹은 인도 갠지스 강 근처의 하이에나들이 달빛을 받으며 노래하는 소리, 도쿄 사람들이 고독하게 햄버거를 씹는 소리. 여자는 언제나 혼자 여행을 다녔다. 일본도, 인도와 태국도 여자는 혼자 떠났고 혼자 돌아왔다. 여행지에서는 늘, 어머니나 K를 데려오지 않은 걸 후회했다. 호텔에 짐을 내려놓은 뒤엔 이어폰으로 귀를 막은 채 거리를 걷다가 서울에서처럼 혼자 저녁이나 먹는 싱거운 여행이었는데도 떠나기 전엔 대단한 모험을 할 것만 같아 은근히 동행을 원했던 그들을 외면했다. 램프는 곧 꺼졌다. 새들의 날갯짓 소리가 너무 멀었다. 완벽한 어둠이 밀려들어왔다. 손으로 느껴졌던 문의 감촉도 사라지고 없었다.

여자는 K의 장롱 속에서 무릎을 모으고 앉아 눈앞의 어둠을 있는 힘껏 쏘아보았다.

깨어났을 때는 저녁 6시 30분이었다. 마을버스 기사가 정한 약속 시간은 아마 7시였을 것이다. 여자는 장롱 속에서 K가 즐겨 입던 후드티를 집어 대충 껴입었다. 후드티에서는 어머니의 옷에서처럼 나프탈렌 냄새가 났다. 아니다. 어머니의 병실에서 깜짝깜짝 놀라며 맡아야 했던 그 냄새, 죽음을 거부하는 노인의 냄새였다. 여자는 후드티를 다시 벗은 후 아파트를 나올 때 의류수거함에 버렸다.

기사는 대형 마트 앞에서 기다리겠다고 했었다. 마침 마을버스가 여자 앞을 지나갔다. 여자는 전속력으로 달려가 가까스로 버스에 탑승할 수 있었다. 마을버스가 대형 마트 앞을 지나갈 때, 그러나 여자는 내리지 않았다. 대형 마트 앞은 사람들이 많아서 만나기로 한 기사를 눈으로는 찾을 수 없었다. 여자는 대형 마트 다음 정거장에서 하차한 뒤 길을 건너 다시 똑같은 번호의 마을버스를 탔다. 이번에도 기사를 찾아낼 수 없었다. 이럴 줄 알았으면 무슨 색 옷을 입고 올 거냐고 물어볼 걸 그랬다는 후회가 밀려왔다. 하긴, 옷 색깔을 알았어도 기사를 알아보기는 힘들었을 것이다. 여자는 기사의 풀린 눈동자만이 어렴풋이 기억날 뿐, 그의 얼굴은 이미 까맣게 잊고 있었다. 네번째로 마을버스를 탔을 때 청바지 주머니에 넣어두었던 휴대폰이 울렸다. 벨소리는 딱 세 번 울린 뒤 끊겼다. 쉽게 포기할 줄 아는 사람이었다. 여자는 문득, 마을버스 기사가 어떤 사람일지 궁금해졌다. 사업한다고하면누가좋아할줄알았어요남의목요일을망쳐놓고젠장날좀제발내

버려둬지긋지긋해진짜. 혹시라도 식사를 하게 되면 후식으로 커피나 녹차를 마실 때 아무 감정도 싣지 않은 목소리로 뇌까리려 했던 말들이 입안에서 굴러다녔다. 이제는 아무 소용이 없어진, 지워버린 문자 메시지만큼 공허한 문장이었다.

다섯번째로 마을버스에 탄 이후엔 더이상 대형 마트 앞을 관찰하지 않았다. 마을버스는 S은행에서 회차하여 여자가 사는 아파트 쪽으로 다시 이동했다. 버스 내 안내방송이 C중학교 앞이라고 알려줄 때에야 여자는 정신을 차리고 벨을 누른 뒤 버스에서 내렸다.

6

C중학교로 가기 전 여자는 아직 문을 연 문구점에 들러 농구공 하나를 샀다. 바닥에 튕겨보았다. 소리가 좋은 공이었다.

C중학교 운동장에는 몇몇 아이들이 자전거를 타거나 야구를 하고 있었다. 농구 골대가 있는 곳에서도 서너 명의 아이들이 파울, 나이스 슛! 등을 외치며 뛰어다녔다. 여자는 축구 골대 근처에서 조용히 드리블을 하다가 패스, 나직이 속엣말을 한 뒤 아무도 없는 정면에 휙 던져보았다. 떠난 공은 되돌아오지 않았다. 스탠드 구석에서는 버려진 새끼 고양이가 비를 맞은 새처럼 연약하게 울고 있었다. 여자는 무언가에 화가 난 사람처럼 연갈색의 고양이를 노려보다가 공을 챙기지도 않은 채 큰 걸음으로 운동장을 빠져나왔다.

아파트에 도착하니 우편함에는 또다른 엽서가 와 있었다. 엽서를 보지는 않았지만 여자는 이미 거기에 적힌 문장을 외우고 있었다. 앙코르와트 사원의 나무들에는 입이 있다. 시엠레아프에서 K.

캄보디아는 은행에서 해고된 후 간 곳이었다. 여자는 시엠레아프에 있는, 연초록빛 아이스 애플티가 기막히게 맛있는 게스트하우스에서 일주일을 묵었다. 시엠레아프의 앙코르와트는 유명한 관광지였지만 어둠이 내리면 무법천지가 되는 곳이었다. 그런 줄 알면서도, 여자는 밤 9시 즈음 오토바이 택시를 불러 앙코르와트에 들어갔었다. 새들이 입으로 나르던 씨앗이 무심결에 떨어져 거대한 나무가 되었고 나무가 모여 숲을 이루었다 했다. 낮에 다닐 때는 몰랐는데 밤에 자세히 보니 나무들 하나하나에 구멍이 뚫려 있는 게 보였다. 그 구멍이 나무의 입이라고, 여자는 그날 밤 믿기로 했다. 오랜 세월 침묵한 나무들에게도 못 견디게 하고 싶은 말들이 있을 터였고 그 간절한 염원이 견딜 수 없는 통증을 감내하면서까지 제 몸에 구멍을 내게 한 거라고. 나무의 입, 여자는 그 표현이 의미하는 바를 바닥까지 손으로 잴 수 있었다.

네번째 엽서를 코르크 메모판에 고정시킨 뒤 주방에서 뜨거운 커피를 끓이고 있는데 휴대폰이 또 울렸다. 머그에 물을 붓던 여자는 경직된 자세로 뒤를 돌아봤다. 휴대폰은 침대 아래 바닥에 놓여 있었다. 휴대폰을 집어와 조심스럽게 통화 버튼을 눌렀다. 아무 소리도 들리지 않았다.

—K니?

—……

—K, K지?

—……

—여보세요? 여! 보! 세! 요!

뭔가 이상한 기분이 들어 서둘러 통화를 종료하고는 통화 목록을 들여다봤다. 마을버스 기사의 전화 이후로는 아무런 기록이 없었다. 여자는 흉측한 벌레를 만진 듯 기겁하며 휴대폰을 내던졌다. 거실엔 나방 한 마리가 날아다니고 있었다. 예전부터 있어왔던 나방인지, 아니면 새로 여자의 집을 방문한 나방인지 알 수 없었다. 나방은 현실의 출구를 찾지 못해 헤매는 것 같았다. 아니, 어쩌면 꿈의 출구를. 너의 꿈속은 어떠니. 너도, 가끔씩 악몽을 꾸니. 여자는 나방과 마주앉아 오랫동안 고통에 대해서 이야기를 나누고 싶었다. 한순간에 사람을 녹슬게 하는 그 엄청난 위력에 대해, 순진할 만큼 솔직해질수록 더 더욱 가혹한 아픔을 느끼게 하는 그 유치하고 악의적인 방식에 대해서도.

함부로 바닥에 던져버린 휴대폰을 여자는 다시 집어들었다. 번호 하나를 찾아내 통화 버튼을 길게 눌렀다.

7

밤 10시에 전화를 걸어온 환자의 보호자를 의사는 달가워하지 않았다. 여유가 느껴지던, 언제나 그 모든 것을 이해한다는 듯한 따뜻한 미소를 떠올릴 수가 없었다. 금세 후회가 밀려왔지만 어쨌든 전화를 한 용건은 밝혀야 했다. 호흡기 제거는 하지 않겠다고, 여자는 떠듬떠듬 말했다. 의사는 귀찮은 목소리로 그렇군요, 대답했다. 서둘러 전화를 끊으려는 의사에게 여자는 다급하게 물었다.

"저희 어머니가 사후 장기 기증에 서약했다는 걸 알고 계셨죠?"

"네?"

"동생과 함께 인터넷으로 서약을 했었어요. 저는 사실 반대했는데,

그렇잖아요, 가족의 시신에 칼을 댄다는 게…… 그런데 교회 목사인지 장로인지가 설득해서 넘어가고 말았죠. 두 사람 다, 교회에 다녔거든요. 저만 서약을 안 했는데 그것 때문에 한 달 내내 구박을 받았죠. 이기적인 인간이라고."

"그랬습니까?"

"그래도 오늘 같은 목요일이 낫겠죠?"

"죄송하지만 좀 구체적으로 말해주시겠습니까?"

"호흡기 제거를 만약 한다면 말이에요. 목요일엔 K가 돌아올지도 모르거든요. 하긴, 이렇게 대단한 일에 K 하나 빠지는 게 무슨 문제겠어요. 방송사나 신문사도 오고 그렇겠죠? 그럼 병원도 유명해지는 건가."

"이봐요."

이봐요, 이후의 말은 잘 들리지 않았다. 잘 들리지 않는 말들을 속닥거리는, 이미 자신의 귀와 삶에서 멀어진 휴대폰을 여자는 물끄러미 내려다보다가 미련 없이 전원 버튼을 눌렀다.

아무것도 쓰지 않은 엽서는 아직 많이 남아 있었다.

새 엽서를 책상 한쪽에 밀어놓고 여자는 오랜만에 K가 사는 그곳을 들여다봤다. 이번에도 문은 잘 열리지 않았고 한참 후에야 가까스로 열어봤지만 뿌연 안개 탓에 아무것도 제대로 보이지 않았다. 어쩌면, 늘 그래왔는지도 모른다. 그곳은 검은색 차도르를 쓴 여자들이 새벽마다 물을 길어 나르는 곳, 그런 곳일까. 황홀한 에메랄드빛 해변이 있는 태평양의 이름 없는 섬은 아닐까. 혹은 낮에는 몇 발의 총성이 울리고 밤에는 홍등가의 화려한 조명이 흥건한, 멸망하기 직전의 어떤 대도시일지도 모른다. K는 진짜 일본과 인도, 태국과 캄보디아를 다녔을 수도 있다. 확실한 한 가지는, K가 있는 곳이 어디든 그곳엔 통곡의 의자가 마련되어 있을 거라는 것뿐이었다. 인간은 누구나, 그런 의자 하나씩을 착착 접어 옆구리에 끼워놓은 채 어머니의 피 흘리는 다리 사이로 순진한 얼굴을 내미는 것일 테니. K의 의자라면 고동빛 오크로 멋지게 짜여진, 팔걸이에는 섬세한 조각도 새겨져 있는 고급스런 의자였으면 좋겠다. 등받이에 허리를 기대면 의식도 못한 사이 한숨 깊이 잠들 수도 있는 편안하고 부드러운 재질이라면 더 좋을 것 같았다. 아니, 반드시 그런 의자여야 한다.

고개를 들어 코르크 메모판을 올려다봤다. 도쿄, 바라나시, 방콕, 시엠레아프…… 이제 더이상 여자가 여행을 한 도시는 없다. 못한 말이 있어. 여자는 허공에 대고 중얼거렸다. 만약 다섯번째 엽서를 쓸 수 있다면, 그때에도 단 한 줄에 지나지 않을 그 문장은 '못한 말이 있어' 이후의 목소리가 될 것이다.

8

빈 엽서를 다시 서랍 속에 넣었다. 책상에 귀를 대고 눈을 감자 바람 소리가 들려왔다. K의 장롱에서 듣던 바람 소리도 이랬던가. 지금 집을 빠져나가 한없이 걸어가다보면 언젠가 바다가 나올 거라고 속삭이는 것 같은, 파도의 흔적이 밴 바람 소리. 여자는 의자에서 벌떡 일어났다. 아직 목요일은 끝나지 않았다. 베란다에서 K와 함께 사용하던 농구공을 가져왔다. 농구공에 스며 있던 K의 땀과 체온이 손안에 들어왔다.

고양이를 다시 만날 줄은 몰랐다.

C중학교 운동장 모래에 묻어 있던 폐타이어에 앉아 한 손으로는 농구공을 튕기고 다른 한 손으로는 상어 모양의 하드를 빨고 있을 때 그 연갈색 새끼 고양이가 조심성 없이 여자 앞을 기웃거렸다. 여자는 농구공을 다리 사이에 끼워놓고 최대한 부드러운 목소리로 야옹아, 불러보았다. 고양이는 느리게 여자에게 다가왔다. 손을 뻗어 고양이를 안았다. 내장을 감싸고 있는 작은 뼈가 손가락 끝으로 느껴질 만큼 굶주린 고양이었다. 어디 갔다 왔니? 고양이의 등에 볼을 부비며 여자는 울먹이듯 물었다. 고양이는 이내 야옹, 고양이다운 소리로 대답했다. 여자가 해석할 수 없는, 여린 분홍빛의 언어였다.

K가 돌아오면 이 고양이를 보여줘야겠다고 여자는 생각했다. K는 분명 이 고양이를 사랑하게 될 것이고 어느 햇살 좋은 날 베란다에 의자를 내놓고 앉아 고양이 등에 얼굴을 묻으며 '좀 걸었어'라고 뒤늦은 대답을 해줄 것이다. 저녁식사 후에는 여자가 가본 적도, 들어본 적도 없는 희한하고 신비로운 여행지에 대해, 파도와 싸우고 맹수로부터 도주하고 금발의 아가씨와 뜨거운 키스를 나눴던 모험과 추억에 대해 주절주절 이야기해줄 수도 있을 것이다. 통곡의 의자에 대해서는 묻지 않으리. 눈 깜짝할 사이에 노인이 되어버린 여자와 K는 식탁에 마주앉은 채 서로의 주름과 휘어버린 등허리와 반백의 머리칼을 질타하며 혀를 끌끌 차다가 누가 먼저랄 것도 없이 끄덕끄덕 졸게 될 것이다. 아마도, 목요일 저녁마다. 물론 그전에 다섯번째 엽서를 써야 한다. 곰곰이 생각해보니 일본과 인도, 태국과 캄보디아 외에도 여자가 짐을 푼 곳이 한 군데 더 남아 있었다. 엽서에 쓸 한 줄의 문장도 이

미 정해져 있었다. K 앞에만 서면 번번이 목에서 가시처럼 걸리곤 했던 바로 그 문장이었다. 엽서를 완성하면 여자는 어머니의 옷을 입고 어머니의 양산을 쓴 채 동네 우체국에 갈 생각이었다. 첫번째 엽서는 병원 근처 우체국에서 보냈고 두번째 엽서는 기억나지 않으며 세번째 엽서는 홍천에서 돌아오는 길 소읍의 우체통에 넣었다. 네번째 엽서는 마트 옆 우체국에서 발송했었다. 우체국에 가기 전, 여자는 전등 하나를 켜놓고 책상에 앉아 허리를 굽힌 채 오래오래 쓸 것이다. 이번만큼은 K에게 향하는 진짜 엽서를. 못한 말이 있어, 속삭인 뒤 숨을 한번 깊이 들이쉬고 나서. 너의 잘못이 아니야. 서울에서 누나가.

이보나와 춤을 추었다

그녀는 더이상 아름답지 않았지만
나를 잡아끄는 그 손은 따뜻했고 나는 시간도 없고
시간이 수치화하는 환멸이나 고통도 없는
세계로 스며들었다.

1

오래전, 이보나로 불린 적이 있다. 요트(J), 이(I), 브(W), 오(O), 엔(N), 아(A), 이보나(Jiwona). '지원'이 '이보나'가 될 수 있었던 것은 세상의 어느 나라에서는 'J'가 'Y' 음으로, 'W'가 'V' 음으로 발음되기에 가능했다. 끝에 'A' 음을 넣어 이보나를 완성해준 이들은 미하우(Michał)와 요안나(Joanna)였다. 그들의 나라에서는 여자 이름이 모두 'A' 음으로 끝난다는 단순한 이유에서였다. 아가타, 에바, 카타시나, 베로니카, 안젤리카, 막달레나, 마리아, 파울리나, 우술라, 말레나, 이자벨라…… 그들에게서 이보나로 불린 순간, 나는 오랫동안 나만이 볼 수 있었던 그녀에게 그 이름을 선물해주기로 결심했었다.

이보나는 나와 함께 대학 시절을 보냈던 내 자취방의 고독한 책상에서 태어났다. 그 책상이 그녀의 모태였고 그녀는 그곳에서 성장해갔다. 여기저기 끊어져 있던 몸의 실루엣이 완성된 곳도, 제멋대로 존재하던 이목구비가 제자리를 찾은 곳도*, 물냄새 나던 몇 가닥의 젖은 머리카락이 윤기 흐르는 검은색의 풍성한 머릿결로 변해가던 곳도 그 책상이었다. 대학 합격 후 상경하여 자취집을 구하자마자 재활용센터에서 구입한 그 중고 책상은 느릅나무 재질이었다. 물론 그 책상이 느릅나무로 만들어졌다는 것은 확인되지 않았고 앞으로도 영원히 확인될 수 없는 추측, 아니 억지에 불과했지만 그래도 나는, 그녀가 태어난 책상이 느릅나무 재질이기를 바라는 마음을 저버린 적이 없다.

그녀는 그 책상에 앉아 있는 걸 진심으로 즐기는 것 같았다. 나는 매번 그녀의 뒷모습을 바라보며 상상 속에서나마 마음껏 셔터를 눌러대곤 했다. 상상의 셔터를 모두 누르고 나면, 그녀의 모습은 현실의 뒤편으로 끊임없이 이어지는 검은 필름 속에 남았다. 책상 위에 두 다리를 올려놓고는 멀찍이 떨어진 의자에 등허리를 깊이 묻은 채 무언가를 흥얼거리던 모습, 말간 발톱에 어린 한줌의 햇빛이 반짝하던 순간, 사과꽃 같던 웃음, 뒷목 우측에 나 있던 아주 작은 점에서도 표정이 읽혔던 날들…… 종종 혼잣말을 하던, 그래서 간혹 나를 너무 슬프게 했던 그녀.

상상은 어느 지점부터 실제와 모호하게 얽히며 내 현실감각을 농락하곤 했다. 나쁘지 않은 농락이었다. 오히려 기꺼이 농락당해주고 싶은 기분마저 들었다. 그럴 때, 음악은 환상과 현실 사이, 그녀와 나 사이의 거리를 조용히 위로했다.

완벽하다. 언제나, 완벽했다.

---

* 신해욱의 시, 「축, 생일」(『생물성』, 문학과지성사, 2009년)에서 인용.

이보나란 이름이 생긴 이후에야 그녀는 내 느릅나무 책상을 떠날 수 있었다. 원하는 곳이라면 어디든 갈 수도 있게 되었지만 내가 필요로 할 때면 늘 아무런 불평 없이 아주 조용히 나타나 한참 동안 내 곁에 머물렀다. 오래된 다가구 주택의 냄새나는 화장실에 쭈그리고 앉아 속옷을 빨다가도, 먼지 묻은 거울을 보며 머리를 빗을 때나 나쁜 꿈에서 깨어나 새벽까지 침대에 오도카니 앉아 있을 때도 나는 이보나를 생각했다. 누군가 나를 부르는 소리가 들려오거나 전화벨이 울리고 있다는 걸 알아채기 전까지 그녀는 그 누구도 침범할 수 없는 온전한 우주 하나를 이루며 잔잔하게 나를 위로해주었다. 언어와 체온이 없는, 그러나 언제나 뜨거운 수다 같았던 위로. 이보나, 그녀는 그 당시 내가 도망갈 수 있는 유일한 안식처였지만 불행히도 우리는 같은 세계에서는 함께 살아갈 수 없었다.

2

미하우와 요안나는 그 당시 내 유일한 친구들이었다. 그들은 친구와 연인 사이를 수없이 반복해서 오가는 사이였는데, 그때는 아마도 네번째로 연인 관계를 정리하고 편안한 친구로만 지낼 때였을 것이다. 그들은 '들판의 나라'**에서 왔다. 서울에서는 비행기로 열 시간이 넘게 걸리는 곳이라고 했다. 걸어서 이동한다면 한평생이 걸릴지도 몰랐다. 그래서인지 그들은 내게 멀고먼 세계의 끝에서 미스터리한 풍문을 가득 품에 안고는 초대장에 적힌 시간보다 수십 년, 어쩌면

** Polska(폴란드)라는 명칭은 '들판'을 뜻하는 'pole'에서 유래하였다.

수천수백 년 빨리 도착한 손님 같은 느낌을 주었다. 그들과 나 사이에 완벽한 소통을 가능하게 하는 언어는 없었다. 그 대신 우리는 조금은 어색한 침묵과 불안한 유대감, 마주보는 실재의 시간조차 진짜인지 의심하게 되는 연약한 마음으로 언어로는 채워지지 않는 부분을 이야기했다.

우리는 언어 교환을 알선해주는 인터넷 사이트에서 알게 됐다. 그 당시 나는 휴학 후 보습학원에서 중고등학생들에게 영어를 가르치는 아르바이트를 하고 있었고, 그들은 그들의 고국에서 동아시아 문화를 전공하다가 한국어 코스를 밟기 위해 한국에 온 교환 학생들이었다. 팀을 꾸려 홍대 앞 재즈바에서 수요일마다 연주를 하느라 한국어 수업에는 거의 나가지 않는다고 했다. 문법 위주의 수업이 싫다고 했다. 그들은 한국인 관객들과 자연스럽게 주고받을 수 있는 농담 수준의 한국어를 구사하고 싶어했으나, 언어 코스에서 만난 따분한 선생들은 농담 따윈 가르쳐주려 하지 않았다. 우리는 자연스럽게 일주일에 한 번씩 만나 영어와 한국어가 섞인 불완전한 대화를 나누며 조금씩 가까워졌다.

그들을 알게 된 이후, 나는 수요일만 되면 그들이 일하는 홍대 앞 재즈바 앞을 한참 동안 서성이다가 막차를 타고 성수동에 있는 자취집으로 돌아가곤 했다. 재즈바에서 흘러나온 음표들은 장난스럽게 내 발바닥을 끌어당기며 내가 가보지 않은 길에 대해 묻곤 했으나 길 위에서 나는 늘 피곤했고, 우산을 받치고 있어도 자주 비에 젖었다.

어느 수요일 밤, 마침내 내가 그 재즈바로 들어가기 위해 지하로 이어지는 계단을 밟았을 때 음표들은 의외로 내 곁으로 다가오지 않왔다.

지하 재즈바의 무대는 크지 않았지만 병맥주 하나씩을 들고 무대를 향해 앉아 있던 사람들은 음악 안에서는 누구나 오만해질 권리가 있다는 듯 하나같이 그 누구의 참견도 사양하겠다는 식의 완고한 표정을 짓고 있었다. 그날, 미하우는 기타와 콘트라베이스를 번갈아 연주했고 요안나는 건반과 보컬을 담당했다. 나중에 안 일이지만 그들은 그곳에서 미하우와 요안나의 영어식 발음인 마이클과 조안나로 불리고 있었다. 내가 학원에서 제니(Jenny)로 불리는 것과 비슷한 이유에서였을 것이다. 학원 원생들은 나를 캐나다에서 태어난 교포로 알고 있었다. 학생들은 틈날 때마다 두 눈을 반짝이며 내게 묻곤 했다. 엘크와 비버를 본 적이 있는지, 캐나다 고속도로에는 버펄로나 바이슨이 나타나곤 한다는 게 사실인지에 대해. 그럴 때마다 나는 어깨를 으쓱해 보이며 간단하게 예스나 노로만 대답했다. 엘크와 비버, 버펄로와 바이슨을 본 적도 없는 나에게는 그런 질문들을 받는 순간이 요란스러운 소리를 내며 밥을 먹고 아무 때나 트림을 해대는 원장의 질 나쁜 습관을 지켜볼 때보다 곤혹스러웠다.

연주가 끝난 후, 미하우와 요안나는 재즈바 구석에 주저앉아 커다란 캐리어 가방에서 자신들이 직접 만든 시디를 수십 장이나 꺼냈다. 그날 나는 그 시디를 구입한 그들의 유일한 손님이었다. 요트, 이, 브, 오, 엔, 아. 내가 산 그 시디엔 이보나의 이름이 씌어졌고 나는 수요일마다 재즈바를 찾는 그들의 단골이 되었다.

그 시디는 오래전 서울을 떠나오면서 잃어버렸다. 그들과 헤어지고 5년이 지난 어느 날, D시의 거리를 배회하다가 우연히 이보나와 재회하기 전까지 나는 사실 그들의 음악뿐 아니라 우리가 나누었던 대화 역시 대부분 잊고 있었다.

3

우리가 친구였을 때, 우리의 꿈은 단순했고 무해했다. 어렸을 때부터 일본 애니메이션에 심취해 있었던 미하우와 요안나는 봄에는 벚꽃이 날리는 언덕을 걸으며 하이쿠를 읊고, 겨울에는 야외 온천에서 샤미센 연주를 들으며 뜨거운 사케를 마실 수 있는 일본에서의 달콤한 휴가를 꿈꾸었다. 그런 날이 오기만 한다면 현재의 그리 유쾌하지 못한 생활 따위는 충분히 견뎌낼 만하다고 그들은 여기는 것 같았다. 그러니까 빛도 잘 들어오지 않는 고시원에서 정오까지 잠을 자고, 한국의 달기만 할 뿐 맛없는 빵으로 끼니를 때우고, 취업 비자를 신청해줄 것처럼 떠벌리다가도 막상 그 문제에 대해 상담을 해오면 이런저런 변명을 해가며 자리를 피하던 재즈바 젊은 사장의 이해할 수 없는 태도를. 이보나, 너도 같이 갈래? 진심이 아니더라도 그들이 한 번 정도는 그렇게 제안해오길 기다렸지만 그런 일은 끝내 일어나지 않았다. 대신 나는 조금은 의무적으로 나의 꿈인 북유럽을 이야기했다. 유빙 사이를 지나가는 호화 유람선과 느릅나무 숲에서의 긴 산책을, 언제라도 사랑에 빠질 준비가 되어 있고 거리의 악사와도 춤을 출 수 있는 여행자의 자유에 대해서도. 내가 말을 마치면 미하우와 요안나는 짧은 탄성을 질러주었다. 때로는 성의와 진심이 없는 반사적인 반응 같기도 했지만 정색을 하고 불평한 적은 없다.

"서울에서는 어디를 가나 해초 냄새가 나."

이런 말은 누가 했던 것일까. 그래서 조금만 더 걸어가면 바다가 나올 것 같다고 기대하게 되지. 미하우였던가. 아마. 하지만 그건 착각에 지나지 않아. 해초 냄새를 따라 아무리 걸어도 바다는 안 나오니까. 이보나, 너도 길을 잃지 않도록 조심해야 돼. 서울은 바다가 없는 이상한 섬이란 걸 잊으면 안 돼. 말하며, 미하우는 내 머리를 쓰다듬어주었다. 문득, 서울이 멀고먼 나라의 신비롭고 아름다운 섬처럼 느껴지면서 저절로 눈이 감겼다. 그 안으로 들어가면 온몸이 에메랄드빛으로 물들 것 같은 바닷물, 한가로이 떠 있는 흰 돛대의 배 몇 척, 인간의 언어로 노래할 줄 아는 눈이 맑은 보라색의 갈매기, 손안에 쥐면 부드럽게 부서지는 투명한 모래알, 그리고 노란색 샌들을 손에 쥐고 맨발로 유유히 해변을 걷고 있는 나의 이보나…… 미하우에겐 확실히 그런 면이 있었다. 그의 눈과 입술에서 걸러진 이곳은 곧잘 환상적인 공간으로 뒤바뀌었고, 그런 환상적인 공간에서라면 내가 현재 치르고 있는 고난이란 뻔한 해피 엔딩으로 이어질 수밖에 없는 필수적이고도 당연한 과정일지 모른다는 달콤한 착각이 들기도 했다. 이보나 나라의 비둘기들은 멸망한 거인족이 하늘에서 보내온 전갈 같아. 지하도에 허름한 문이 하나 있었는데 그 문을 열면 곧장 '들판의 나라'로 이어질 것만 같았지. 이보나, 이보나, 너는 진심으로 너 자신이 뚱뚱하다고 믿고 있는 건 아니겠지? 미하우는 언제나 아무렇지도 않게 이런 말을 했고 자주 내 머리를 쓰다듬어주었다. 미하우의 터무니없는 이야기를 들으면서도 나는 헛웃음을 터뜨리지 않았고 생뚱맞다는 표정도 지어 보이지 않았다. 그저 미하우가 내 머리를 오래오래 쓰다듬어주었으면 했고, 그러는 동안만큼은 언젠가 우리의 우정도 끝날 것이고 그후엔 서로에게서 완벽하게 잊히고 말 거라는 예감도 그리 사실적으로 와닿지 않았다.

"이보나, 내 나라에서라면 너는 정말 날씬한 여자로 살 수 있어."

어느 결에 다가온 요안나가 나를 보며 말했다. 요안나는 내가 조금이라도 슬퍼 보이면 꼭 그런 농담을 건넸다. 웃었다. 요안나도, 요안나를 바라보던 미하우도, 미하우의 손길 아래 있던 나도 같은 분량으로 웃었다. 그럴 때면, 미래란 예정된 장면들로만 가득하여 우리 앞의 거대한 시간이 하나도 겁이 나지 않았다.

그런데, 우리는 정말 몰랐던 걸까.

이보나에게 심각한 목소리로 물은 적이 있다. 구체적인 직업명이나 이루고자 하는 세계에 대한 열망도 없이 단순히 일본이나 북유럽을 여행하고 싶다는 허약한 진술은 꿈의 영역이 아니라, 그저 인생의 어느 순간에 올 수도 있고 오지 않을 수도 있는 막연한 계획에 지나지 않는다는 것을. 이보나는 대답 없이 웃기만 했다. 무심한 웃음이었다. 손을 뻗으면 달아나고 애정을 구걸하면 표정이 굳어지던 이보나는 나에게서 그런 질문을 받던 순간에도 내 진짜 꿈을 묻지 않았다.

4

우리는 일본이나 북유럽에 가는 대신 한 달에 한 번 정도 한껏 치장하고 만나 소란스럽게 웃으며 그곳에 갔다. 그곳은 요안나의 친구가 웨이트리스로 일하고 있는, 서울 근교 신도시에 위치한 나이트클럽이었다. 요안나의 친구는 언제나 약속 시간보다 한두 시간 늦게 요안나에게 연락을 해왔다. 가을엔 여름옷을 입었고 겨울엔 가을에나 어울리는 얇은 재킷 차림이었던 우리는 이내 처음의 호기 어린 웃음을 잃고는 늘 버스 정류장 근처에서 입술이 새파래지도록 덜덜 떨며 요안나의 친구로부터 연락이 오기만 간절히 기다려야 했다. 요안나의 친구가 매니저에게 말해 우리의 테이블을 따로 마련해주면 비교적 싼 값으로 맥주를 마실 수도 있었고 각종 안주를 공짜로 대접받곤 했기 때문에 우리는 그녀가 아무리 늦게 연락을 해와도 불평하는 법이 없었다.

요안나의 친구는 클럽에서 '파니(Pani)'로 통했다. 6개월마다 이름을 바꾸는 친구를 위해 요안나가 지어준 파니는, '들판의 나라'에서는 여성에 대한 일반적인 존칭일 뿐 하나의 온전한 이름은 아니라고 했다. 하지만 한국 사람들은 나를 파니라고 부르며 소우 큐트(so cute)를 외쳐. 파니가 아닌 파니는 피곤한 웃음을 지어 보이며 거친 영어 발음으로 내게 얘기하곤 했다. 파니는 러시아에서 왔고 요안나와는 채팅을 통해 알게 된 사이였다. 여행 비자로 들어와 한국에 머물며 불법으로 취업을 한 상태여서인지 파니에게선 불안한 사람만이 풍길 수 있는 어떤 매혹적인 분위기가 느껴졌다. 아직은 시간이 촘촘하게 배지 않아서 싱그럽기만 한, 영원히 익지 않을 것 같은 풋과일 냄새가 날 때도 있었다. 파니에게 본명을 물은 적은 없다. 파니 역시 '이보나' 이전에 '지원'이라는 흔하고 중성적이며 따분한 느낌의 이름이 먼저 있었다는 걸 굳이 알려 하지 않았다.

클럽이 문을 닫으면 우리는 주방 한쪽에 돗자리를 깔아놓고는 손님들이 남기고 간 맥주병과 위스키병을 모아 우리만의 조촐한 파티를 열곤 했다. 간혹 이름을 모르는 벌레들이 우리 곁을 재빠르게 지나갔고 급하게 만든 과일 샐러드에선 썩은 사과 껍질이 씹히기도 했다. 형편없는 술자리였지만 그래도 누군가 한 명은 꼭 취했다. 또다른 한 명이 그 취한 사람을 힘겹게 부축하여 클럽을 떠나면 남은 사람들이 술병을 치우고 안주 접시를 정리한 뒤 주방문을 닫았다. 대체로 요안나가 취했고 미하우가 그녀를 부축해주었으며 파니와 내가 마지막까지 남아 주방을 정리했다. 주방문을 닫고 나이트클럽을 나온 파니와 나는 늘 미소조차 없는 인색한 인사를 나눈 후 서둘러 헤어지곤 했다.

완벽한 혼자가 되어 늦은 새벽 거리를 걷다보면 멀리서 그녀가 보였다. 희미하게 피어나는 담배 연기, 바람의 방향에 따라 출렁이는 풍만한 머릿결, 굽 높은 구두를 신고도 겁도 없이 차도를 건너가는 무모함, 새벽의 적요를 가르는 차들의 클랙슨 소리에도 빳빳이 고개를 세우던 도도한 포즈, 그리고 도로를 건너온 뒤 또 한번 라이터를 켜기 위해 등을 옹송그리며 몸을 떨던 조금은 야윈 뒷모습…… 이보나였다. 이보나, 부르며 정신없이 달려갔지만 매번 길과 길이 만나고 헤어지는 지점에서 그녀를 놓쳤다. 가을엔 여름옷을, 겨울엔 가을용 재킷을 입고 있었으므로 그때마다 나는 추웠다. 택시 대신 아침을 여는 첫차를 타기 위해 서너 개의 버스 정류장을 그냥 지나쳐 걷다보면 어느샌가 동이 터왔고 그때야 나의 파티는 끝날 수 있었다.

5

엄마로부터 아버지의 병이 또 도졌다는 전화를 받은 날에도, 나는 새벽까지 파니가 일하는 나이트클럽에서 나를 이보나라고 불러주던 친구들과 함께 있었다. 나는 자꾸만 감기려는 두 눈을 세게 비비며 별다른 대꾸 없이 엄마의 이야기를 들어주었다. 이제 낼모레면 환갑인데, 여태껏 지 입 하나 책임지지 못하고, 내가 증말.

아버지의 병에는 실체가 없었으므로 치료법이나 처방약도 존재할 수 없었고 그래서 내가 할 수 있는 일이라곤 엄마의 울분을 들어주는 것밖에 없었다. 아직도 그놈들이 밖에 있냐? 술을 마신 날이면 아버지는 내게 묻곤 했다. 하지만 아버지가 말하는 '그놈들'이 누구인지는 내가 알 수 있는 영역이 아니었다. 언제부터인가 나 역시 더이상 아버지에게 '그놈들'이 누구냐고 추궁하지 않았다. 아버지의 재능을 알아주지 않았고 꿈을 짓이겼으며 인생을 망쳐버린, 그저 비난과 망각밖에 몰랐던 무시무시한 '그놈들'은 아버지의 손가락 끝에서만 겨우 존재하는 이상한 종족이었다. 심할 때는 아버지 스스로 경찰서에까지 가서 반대편 허공을 가리키며 제발 '그놈들'을 감옥에 처넣어달라고 애원한 적도 있었다. 경찰들은 아무도, 아무것도 없는 허공과 술 취한 초로의 사내가 악을 쓰다가 결국엔 바닥을 구르며 울부짖는 이상한 광경을 한참 동안 멍한 얼굴로 번갈아 바라봐야 했다. 이름도 없고 소속도 없으며 신분증도 없는, 그저 아버지에게만 미친 듯이 적대적인 그들은 아버지의 시선으로만 완성될 수 있었기에 아버지 외에는 그 누구도 '그놈들'을 보지 못했다.

나의 이보나와 '그놈들'은 질적으로 달랐다.

니 아버지랑 결혼해서 이날 이때까지 단 한 번도 행복하지 않았어, 단 한 번도. 엄마가 내게 하는 이야기가 대개 그러했듯 그날도 엄마는 아버지를 탓하고 자신의 인생을 연민하며 통화를 이어갔다. 휴대폰을 통해 전해져오는 엄마의 목소리를 건성으로 들으며 나는 방바닥에 끊임없이 손가락으로 쓰고 또 썼다. OUT, OUT, OUT.

사랑해, 엄마 딸. 전화를 끊기 직전 엄마는 습관적으로 덧붙여 말하기도 했다. 사랑을 자주 고백하는 사람을 신뢰하지 않으며 사랑한다고 말해놓고 사랑의 범주에는 들어갈 수 없는 행동을 하는 사람은 더더욱 이해하지 못하겠다고, 내게서 돌아앉아 있는 이보나에게 나는 푸념했다. 이보나는 곧 자리에서 벌떡 일어나더니 어딘가를 향해 씩씩하게 혼자 걸어가기 시작했다. 그녀가 부모님이 사는 A시로 가는 동안, 그들이 언성 높여 싸우는 소리가 담을 넘고 동네를 넘어 시 전체로 울려퍼졌다. 이보나는 처음의 당당함을 상실한 채 여러 번 가는 어깨를 움츠리며 연약하게 몸을 떨어야 했다.

마침 휴대폰이 또다시 진동했다. 액정에는 토요일에 파니네 집에 놀러가자는 미하우의 문자 메시지가 담겨 있었다. 좋아, 라고 나는 답장을 보냈지만 휴대폰 버튼까지 이동하지 못한 내 진짜 언어는 자신의 손가락 끝에 사는 종족과 싸우느라 더이상 시를 쓰지 못하는 어느 늙은 시인의 생애를 품고 싶었을 것이다. 시집도 다섯 권이나 냈는데 사람들은 그가 미쳤다고 말해, 심지어 식당을 하는 그의 아내조차도. 하지만 그런 얘기는 언어의 테두리 안으로는 안전하게 안착할 수 없는, 내 삶의 궤도를 떠도는 조각난 파편들일 뿐이었다. 면접이 있는 날마다 구멍이 나지 않은 스타킹을 골라 신고, 면접이 끝나면 값싼 분식집에서 허겁지겁 늦은 끼니를 때우고, 집으로 돌아가서는 조금씩 아껴 울며 화장을 지우게 될 내 미래의 어느 하루처럼 혼잣말로나 가까스로 소모되어야 할 테두리 없는 언어. 너무도 선명하게 상상이 되지만 고백하지 않는다면 실체가 될 수 없다고, 스물한 살이었던 나에겐 그것만이 신념이었다. 바다가 없는 신비로운 섬에서 진짜 인생에는 포함되지 않는 여분의 시간을 즐기고 있는 미하우에게 당연하지도 않고 필수적이지도 않은, 그저 운이 없는 부류나 감당해야 하는 지극히 현실적이고 재미없는 이야기를 내 멋대로 들려줄 수는 없었다.

잠은 사라졌다. A시로 향하는 길 어딘가에서 겁먹은 얼굴로 헤매고 있을 이보나가 내게로 돌아와 내 남은 이야기를 들어주길 기대했지만 그날 밤, 그녀는 다시 나타나지 않았다.

6

그날 나는 미하우와 함께 세상의 비밀스러운 통로를 따라 걸었다. 버스를 두 번 갈아타고 그곳에 도착하자 해초 냄새가 짙어졌고 파도 소리는 귓가에서 일렁였다. 파니가 마중나와 있었다. 이제부터 조심해야 돼. 미하우, 혹은 파니가 일러주었지만 나는 들떠 있었고 시간만 허락한다면 언제까지고 걸을 수 있을 것 같았다.

남색 조끼를 입은 남자들이 한 명 두 명 나타나기 시작했다. 언젠가는 도착하게 될 목적지를 눈앞에 두고 조우할 수밖에 없는 준비된 악당들 같았다. 그들은 아무데나 침을 뱉었고 돌멩이로 누군가의 집 유리창을 깼으며 주택 외벽에 원색의 스프레이를 뿌리거나 가스관을 절단했다. 어느 순간 한데 모여 담배를 나눠 피우던 남자들은, 대오에서 조금 떨어져 있던 청년 한 명이 우리를 향해 주섬주섬 오른손 중지를 치켜 올리자 터무니없이 큰소리로 웃어대기 시작했다. 나이가 조금 들어 보이는 덩치 좋은 남자가 금세 얼굴이 붉어진 청년의 목덜미를 어루만져주었다. 처음으로 살인에 성공한 가장 어린 군인을 격려

해주는, 그러나 정작 그 자신도 전쟁의 명분 따위 알지 못하는 어리석은 고참병 같았다. 고참병의 인생에도 지금 이 순간을 냉정하게 곱씹어보게 될 장면이 예정되어 있는 걸까. 그런 생각이 들자 어설픈 적의마저 사라지고, 모든 것이 그저 시시해졌다. 깨진 창문 너머에선 얼굴이 평퍼짐한 여자들이 상체를 내밀고는 욕을 하며 악을 써댔다. 여자들의 등에 매달려 있는 아기들도 함께 울었다.

여긴, 대체 어디인 걸까.

처음부터 잘못된 길을 선택했을지 모른다는 불안감이 엄습해왔지만 내가 할 수 있는 일은 없었다. 조끼 입은 남자들이 흘리고 가는 '양놈' '대낮' '미친' 같은 조심성 없는 말들을 주워들으며 양손을 코트 주머니에 찔러넣은 채 슬쩍 그쪽을 쳐다보았다. 몇 걸음 떨어진 지점에서 미하우는 파니의 창백한 얼굴을 쓰다듬으며 연거푸 '싸샤'***를 속삭이고 있었다. 미하우와 파니는 조금씩 가까워졌고 어느 순간 빈틈없이 포개졌다. 거인들이 우는 시간이야. 조금은 쓸쓸한 얼굴로 나타나 바람에 나부끼는 내 머리칼을 귀 뒤로 조심스럽게 쓸어주는 이보나에게 나는 젖은 목소리로 속삭였다. 신화의 시대, 북유럽에선 인간 이전에 거인들이 있었다 했다. 신에 의해 거인들이 모두 죽자 그들의 뼈는 산이 됐고 피는 강과 바다가 됐으며 머리카락은 꽃과 풀로, 몸은 그대로 대지로 화했다. 신은 거인들이 사라진 세상을 살아갈 인간을 물푸레나무와 느릅나무에서 탄생시켰다. 물푸레나무에서는 태초의 남자 아스크(Ask)를, 느릅나무에서는 태초의 여자 엠블라

*** 알렉산드라(Alexandra)의 애칭.

(Embla)를. 죽어서도 영혼을 갖지 못하게 된 가엾은 거인들은 자신들의 이야기가 아무도 들어줄 수 없는 구차한 혼잣말 같다고 느껴질 때면 간혹 이렇게 울었다. 산은 흔들리고 강과 바다는 난폭해지며, 꽃과 나무는 바람에 휘날리고 땅은 차가워진다. 거인들이 울 땐, 그저 가만히 서서 그들의 슬픔이 잦아들 때까지 기다려주어야 한다. 이것이, 이보나가 내게 가르쳐준 세상에 대한 예의였다.

그들의 긴 포옹은 파니의 집에 와 있던 요안나가 미하우의 휴대폰으로 전화를 걸어온 후에야 끝이 났다. 파니가 사는 연립주택 역시 외벽은 거친 낙서로 지저분했고 입구엔 수거해가지 않은 쓰레기봉투가 터진 채 여기저기 쌓여 있었다. 파니는 그 연립주택 3층에서 나이트클럽의 또다른 러시아인 웨이트리스와 함께 살고 있었는데, 그녀의 이름은 젠시나라고 했다. 물론 나는 젠시나가 그녀의 본명이 아니란 걸 알 수 있었다. 다급한 일이 생길 때마다 파니는 내가 처음 들어보는 이름으로 젠시나를 불렀다.

파니와 젠시나는 1년 전, 나이트클럽 측으로부터 돈을 빌려 그 낡은 연립주택을 전세로 임대했다. 그런데 그들이 사는 동네가 도시개발구역으로 지정되면서 문제가 생겼다. 파니는 내게 서류를 몇 장 보여줬다. 그 서류는 파니가 나를 집으로 초대한 진짜 이유였다. 이게 다 무슨 말이지? 파니는 내가 서류를 다 읽기도 전에 조급하게 물어왔다. 감정평가서였다. 서류엔 주택공사와 시공사가 그 집에 매긴 돈의 액수, 이사 보조비, 그리고 그녀들이 최종적으로 집을 비워야 하는 날짜가 타이핑되어 있었다.

"이 겨울에 대체 어디로 가라는 거야? 여기가 무슨 게토도 아니고!"

파니가 대상도 없이 날카롭게 쏘아붙였다. 나는 일단 집주인을 만나야 한다고 조언해주었다. 파니는 이사온 후 한 번도 집주인을 본 적이 없다고, 연락도 잘 되지 않는다며 불안해했다. 나는 파니에게서 집주인 연락처를 받은 다음 내 휴대폰으로 전화를 걸어보았다. 역시나 통화는 연결되지 않았다. 나이가 아주 많아 보이는 할머니라고 했다. 나는 집주인의 번호를 저장한 뒤 서울로 돌아가서도 자주 연락을 취해보겠다고, 연락이 닿으면 바로 알려주겠다고 말해두었다.

"내가 얘기했나?"

뒤에서 우리의 대화를 듣고 있던 미하우가 끼어들었다.

"내가 어렸을 때 마우폴스키에(Małopolskie)에 있는 게토에 살았거든. 너희도 알지? 나는 반이 유대인이잖아. 정말 비참했지. 사람들은 다들 아사 직전이고 여기저기에서 시체는 유기되고…… 그때 일주일에 한 번씩 기차가 와서 사람들을 실어가곤 했어. 그 기차가 어디로 갈지는 너무도 뻔했기 때문에 실려가는 사람들도, 무력하게 남겨지는 자들도 고통스럽긴 마찬가지였지. 정말 끔찍한 경험이었어."

잠시 침묵이 흘렀다. 숙연한 얼굴이었던 미하우가 갑자기 푸하하, 웃음을 터뜨렸다.

"이봐, 아가씨들, 왜 그렇게 심각한 거야? 이 얘길 믿는 거야? 이건 내 어머니가 할머니의 뱃속에 예약도 안 해놓았던 시절의 일들이야."

미하우는 계속 웃었지만 나도, 파니와 요안나도 웃지 않았다. 미하우, 너의 농담은 하나도 재미가 없어, 하나도. 나는 얼굴이 빨개지도록 웃고 있는 미하우에게 차갑게 쏘아붙인 뒤 가방을 챙겼다. 나를 잡는 사람은 없었다. 등뒤에서 영어도 한국어도 아닌, 내가 알아들을 수 없는 언어가 들려왔다. 문을 닫기 직전, 여자들도 웃기 시작했다.

파니의 집을 나와 오랫동안 걸었지만 바다로 이어지는 비밀스러운 통로는 이미 닫혔는지 해초 냄새나 파도 소리는 더이상 좇을 수 없었다. 마침 기차 한 대가 내 앞에 섰다. 물도, 식량도 없는 비참한 기차라고 누군가 악을 쓰며 알려주었지만 나는 주저 없이 그 기차에 올라탔다. 기차 안은 비좁았고 탑승객들의 얼굴은 하나같이 어둡고 슬퍼 보였다. 그곳에 오래 있을 수는 없었다. 도망치듯 기차에서 내렸을 때, 창가 자리에 앉아 있던 이보나는 현실과 상상의 접점에서 어리둥절한 표정으로 서 있는 나를 바라보며 손을 흔들어주었다. 그때 이보나는 웃고는 있었지만 눈가에 흘러내리는 검은색 눈물을 나는 놓치지 않고 보았다. 그 웃음 때문이었을까. 그날 새벽, 나는 낮게 신음하며 잠에서 깼다. 다시 잠들 수는 없었다. 책상 쪽으로 걸어가 음악을 들으며 한낮에 도시개발구역에서 거인들이 울어야 했던 진짜 이유를 곰곰이 생각해봤지만, 음악이 끝난 뒤엔 그 모든 것이 부질없는 일이란 것을 인정할 수밖에 없었다.

7

우리 중 가장 먼저 서울을 떠날 수 있는 사람은 유감스럽게도 내가 아니었다. 나이트클럽 주방에 마련된 우리들만의 파티에서 미하우는 말했다.

"다음 달에 재즈바를 그만두고 서울을 떠나려고 해."

파니는 홀에 나가 있었고 일찍 취해버린 요안나는 돗자리 구석에서 몸을 만 채 졸고 있었다. 맥주를 마시다가 나는 물끄러미 미하우를 건너다봤다.

"파니 때문이야?"

미하우는 슬쩍 요안나 쪽을 쳐다보더니 내 곁으로 바짝 다가와 앉으며 낮은 목소리로 속삭였다.

"사람들이 파니를 너무 막 대해. 유혹도 많은 것 같아. 이보나, 나는 불안해서 죽을 것 같아."

나는 미하우의 컵에 맥주를 따라주며 관심 없다는 투로 물었다.

"고향으로 돌아갈 거야?"

미하우는 힘없이 고개를 저었다. 고향이 아니라면 미하우에게도 갈 곳은 없다. 일본에서의 한가로운 휴가의 나날은 그의 삶에서는 아직 실루엣조차 만들어지지 않았다. 내 눈길은 미하우의 손등에 고정됐고 나는 이내 그 커다란 손바닥을 가져와 오른손 검지로 천천히 썼다. 벚꽃, 하이쿠, 온천, 사케, 샤미센…… 한국말은 곧잘 하지만 한글은 자모음도 헷갈려하는 미하우는 간지럽다고 웃기만 할 뿐, 내가 써가는 단어들을 인내심을 갖고 해석하려 하지는 않았다. 고개를 들어 미하우를 건너다봤다. 그새 미하우의 얼굴은 울듯한 표정으로 바뀌어 있었다.

"파니도 언젠가는 내가 지겨워지겠지?"

나는 고개를 끄덕였다가 이내 휘휘 내저었다. 아냐, 미하우. 파니는 그런 여자가 아닐 거야. 진짜 그렇게 생각해? 그래, 진짜. 미하우의 무릎에 머리를 대고 누워봤다. 더 써봐. 아무거나. 미하우가 자신의 손바닥을 내밀며 말했다. 그늘 하나가 만들어졌다. 세상의 지붕 같은 그 손바닥을 나는 두 손으로 꽉 쥐었다. 천공(天空)도 없고 광활한 우주로도 이어지지 않는 그 손바닥에, 마치 하늘에 별들을 새겨넣는 무료한 신처럼. 그리고 나는 천천히 쓰기 시작했다. 느릅나무, 책상, 태초의 여자, 엠블라, 거인들…… 언젠가 아버지는 이런 단어들을 모아 시 한 편을 썼다. 그가 아직 손가락 끝의 이상한 종족을 몰라도 되었던 그때, 나는 종종 그의 무릎에 누워 그의 시를 읽곤 했다. 그럴 땐 우산 없이도 내 몸은 비에 젖지 않았다.

"이보나, 손이 너무 뜨거워. 너, 감기 걸린 거 아냐?"

미하우는 내가 쓰고 있는 단어들과 전혀 상관없는 질문을 했다.

"원래 뚱뚱한 사람은 몸에 열이 많아."

언제 깼는지 뒤에서 요안나가 나 대신 대답했다. 나는 재빨리 미하우의 무릎에서 얼굴을 떼고는 몸을 일으켰다. 요안나는 주섬주섬 우리 곁으로 다가와 내가 미하우 앞으로 따라놓은 맥주를 단박에 다 마셔버렸다. 요안나를 바라보는 미하우의 눈동자가 흔들리고 있었다. 이제 머지않아 그들도 알게 될 것이다. 사랑이 지나가면 한 사람의 발밑에 사는 거인들까지 깨어나게 했던 말 한마디 같은 건 전혀 모르는 언어로 쓰인 책의 한 구절처럼 눈물도 미소도 없이 사라질 수 있다는 것을, 아무리 세상의 모든 거인들이 슬피 울어도 무력하게 가만히 들어주기만 해야 하는 날도 있다는 것 역시. 너는 왜 그렇게 자주 혼잣말을 하지? 이보나를 놓친 채 새벽 거리에서 첫차를 기다리고 있을 때, 뒤에서 나를 쫓아온 미하우는 물은 적 있다. 그의 손에는 내 휴대폰이 들려 있었다. 친구가 있는 사람은 혼잣말하지 않아. 그 말에 나는 웃었고 그는 웃지 않았다. 그의 창백한 푸른빛 눈동자는 그저, 내게 남은 정상인의 함량을 고요하게 측정하고 있었을 뿐이다.

요안나가 무슨 말인가를 하자 미하우가 갑자기 화를 내기 시작했다. 요안나도 인상을 쓰며 거칠게 대답했다. 그들이 그들 나라의 언어로 이야기를 한다는 건 내가 개입하는 것을 원하지 않는다는 간접적인 표현이었다. 나는 자리에서 일어나 화장실에 간다고 둘러댄 뒤 그 좁은 주방을 빠져나왔다.

주방 밖, 차가운 벽에 기댄 채 안에서부터 들려오는 미하우와 요안나의 높아지고 갈라지는 목소리를 들으며 나는 이보나를 불렀다. 이번에도, 아니 이번만큼은 그녀가 반드시 내 앞에 나타나야 한다는 절박함으로. 잠시 후, 주방문을 박차고 뛰쳐나온 사람은 이보나가 아니었다. 흥분한 요안나는 파니를 찾았고, 파니는 그날따라 그 누구의 눈에도 보이지 않는 곳으로 가버리고 없었다. 파니를 찾지 못한 그녀는 나를 남겨두고 혼자 떠났다. 주방에서는 미하우가 두 손으로 얼굴을 감싼 채 울고 있었고 파니는 끝까지 나타나지 않았다. 나는 미하우가 슬피 우는 주방으로 들어가 아무것도 못 본 사람처럼 덤덤히 가방을 챙겨 뚜벅뚜벅 그곳을 나왔다. 이번에도 나를 잡는 사람은 없었다. 그날 이후, 우리 세 사람이 함께 만난 적은 한 번도 없다.

8

나는 다시 혼자가 되었다. 파니와 연립주택 주인 할머니를 만나게 해준 이후부터 미하우는 내 전화를 받지 않았다. 언제부터인가 요안나도 내 문자 메시지에 아무런 응답을 해주지 않았다. 그들은 동시에 홍대 앞 재즈바를 그만두었고 그들이 함께 살던 고시원 방에도 이미 다른 사람이 들어와 지내고 있었다.

미하우와 관계된 일로 젠시나의 방문을 받게 된 건 우리의 그 마지막 파티로부터 석 달 정도가 지난 후였다. 자정 무렵이었다. 젠시나는 내 얼굴을 확인하자마자 그녀 뒤편에 서 있던 사내에게 고개를 끄덕여 보였다. 키는 작지만 체격은 좋은 낯선 사내가 탁하고 낮은 목소리로 미하우가 어디에 있는지 알고 있느냐고 물었다. 현관문 밖으로 얼굴만 내민 채 나는 고개를 저었다. 미하우가 파니를 데리고 연립주택의 전세금을 가로채 떠났다며 협조만 해준다면 답례비를 주겠다고 사내는 말했다. 나는 사내에게, 답례비의 액수를 묻지 않았다.

그들이 돌아간 뒤, 현관문을 닫고 돌아서려는데 휴대폰 벨소리가 울렸다. 다급하게 달려가 번호를 확인하지도 않은 채 통화 버튼을 눌렀다. 왜 이렇게 연락이 안 되는 거냐는 엄마의 목소리를 들은 순간, 무릎이 꺾였다. 네가 먼저 전화하면 손가락이 부러져? 부러지냐구우! 내가 대답을 못하고 우물거리고 있는 사이, 엄마는 결국 나의 가장 연약한 부분을 건드린다. 누가 핏줄 아니랄까봐, 너는 어쩜 느이 아버지랑 그렇게 똑같니. 어떻게 그…… 엄마의 말이 채 끝나기도 전에 나는 재빨리 전화를 끊었다.

이보나. 주섬주섬 일어나 느릅나무 책상 쪽으로 다가가 그녀를 찾았다. 오래 기다렸지만 창문에는 불투명한 실루엣뿐, 이보나는 보이지 않았다. 그녀가 내 느릅나무 책상에서 태어난 날부터 이미 예감했던 일이었으므로, 아버지와 같은 부류가 되지 않기 위해서는 그녀를 떠나보내는 것이 맞았기에, 자연스러운 절차라는 듯 나는 그녀를 정지된 시간 속으로 덤덤히 보내주었다. 창문은 불완전한 그녀를 싣고 다시 덜컹덜컹 소리를 내며 먼 곳으로 떠나갔고 이번엔 아무도 나를 향해 손을 흔들어 보이지 않았다. 그날 밤, 나는 꿈을 꾸지 않았다. 그 후로 몇 번이나 그곳을 배회했지만 파니의 집을 찾지 못해 발만 동동 거리며 울먹였던 장면이 꿈이었는지, 아니면 실제의 일이었는지 오랫동안 구분할 수 없었다.

9

대학 졸업 후, 나는 C시에 있는 구청에서 행정직원으로 일하게 되었다. 공무원 시험에서는 스커트 정장을 입고 면접을 보지 않아도 되었기 때문에 2년 동안 나는 하루도 쉬지 않고 도서관에 가서 시험을 준비했었다. 서울에서 C시까지 출퇴근을 하는 것은 사실상 불가능했으므로 발령이 나자마자 곧 이사를 했다. 책상은 가져가지 않았다. 옷가지 하나 남지 않은 빈방에 책상만 남겨두고 그 방을 나오면서 나는 끝까지 뒤를 돌아보지 않았다.

C시는 서울의 4분의 1밖에 되지 않는 소도시였다. 중앙역과 백화점, 대형 마트와 극장이 밀집해 있는 시내는 한 시간만 할애하면 다 걸어다닐 수 있었다. 퇴근 후, 빈집에 혼자 들어가는 것이 싫어 시내로 나가면 꼭 한 번 이상은 동료들을 만났다. 예의는 갖추었으나 어색함은 남는 인사를 나누고 돌아서면 C시에서는 인생이란 게임에 지나지 않는다는 생각이 굳어졌다. 승패마저도 자의적인, 규칙 없는 게임. C시가 무대인 이 게임에선 성공한 인생도, 패배한 인생도 없었다. 분지 도시 특유의 텁텁한 무더위와 미치기 직전까지의 권태를 오래 견디는 자가 규칙을 만들어 스스로 승자가 될 뿐이었다. 그건, 아무도 박수를 쳐주지 않는 시시한 게임 오버. 두 번에 한 번꼴로 회식에 불

참했고 사흘 중에 이틀은 상사의 눈치를 무시한 채 6시 정각에 사무실을 나왔으며 정시에 퇴근한 날엔 시내의 케이크 전문점에 곰처럼 웅크리고 앉아 호두 파이나 애플 타르트를 오래오래 씹어먹었다. 나는 이전보다 더 뚱뚱해져갔고 무심결에 혼잣말을 내뱉는 질 나쁜 습관도 고치지 못했다. 흔하고 중성적이며 따분한 느낌의 지원이란 이름은 수시로 사람들의 입에 오르내렸다.

이보나를 다시 만나게 되리란 전조 같은 건 없었다.

어느 날 나는, 동료와 함께 기초생활수급자의 거주 실태를 파악하기 위해 C시 외곽을 돌다가 갑자기 짙어지는 해초 냄새를 미미하게 감지했을 뿐이다. 집요하게 주위를 둘러봤지만 바다가 보일 리 없었다. C시는 분지 도시였고 그 근처엔 해산물을 파는 상점조차 없었다. 또다시 길을 잃지 않기 위해 바닥에 새겨지는 내 발자국 모양에 정신을 집중했다.

그날 저녁엔 여직원 회식이 있었다. 안주로 나온 치킨은 금세 식었고 맥주맛은 밋밋했으며 여직원들은 C시의 사투리로 내가 잘 모르는 이야기들을 주고받았다. 가령 결혼을 목전에 두고 불거진 혼수 문제나 나날이 치솟는 사교육비에 대한 분노, 혹은 C시의 더딘 발전과 꾸준히 떨어지고 있는 아파트 가격에 대한 걱정 같은 것들. 동료들의 이야기는 언제나 눈먼 언어들의 조합 같았다. 그 언어들은 남은 인생은 예정된 장면들로만 가득할 거라는 헛된 믿음에 기대어 한시적인 위로를 찾아 헤매는, 어리석은 자들의 가면을 쓰고 있었다.

호프집을 나와 노래방으로 2차를 가겠다는 여직원들을 나는 따라가지 않았다. 앞서 걸어가는 여직원들은 나 하나 빠진 것은 의식도 못하는 듯했다. 돌아서서 여직원들과 반대 방향으로 짐짓 여유롭게 걷다가 어느 순간부터 나는 뛰기 시작했다. 길과 길이 만나고 헤어지는 지점에서, 그리고 불쑥 기차 한 대가 덜컹거리며 달려와 내 앞에서 멈춰 섰다. 뿌연 연기 속에서 안전한 플랫폼도 없는 기차 문밖으로 누군가 조심스럽게 한쪽 발을 내밀었을 때부터 나는 그녀가 누구인지 알고 있었다. 지난 5년 동안 한 번도 그 기차에서 내린 적 없다는 듯, 아니 내내 그 기차를 타고 있다는 기분에서 헤어나올 수 없어 괴로웠다고 호소하는 듯 그녀는 지쳐 보였고, 수척해진 얼굴은 순간순간의 고통이 긴 세월을 통과해온 흔적으로 스산하게 빛났다. 소멸하기 직전 마지막 빛을 발하는 우주의 끝 고독한 항성을 연상케 하는, 그러나 그 누구도 본 적도 없고 만져본 적도 없는 진짜 태초의 여자처럼.

주섬주섬 다가가 전자제품 대리점의 유리문에 손을 대자 이보나가 오래전처럼 쓸쓸하게 웃으며 내 손을 꽉 잡아주었다. 그녀는 더이상 아름답지 않았지만 나를 잡아끄는 그 손은 따뜻했고 나는 시간도 없고 시간이 수치화하는 환멸이나 고통도 없는 세계로 스며들었다. 5년 만에 다시 만난 이보나와 나는 두 손을 꼭 맞잡은 채 거인들의 대지 위에서 춤을 추었다. 내 친구들의 시디에서 흘러나온 음표들도 보였다. 오래전부터 잊고 지냈던 그 음표들은 꺾어진 날개를 달고 날아올라 기분 좋은 허밍을 하며 우리 주변을 맴돌았다. 이상했다. 웃어야 하는데, 충분히 반가워해야 하는데 나는 웃지 않았다. 아무런 표정 없이 그저 메마른 얼굴로 이보나의 손길을 따라가다가 이보나와 시선이 마주쳤다. 웃지 않는 나를 본 순간, 그녀는 주저 없이 내 손을 놓아주었다.

언제부터인가 차들의 클랙슨 소리와 오가는 사람들의 발소리가 다시 선명하게 들려왔다. 사람들은 여느 때처럼 손목에 얹어진 자기 몫의 유한한 시간을 좇아 바쁘게 내 곁을 스쳐갔고, C시 특유의 텁텁한 바람은 자꾸만 내 뺨을 할퀴고 지나갔다. 어디로 가야 하는 건지 알 수 없었다. 다만 내 의지와 상관없이 또다른 게임이 이미 시작되었다는 걸, 아무에게서도 확인받지는 못했지만 나는 천천히 깨달았다. M.

영원의 달리기

나를 볼 수 있는 사람, 만날 준비가 되어 있는 사람,
자신만의 시선으로 내 마모된 몸을 완성해줄 수 있는 사람이
있는 곳이라면 나는 그곳이 어디든 쉬지 않고 달려갔다.

당신을 알아보는 데는 많은 시간이 걸렸다. 당신은 누구와 함께 있든 먼저 말을 꺼내는 일이 드물었고 소리내어 웃는 법도 없었다. 옷차림이나 말투에서도 특별함은 없었고 마치 자신의 키보다 약간 낮은 가로대를 연이어 통과해야 하는 형벌이라도 받은 듯 어깨는 항상 안으로 굽어 있었다. 어떻게 보면 사람들의 눈에 띄지 않기 위해 필사적으로 노력하는 사람 같기도 했다. 당신의 일상은 조용하면서 평범했다. 당신은 과묵하지만 완벽함을 꿈꾸는 우직한 장인처럼 인생의 총합에서 마이너스되는 하루하루를 흠이나 상처 없이 기억 저편의 어두운 창고 속으로 차곡차곡 매장할 줄도 알았다.

당신은 보통 아침 7시에 일어나 8시가 되기 직전 아파트를 빠져나오고 사람들로 꽉 찬 마을버스에 매달려 지하철역까지 간다. 가방을 두고 온 곳이라 해도 내리고 싶은 마음은 일지 않는 몇 개의 비슷비슷한 역을 지나 강남역에 도착하면 사무실이 있는 빌딩까지 종종걸음을 친다. 한 시간여 걸리는 그 출근 시간 내내 당신의 귓바퀴에는 관용과 융통성을 모르는 시계가 초침 소리를 내며 매달려 있다. 시계의 뒷면은 오래전 육체를 잃은 자들의 아우성, 허공에 새겨진 피투성이 기억들, 애도의 눈물도 없이 사라진 길 잃은 영혼들의 노랫소리. S빌딩 8층에 올라가 창가 쪽 두번째 책상에 앉으며 컴퓨터를 켜면 그때부터 당신의 인생은 조금 더 가파르게 지불되기 시작한다. 반쯤은 정신이 나간 상태에서 서류를 들춰보거나 보고서를 타이핑하다가 점심시간에는 동료들과 빌딩 내 식당으로 몰려가 끼니를 때우고 사무실로 돌아가면 다시 서류, 보고서, 회의…… 퇴근 후엔 상사의 지독하게 재미없는 농담을 받아주며 취하지 않을 만큼만, 그러니까 혼자서 지하철을 탈 수 없을 정도로 취해버려 쓸데없이 택시비를 지출하지 않아도 될 만큼만 술을 마시기도 한다. 집으로 돌아가는 길, 당신은 그제야 경직되었던 표정을 풀고 무료한 웃음도 거둔다. 눈에는 보이지 않는 마지막 가로대를 지나 빈집의 현관문을 열면서 손목시계를 내려다보면 어느새, 다시 잠들어야 할 시간. 또다른 하루를 버티기 위해서 오늘 쓰고 남은 에너지를 무의식 속으로 조용히 헌납해야 하는, 나를 만나야 하는 바로 그 시간.

*

내가 말했지? 요즘 들어 거의 날마다 이상한 꿈을 꿔. 편집이 안 된 메이킹 필름 같기도 하고 일부러 색감을 줄인 사실적인 다큐 같기도 해. 간밤엔 피냄새가 스민 모래 도시에 나는 서 있었어. 어떤 도시?

잘은 모르겠지만 아마도 사막 위의 도시였던 것 같아. 그 건조한 도시의 어느 골목에서 팔다리가 다 잘려나간 사내를 보았어. 하얀 터번을 쓴 까무잡잡한 피부의 사내였는데 사람이 내는 소리라는 게 믿어지지 않을 정도로 참혹한 비명을 내지르고 있었지. 도울 수가 없었어. 나는, 난…… 꿈속일 뿐이잖아. 악몽인 것 같다고? 글쎄, 악몽이었나. 하지만 꿈속에서 나는 뭐랄까, 그래, 살아 있는 느낌이야. 고통은 날것이고 연민은 뜨겁지. 살고 싶어서, 그리고 살리고 싶어서 미칠 지경이라고. 이런 걸 악몽이라 불러도 되는 걸까. 그 여자? 그 맨발의 여자 말이지? 하얀 원피스를 입고 긴 갈색 머리칼을 휘날리며 어딘가로 달려가는. 물론 나오지. 꿈을 꾸고 있구나, 의식하면 늘 그 여자가 나왔는걸. 말했잖아, 얼굴은 기억이 잘 안 나. 흐릿하니까, 얼굴만은. 아니, 몸 전체가 다 뿌옇고 현실감이 없어. 꿈속에도 스토커 같은 인물이 있다는 게 정말 신기하지? 그런데…… 그런데, 내가 현실에서도 그 여자를 본 적이 있던가.

*

아니, 나는 꿈속만을 달릴 뿐이니 당신은 현실의 눈으로 나를 본 적이 없다. 게다가 내게는 다리를 제외하곤 정형화된 육체조차 없다. 발가락이 시려, 속삭이면 발가락이 생기고 온몸이 타들어가는 것 같아, 생각하면 그제야 화상 입은 살갗이 만져지는 식이다. 어쩌면 없을지도 모르는 육체를 뒤집어쓰고 나는 달리고 또 달린다. 내 심장은 오류를 모르는 기계처럼 두려움을 느끼지 못하고, 두 다리는 기계 같은 심장과 바로 연결된 유일한 기관처럼 아무런 성찰도 없이 반복적인 운동만 계속할 뿐이다. 내가 달려가는 곳에선 시침과 분침의 위치도, 흘러간 시간의 분량도 의미가 없다. 그곳은 깨어 있는 감각으로는 닿을 수 없는 공간이기도 하고 이미 사라지거나 잊힌 길일 때도 있다. 기나긴 강둑과 철로를, 사람들로 북적이는 시장 뒷골목과 조롱과 박수 속에서 춤을 추는 광대가 있는 광장을, 화려한 성전과 쓸쓸한 묘지 사이의 높은 담벼락 위를 나는 달렸다. 기차를 기다리며 비에 젖은 신문을 착착 접어드는 중년 남자와 그 곁을 배회하는 버려진 아이들의 때 묻은 손바닥 사이를 가로지르기도 했고, 국경 지대 초소병 옆에서 조용히 다리를 벌리는 깡마른 소녀의 헝클어진 머리칼을 무심코 짓밟으며 지나간 적도 있다. 북국의 얼음산과 태양이 곧 지도인 사막도 나는 마다하지 않았다. 포탄과 시체가 쌓인 들판도, 그곳이 존재하는 한, 통과해야만 했다. 나를 볼 수 있는 사람, 만날 준비가 되어 있는 사람, 자신만의 시선으로 내 마모된 몸을 완성해줄 수 있는 사람이 있는 곳이라면 나는 그곳이 어디든 쉬지 않고 달려갔다.

타인의 꿈으로 이어지는 수많은 문들이 있었다.

어떤 문을 선택하느냐는 나의 몫이다. 아니, 그들의 몫일 수도 있다. 그들이 나를 필요로 하지 않으면 나도 그들을 원하지 않으므로, 그들의 시계가 앞을 향해서만 나아가면 나 또한 명료한 의식 뒤편에서 소리도 없이 옮어지고 사라져가므로. 내게 욕망은 일방향이 아니다. 일방향의 욕망은 나를 움직이지 않는다.

어느 날 나는 당신을 발견했다. 당신은 그날 지하철 역내에 앉아 커피를 마시며 한곳을 집요하게 보고 있었다. 당신의 그 젖은 눈동자는 세계의 뒤편을 달리던 나를 멈춰 서게 했다. 가슴이 뛰기 시작했다. 나의 이 미친 달리기를 지켜봐줄 시선이 이제 곧 하나 더 생길 거라는 흥분이 나를 사로잡고 있었다. 그날 밤, 나는 처음으로 당신의 문을 열고 들어가 내가 갖고 있던 이야기 한줌을 풀어놓았다.

불안하지 않은 것은 아니다.

많은 시간이 지난 후, 내가 선택했던 대부분의 사람들이 그러했던 것처럼 당신은 내게 물을지도 모른다. 미친 자와 미칠 정도로 괴로운 자의 차이는 뭐지? 폭력과 죽음, 공포와 분노, 슬픔과 고통, 이런 것들을 예민하게 느낀다고 해서 내 인생이 뭐가 달라지는 거냐고, 어? 언어도 없고 언어를 조직할 수 있는 혀와 입술도 없는 나는 아무 대답도 하지 못할 것이다. 그저 당신이 거기 있었고 내가 당신을 발견했다는 것을 당신이 알아주길 기도할 뿐, 위로가 되기를 간절히 염원하면서. 언젠가 당신도, 우리는 만날 수밖에 없었고 만남과 이별을 통하여 우리의 존재가 완성된다는 것을 납득하게 될 것이다. 실패한 선택이었어도 마지막은 늘 그러했고, 그것이 내가 끊임없이 달리는 이유일지 모른다. 그날, 우리 앞엔 단 하나의 길만 남아 있을 것이다.

*

아무래도 그날부터였던 것 같아. 한 달 전이었나. 특별한 날은 아니었어. 야근도, 회식도 없던 날이라는 게 유일한 특별함이었을까. 친구녀석을 만나러 갔지. 여의도 지하철역 간이 벤치에 앉아 테이크아웃 커피를 마시면서 녀석을 기다렸어. 무엇을 보았느냐고? 그래, 뭔가를 보긴 했어. 기품 있어 보이는 노인이 개찰구를 나와 내 쪽으로 걸어오는데, 왼쪽 다리를 심하게 절고 있었어. 그가 왼쪽 다리로 바닥을 짚을 땐 마치 계단을 밟고 내려가는 것처럼 느껴질 정도였어. 죽음에 이르는 계단, 아니 늘 죽음을 생각하도록 이끄는 무심한 폭력의 계단 말이야. 세상의 모든 사물이 왼쪽으로 기울어져 보이고 절대적인 고독감이나 안온한 존재감도 기우뚱한 땅 위에서 소비해야 하는 그 운명은 어디에서 비롯된 것인지 나는 골똘하게 생각해봤지. 노인은 곧 넘어졌어. 늪에 빠지는 것 같았어, 허우적댈수록 더 깊이 빠져들 수밖에 없는. 아무도 그를 붙잡아주지 않았어. 나라도 도와야겠다는 생각에 엉거주춤 자리에서 일어나는데 누군가 내 어깨를 툭 쳤어. 친구 녀석이었어. 그는 내 얼굴이 창백하다 했어. 무슨 일이 있는 거냐고 묻기도 했지. 아무것도 아니라며 얼버무린 뒤 다시 노인 쪽을 돌아보니 노인은 그곳에 없었어. 친구 녀석과 술을 마시면서도 노인에 대한 상상이 멈춰지질 않았어. 노인이 돌아간 집이 그려졌는데, 초원 위의 목재 방갈로 같았어. 왼쪽으로 15도 정도 기운 집, 빗방울도 사선으로 내릴 것 같은 집, 창밖의 네모난 세계는 거친 크로키처럼 흐릿하기만 한 그런 집. 그날 밤, 처음으로 그 여자가 나오는 꿈을 꿨던 것 같아. 달려가는 그녀를 열심히 쫓아갔는데 갑자기 밀폐된 공간 하나가 나왔어. 물방울이 뚝뚝 떨어지는 아주 캄캄한 곳이었어. 그곳에선 젊은 남자 한 명이 의자에 묶인 채 심하게 맞고 있었는데…… 일러주지 않아도 알 수 있었어. 그 남자는 낮에 본 노인의 젊은 시절이었어.

개새끼, 아직 멀었어, 이번 건 좀 약했나. 어딘가에서 소름 끼치도록 차갑고 건조한 목소리가 담배 연기와 함께 퍼져나오고 있었어. 고문이었을까, 말로만 듣던? 새벽에 노인, 아니 청년은 마지막 힘을 다해 결박된 줄을 풀고 의자에서 일어나 창가로 다가갔어. 창문을 여는 기척 때문이었는지 문밖 복도 끝에서 다닥다닥, 운동화 소리가 울렸지. 청년을 잡으려는 여러 개의 손들 중에 내 손도 있었던 것 같아. 수많은 손들이 뻗어가고 있었지만 청년은 주저 없이 창밖으로 몸을 던졌어. 창밖의 마당은 사각형이었고 흩날리는 눈송이도, 동트는 하늘 저편에서 흘러나오는 희미한 햇빛도 사각형이더군. 마당을 뒹굴며 왼쪽 다리를 부여잡은 채 울부짖는 청년에게 선불리 다가가지 못하고 안절부절못하고 있는데 나무 뒤편에 서서 내 쪽을 바라보는 그녀와 눈이 마주쳤지. 나를 그곳으로 이끌었던 그 갈색 머리칼의 여자 말이야. 황급히 돌아서서 또다시 달려가는 그녀를 나는 어느새 쫓기 시작했지만 그녀와의 거리는 좁혀지지 않았어. 그녀는 멀리멀리, 달려가기만 했어. 쉬지 않고, 계속해서. 실은 그후로도 계속 그런 식이었어. 그녀는 매번 어디를 향해 그렇게 열심히 달려가는 것일까.

*

모든 것이 내 짐작보다 빠르다.

당신의 꿈속으로의 내 방문이 석 달을 넘기기도 전에 당신은 이전보다 더더욱 수척해지고 말을 잃어간다. 당신의 얼굴에서는 상사의 농담에 대한 의례적인 웃음조차 발견하기 힘들어진다. 퇴근길, 당신은 자주 걸음을 멈추고 쇼윈도 안쪽을 바라본다. 쇼핑을 하거나 커피를 마시면서 이야기를 나누는 사람들, 약속을 하고 미래를 계획하는 포근한 목소리와 사소한 고민까지 솔직하게 고백하고 위로를 주고받는 부드러운 표정…… 당신은 쇼윈도 안쪽, 무수한 타인들의 단순한 행복을 구경하며 소외감을 느낀다. 무언가 잘못되었다고 되뇌기도 한다. 이상한 꿈 따위는 꾸지 않고 남들이 볼 수 있는 것만 보면서 몰라도 되는 영역은 모른 채로 살아가는 그들에게 설명하기 힘든 거리감과 질투심을 느낄 때도 있다.

언제부터인가 당신은 집으로 돌아가면 긴 시간 뜨거운 물로 샤워를 하고 술을 마시고 슬랩스틱 코미디 영화를 밤늦게까지 관람한다. 침대까지 가지도 못하고 소파에 누워 꾸부정하게 몸을 만 채 잠이 들었다가도 꿈이 시작된다는 게 감지되면 힘겹게 눈을 뜬 뒤 벌떡 상체를 일으킨다. 당신이 달아나려 하면 할수록 꿈은 접히고 찢기고 깨진다. 한숨과 눈물과 비명이 각각의 이야기에서 제멋대로 튕겨나와 퍼즐처럼 흩어진다. 숙면이 사라지자 진짜 악몽이 시작된다. 진짜 악몽에는 날것의 고통도 뜨거운 분노도 살아 있다는 감각도 없다. 그저, 괴로울 뿐이다. 꿈에서 벗어나려는 시도가 악몽을 불러오고 악몽이 극심한 정신적 피로로 이어지는 그 악순환을 당신은 알지 못한다. 아직 당신과 멀어질 준비가 되어 있지 않은 나는 잘 열리지 않는 당신의 문 앞에서 자주 절망한다. 당신에게 묻고 싶은 것이 있었다. 들려줘야 할 이야기도 아직 많이 남아 있다. 당신을 만나기 위해 꿈의 입구로 들어가려는 내 시도와 어떻게든 꿈을 꾸지 않기 위해 발버둥치는 당신의 노력은 똑같이 필사적이다.

급기야 당신은 그것을 찾는다. 그날 당신은 그 어느 때보다 생생한 꿈을 꿨고 꿈이라는 의식조차 희미해지던 순간, 거친 숨소리를 내뱉으며 번쩍 눈을 떴다. 소파 왼편으로 누군가의 두 다리가 아직 단단하게 닫히지 않은 벽 속으로 들어가기 위해 버둥거리고 있는 것이 보였다. 깨어나기 직전 꿈속에서 보았던 사내일까. 아니, 나는 아직 깨지 않았어, 중얼거리며 가까스로 몸을 일으켜 형광등을 켜자 사내의 두 다리는 말끔히 사라졌다. 당신은 집안의 모든 조명을 켜놓고는 거실 한가운데 우두커니 서서 마지막 부분이 뭉텅 잘려나간 방금 전의 그 꿈을 재구성해보려 노력한다.

꿈속에서 당신은 여느 때처럼 달리는 내 뒤를 쫓아 미로 같은 여러 골목을 통과하여 어딘가로 들어갔다. 그곳은 사람들로 가득한 광장이었다. 나를 놓친 채 주변을 두리번거리던 당신은 어느 순간 청각을 날카롭게 하는 찰칵, 소리를 들었다. 한 번도 접해본 적 없는데도 당신은 그 소리가 공포탄을 실탄으로 바꾸는 쇳조각의 차가운 마찰음이란 걸 안다. 당신은 이내 의지와 상관없이 군중 속으로 휘말려들어간다. 자유를 외치는 함성과 노래는 행진을 부추기는 동시에 죽음에 대한 섬약한 두려움을 몽롱하게 잠재운다. 노란 꽃 한 송이가 포구마다 꽂혀 있는 탱크 몇 대가 거인의 전투화처럼 저 먼 곳에서부터 한 발 한 발 다가오는 게 보였다. 어리석은 짓이라고, 돌아서야 한다고 당신은 부르짖고 싶지만 어깨와 어깨를 단단히 엮고 있는 사람들 사이에서 당신은 겁먹은 표정만 짓고 있을 뿐이다. 셋, 둘, 하나, 그리고……

제로, 라고 중얼거린 순간 당신은 군인들의 무리에 섞여 방아쇠를 당기고 있다. 안 돼, 외치지만 손가락은 마음보다 빠르고 총알은 경직되어 있던 공기를 뒤흔들며 아무런 망설임도 없이 누군가의 가슴속으로 휘돌아가 박힌다. 스크럼은 깨지고 사람들은 비명을 지르며 사방으로 흩어진다. 어느새 군중 속으로 다시 섞여들어간 당신도 사람들과 부딪히고 엉키고 넘어지며 뛰고 있다. 뒤통수를 노리는 적의에 가득찬 총알에서 벗어나기 위해, 살아남아야 한다는 단단한 욕망을 실밥이 터진 주머니처럼 너덜너덜 외투 양쪽에 매단 채. 당신 곁에서 함께 뛰던 사내 한 명이 갑자기 방전된 기계인간처럼 픽, 쓰러진다. 아직 불이 꺼지지 않은 그자의 눈동자는 파랗고, 제멋대로 뒤틀리는 몸은 차갑다. 사내가 당신에게 손을 뻗는다. 살려달라는 무언의 외침이 그 손가락 끝에서 뜨겁게 터져나오고 있었다. 그 손을, 당신은 잡지 않는다. 입술을 깨문 채 돌아선 당신은 나를 발견했고 내 발뒤꿈치만 노려보며 기계적으로 달리고 또 달리다가 깨어났다. 벽 속으로 사라지려는, 아직 남은 에너지로 사력을 다해 버둥거리던 그 사내의 두 다리를 건너다보면서.

그들이 누구이고 그곳이 어디인지, 무엇보다 그런 장면이 왜 꿈에 나왔던 건지 깨어난 당신은 헤아릴 수가 없었다. 당신은 그런 분위기의 도시에 가본 적이 없고 그곳 사람들 역시 생시에선 만나본 기억이 없다. 이따위가 다 뭐지? 나는 나 하나도 감당이 안 되는 인간이야. 내 몸 하나 건사하기도 힘이 든다구우. 거실 전체에 번지는 당신의 지친 듯한 목소리를 나는 고스란히 듣고 있어야 했다. 나에게 고통을 강요하지 마, 나한테 대체 뭐가 남았다고 이러는 건데! 곧이어 소파를 주먹으로 내리치며 목에 핏대를 돋우는 당신에게 나는 더이상 다가갈 수 없었다.

당신에게 고통을 주려 한 건 아니었다. 병들게 하고 싶지도 않았다. 내가 들려주는 이야기를 통해 보이지 않는 세계를 보고, 느끼고, 알아가면서 조금씩 내 모습을 완성해주기를 바랐을 뿐이다. 오직, 그뿐이었다.

당신은 싱크대 선반과 거실의 수납장을 뒤지기 시작했다. 책장 틈새와 옷장 속 겨울 외투의 주머니, 냉장고의 야채칸도 살폈다. 그것은 동전들과 병따개, 고장난 이어폰과 유에스비 등이 한데 섞인 책상 서랍에서 발견됐다. 당신은 그것, 꿈 없는 완전한 적막을 약속해주는 화학 성분의 하얀 알약 두 개를 집어들고는 주방으로 걸어가 유리컵에 생수를 따랐다. 당신이 끝내 수면제를 물과 함께 삼켰을 때, 당신의 문 앞에서 초조하게 서성이던 나는 그대로 주저앉았다. 나를 회피하고 싶어하는 당신의 마음이 진심이라는 것을 인정해야 한다는 걸 알면서도 나는 닫힌 문을 쾅쾅 내리쳤다. 다시 소파에 쓰러진 당신의 몸은 마취된 듯 경직되고 있었다. 소통 가능한 언어가 뭉그러지고 여러 감정을 가능케 하던 마음의 구조도 무너졌다. 표현하고 싶은 감정도, 그 감정을 표현해줄 수 있는 언어도 사라진 새까만 공허의 잠. 문은 열리지 않고 우리는 또 한번 단절된다.

*

최근엔 꿈들이 막 겹치는 것 같아. 허물어지고 부서지는 이야기뿐이지. 나는 이전처럼 발견하고 구경하고 쫓아가는 역할만 하지도 않아. 꿈속을 비집고 들어가서 여러 배역을 전전하는 거야. 발포하는 군인이었다가 도망가는 시민이기도 하고, 물도 식량도 없는 기차 안으로 사람들을 꾸역꾸역 밀어넣는 제복 입은 경관인 동시에 낡은 트

렁크를 가슴에 안고 겁에 질린 얼굴로 그 기차에 오르는 소년이기도 하지.

어제는 잿빛의 수용소에 나는 갇혀 있었어. 줄무늬 죄수복을 입고 있었고 허기졌고 머리칼은 짧게 잘려 있었지. 배고픔을 견디지 못하고 고압 전류가 흐르는 철조망 아래 떨어진 사과를 주워 허겁지겁 먹고 있는데 내 앞으로 무장한 군인들이 다가오더니 이마에 조준을 하는 거야. 울먹였지만 총알은 발사되었고, 나는 이내 다른 줄무늬들 사이에 끼어 맥없이 쓰러져버린 좀 전의 나를 메마른 얼굴로 내려다보고 있었어. 내가 왜 이런 식의 꿈을 꿔야 하는 건지 꿈속에서조차 납득이 되지 않더군.

이상한 건 꿈은 제멋대로 끊기고 맥락 없이 엉클어지고만 있는데 그 여자는 이전보다 조금씩 선명해진다는 거야. 얼굴을 말하는 게 아니야. 얼굴은 축축한 막 하나가 덮고 있는 것처럼 여전히 뚜렷하지 않아. 그냥 느낌이야. 그래, 나는 이제 그 여자가 느껴져. 아주 오래전부터 알아왔던 사람 같다고 할까. 하나의 맞춤한 단서만 입력하면 정교하게 맞물려 있던 기억의 결정체가 와르르 해체되면서 그 안에 차곡차곡 쌓여 있던 낯익은 조각들이 쏟아져나올 것 같아. 조각들을 잇고 기우다보면 전혀 짐작하지 못했던 누군가의 얼굴이 서서히 드러날지도 모르지. 그러니……

말해줘. 그녀는 누구야? 진짜, J, 너야?

*

아아—

당신은 짧은 신음을 내뱉으며 등허리를 수그린다. 면도날이 가볍게 턱끝을 베고 지나간 자리엔 붉은 피가 방울방울 솟아나오고 있었다. 언젠가 우리가 더이상 만날 수도 없고 만나야 했던 이유까지 잊어버리는 그런 날이 오면, 나는 돌연 조용한 숲속으로 뛰어들어가 키 큰 나무둥치에 기댄 채 잠시 턱끝을 매만질지도 모르겠다. 당신은 모르겠지만 나에겐 환부 없이 아픈 상처 하나가 바로 오늘 시작됐다. 이제 내 얼굴에서 턱은 환상이 아니라 실체가 된 셈이다. 당신의 턱은 곧 아물겠지만 내게 남겨진 보이지 않는 환부는 내가 달리는 한 영원할 것이다. 나는 이 환부를 통해 다른 누군가에게 당신의 이야기를 전해줄 수도 있으리라. 발가락이 얼어붙는 것처럼 시릴 땐 겨울 벌판을 가르던 화물열차 속 소녀의 낮잠을 보여주고, 온몸이 타들어가는 듯 괴로운 밤엔 화염방사기로 도시 전체가 사라지던 날 계단 틈에 숨어 있던 청년의 마지막 꿈에 대해 중얼거렸던 것처럼.

휴지로 턱을 꾹꾹 누르던 당신이 문득 세면대 거울을 뚫어지게 바라본다. 거울 속엔 당신의 추억이, 아니 사실은 추억이라 믿고 싶은 상상 속의 어떤 장면이 몇 개의 물방울로 번져 흐르고 있었다. 당신은 무언가에 홀린 사람처럼 셰이빙 크림이 남아 있는 손바닥을 거울 위에 가만히 올려놓는다. 거울은 곧 잔잔한 파동을 일으키며 일렁이기 시작했고, 그 일렁임 속에선 강으로 이어지는 숲의 외길이 보였다. 하얀 원피스를 입고 챙 넓은 모자를 쓰고 있는 그녀는 허밍을 하며 그

길을 따라갔다. 가끔씩 뒤를 돌아보며 청량하게 웃는 그녀, 당신은 매혹되었고 순간적으로 사랑을 맹세했다. 그러나 그 맹세를 고백하기도 전에 겨울이 왔고 그녀는 이를 악문 채 하얀 눈발 위를 맨발로 걸어갔다. 다급하게 쫓아가 그녀를 돌려세우자 그녀 대신 검은 망토로 몸 전체를 감싼 백발의 노파가 보였다. 노파의 얼굴을 하고 있는 여자의 눈동자엔 눈물이 가득 고여 있었다. 불에 덴 듯 당신은 황급히 거울에서 손을 뗀다. 그녀는 J였을까.

—아니, 너는 그저 사랑스럽고 귀여운 여자였어. 촌스럽고 유치한 가요를 따라 부르면서 책을 읽었고 셔츠 단추나 신발 끈이 풀렸다는 것도 모른 채 태연스럽게 대로를 활보하기도 했잖아. 술을 잘 마시지도 못하면서 술자리가 마련되면 꼭 눈치 없이 마지막까지 남아서 되지도 않는 주정을 부렸고 언뜻언뜻 너무 슬픈 표정을 짓다가도 어깨라도 한번 툭 치면 아이처럼 까르륵 소리내어 웃었어.

—이것도, 이것도 아냐. 너는 사실 지나치게 예민하고 철두철미한 성격이었어. 곁에 있는 사람을 늘 피곤하게 하는 타입 말이야. 사람의 목소리가 들어가면 불안정한 음정이 나올 수밖에 없다면서 연주곡만 들었지. 화려하거나 세련되진 않더라도 언제나 단정한 옷차림이었고 남들 앞에서 술주정을 하는 흐트러진 모습도 결단코 보이지 않았어. 아마, 그랬을 거야.

당신의 어긋난 진술이 끝나자 거울의 표면은 다시 단단해진다. 추억은 미완성의 상태로 밀봉되고 모서리가 다 해진 맹세의 언어는 또 한번 망각의 터널 속으로 껄끄럽게 밀려들어간다. 정각 8시였다. 시곗바늘이 규칙적으로 움직이는 세계에 살고 있는 당신은 지하철역으로 향하는 마을버스를 놓치지 않기 위해 서둘러 집을 나선다.

혼자 남은 나는 아무것도 되비추지 못하는 거울을 물끄러미 마주보며 묻는다.

나는 누구인가. 지금껏 다양한 사람들의 수많은 꿈들을 지나왔지만 아무도 내게 정확하게 답해주지 않았던 그 질문에 거울도 침묵한다. 언제부터 내가 타인의 꿈속을 헤매게 되었는지, 누군가에게 고통을 주면서까지 왜 이토록 무모하게 달려야만 하는지, 그러니까 나는 정말 누구인지 나 역시 간절히 알고 싶다. 당신이 아침마다 욕실 거울을 건너다보며 어제의 일들과 간밤의 꿈에 대해 이야기를 해주는, 정말 당신의 J는 아닐까. 어쩌면 나란 존재는 결국 J가 되기 위하여 그 먼 길을 우회하여 달려온 것인지도 모른다. 웃는다. 비웃음이다. 웃는 것이 나인지, 아니면 거울인지 나는 구분할 수 없다. 꽉 잠그지 않은 수도꼭지에서 떨어지는 물방울 소리는 우리 관계의 끝을 향해 한 발 한 발 다가가는 타종처럼 울리면서 빈 욕실을 적신다. 오랜만에 뒤를 돌아본다. 사라져줘, 그만. 다가오지 마요. 날 좀 내버려두란 말이야앗! 좀더, 좀더 가까이 와줘, 제발. 내 가슴속에 이런 말들을 새겨넣은, 오래전 내가 만났고 이야기를 나누었던 그 사람들은 지금은 다 어디에 있는가.

*

아니, J는 없어. J는…… 나를 사랑한 적이 없어.

*

내가 그 꿈을 탐했던 모든 만남이 그러했던 것처럼 우리도 헤어질 것이다. 이제 나는 그 준비를 하려 한다. 최대한 덤덤히 우리의 이별을 기념할 것이다.

여느 날처럼 긴 불면의 증거 같은 거칠한 얼굴로 아파트로 들어선 당신은 외투를 벗지도 않고 소파에 앉아 텔레비전을 켠다. 텔레비전에서 흘러나오는 빛과 소리는 당신의 감각을 비껴가고 있었지만 당신은 손에서 리모컨을 놓지 않는다. 당신은 곧 소파에 쓰러진다. 등허리는 활처럼 휘어져 있고 두 손은 무릎 사이에 들어가 있다. 불편하게 걸려 있는 안경과 입가의 물집, 허술하게 매달린 셔츠의 단추들과 반쯤 벗겨진 양말…… 모든 것이 이전의 밤들과 똑같다. 한 가지 다른 점이 있다면 당신의 얼굴이 편안해 보인다는 것, 그뿐이다. 아직 내가 끼어들지 않은 당신의 꿈은 백지에 가깝다. 나는 조심스럽게 문을 열고 한 발을 들여놓는다. 당신의 눈썹이 잠시 꿈틀댄다. 조금만 참으면 된다, 아주 조금만. 오늘 나는 당신에게, 다만 마지막 선물을 주려는 것뿐이다.

J? 꿈속에서 당신이 설핏 눈을 뜨고 묻는다. 조금씩 커다랗게 부풀어오르는 당신의 눈동자는 흐릿한 내 실루엣에서 J의 모습을 읽어내려 하고 있다. 나는 당신의 손을 잡아 소파에서 일으켜세우고는 내가 갈 수 있는 가장 먼 곳까지 날아오른다. 우리의 몸 아래는 밤 조명으로 흥건한 도시가 펼쳐지기 시작한다. 휘황한 네온사인, 주황빛 가로등과 차들의 상향등, 거대한 발광체 동물이 몸을 구겨넣고 있기라

도 한 것처럼 저마다 형광등 불빛이 뿜어져나오는 고층 빌딩의 창문들…… 당신은 이렇게 높은 곳에서 이 도시를 본 적이 없을 것이다. 야간 비행기를 타보지 않았고 당신이 사는 아파트와 일하는 사무실은 각각 9층과 8층일 뿐이다. 어느새 당신은 완연히 긴장을 풀고 스스럼없이 내게 몸을 맡기고 있다. 우리는 빠른 속도로 더 높이 날아서 도시의 외곽을 벗어난다.

잡목으로 무성한 여름 숲이 보인다. 우리는 곧 그 숲 한가운데로 안전하게 내려간다. 놀란 당신은 벌어진 입을 다물지 못한다. 숲의 외길과 그 외길 끝의 강은 J를 떠나보낸 이후 당신의 상상과 꿈속에서 수없이 생성되고 무너지길 반복했던 바로 그 풍경이었다. J, J 맞지? 이내 내 쪽을 돌아보며 당신이 절박한 목소리로 묻고 있다. 당신의 손길은 내 얼굴에 닿을 듯 말 듯 가까워졌다가 멀어진다. 나는 떨림과 회한이 그대로 느껴지는 당신의 손을 다시 맞잡고는 강가 쪽으로 안내한다. 강물은 따뜻하게 우리의 몸을 감싼다. 첨벙거리는 물소리는 여름밤 숲에 차곡차곡 쌓여 있던 침묵을 깨뜨리고, 조각난 침묵은 달빛이 스민 강 위로 방울방울 떨어져 은빛의 구슬들처럼 교교하게 반짝인다.

우리는 물방울을 튕기며 수영을 하고 서로를 바라보고 만지고 끌어안는다. 당신은 자주 웃는다. 당신을 발견한 이후 처음으로 목격하는 천진난만한 웃음이다. 당신이 웃으면 웃을수록 당신의 눈빛 속에서 나는 점점 더 J가 되어간다. 완성되고 있다는 이 희열, 내가 기다려왔던 바로 그 순간을 놓치지 않기 위해 나 역시 온 힘을 다해 당신을 따라 웃는다.

물결이 차가워지고 있었다. 시간의 경계를 뚫고 갑자기 들이닥친

이 겨울바람은 당신의 무의식이 정교하게 연출해놓은 소품인데도 그 사실을 눈치채지 못한 당신은 어리둥절한 표정으로 주변을 살핀다. 당신의 어깨는 안으로 움츠러들고 하얀 입김은 숲의 안개를 가르며 퍼져간다. 우리는 온몸을 떨며 물에서 나온 뒤 나무 그늘에 나란히 앉아 급속도로 얼어가는 강을 조용히 지켜본다. 하얀 새 한 마리가 강 한가운데를 둥둥 떠다니다가 파닥파닥 날갯짓을 한다. 새는, 날지 못한다. 물에서 채 빠져나오지 못한 새의 두 다리가 그새 얼어버린 강에 결박된 탓이다. 날지 못하는 새가 길게 운다.

두 팔로 무릎을 감싸고 앉은 당신은 새에게서 눈을 떼지 못한다. 한참 후에야 당신은, 강 한가운데서 필사적으로 날개를 파닥거리는 저 고독한 새를 오래전에 이미 한번 보았다는 것을 기억해낸다. 기억의 파편은 무의식 아래에 뿌리를 내리고 있다가 무심결에 나무가 되어 무성한 숲을 이루기도 하고 어느 날 문득, 이렇듯 한 마리 새로 부화하기도 하는 것이다.

저 새를 보았던 날, 당신은 그 방에 갔었다. 신문 보급소 점장에게 일을 하고 싶다고 말한 뒤였다. 당신에게 말 한마디 없이 휴학을 하고 연락을 끊어버린 J는 새벽 배달을 나가는 조건으로 그 방에서 6개월간 숙식을 해결했다. 방의 잠금장치는 허술했고 방바닥은 차가웠다. 가구도, 가전제품도 제대로 갖춰져 있지 않은 그곳은 스물한 살의 여자가 묵기엔 지나치게 적막하고 추웠다. 밤늦도록 잠이 들지 못한 당신은 물 얼룩이 진 벽지에서 J의 글을 발견했다. 이응이 점처럼 작고 모음이 길쭉한 그녀의 글씨체를 당신은 뚜렷하게 기억하고 있었다. 그 글을 읽고 나서야 당신은 J의 현실을 엿볼 수 있는 여러 단서들을 놓쳤다는 걸 깨달았다. 조금만 주의깊게 관찰했다면 갈 곳이 없던 그녀의 낡은 구두 정도는 알아보았을지도 몰랐다. 신문 배달을 가야 하는 시각, 당신은 아무도 몰래 그 방을 빠져나와 심장이 터지도록 달리고 또 달렸다. 몇 개의 골목을 지났을 때, 그리고 당신 앞에는 지금 우리가 보고 있는 저 하얀 새가 나타났다. 아직 남은 무수한 시간들을 결박된 채 올려다보는 손바닥만한 눈앞의 공간에서만 소비해야 하는, 젊지만 불우한 새. 당신은 헛된 날갯짓을 멈추지 않던 새를 눈에 핏발이 서도록 오래오래 노려보았다.

학과 사람들 사이에서 그녀에 대한 소문은 딱 한 계절만 유효했다. 생활고를 비관한 대학생의 자살이라는 신문 사회란의 토막 기사는 그보다 더 빨리 쓰레기통에 버려졌다. 당신의 상상 속에선 J가 죽지 않고 살아 움직이고 있다는 걸 꿰뚫어본 사람은 없었다. 당신과 함께 운전을 배우러 다니고 여권을 갱신하기 위해 구청에 가고 자주 숲으로 소풍을 떠난다는 것도, 아침이면 부스스한 얼굴로 세면대 거울 속으로 미끄러지듯 들어가 불평 없이 당신의 이야기를 들어주곤 한다는 것 역시 아무도 알지 못했다. 당신은 J가 없는 곳에서 J의 모든 것을, 그녀가 남긴 한 줄의 문장까지 온전히 당신 몫으로 소유하게 된 것이다. 그건 충만감 없는 소유였지만 당신은 그 이상의 욕망을 품지 않았다.

강물에 묶여 있던 새는 이제 보이지 않는다. 숲속으로 빛이 스며들어오고 있었다. 빛이 밝아질수록 나는 조금씩 희미해져간다. 무언가 이상한 기운을 느꼈는지 당신이 내 쪽을 돌아본다. 거기 있는 거, 맞지? 당신이 두 손으로 허물어지고 있는 내 실루엣을 어루만지고 있다. 그 손길이 나를 위로한다. 우리의 만남이 그럴 수밖에 없었던 것처럼 이 이별 역시 예정된 것임을 당신은 아직 모른다. 만남과 이별을 통하여 우리의 생애가, 달려가는 그 길들이 고통 속에서 단단해진다는 것도 모를 것이다. 빛은 점점 더 깊숙이 숲속으로 들어오고 있었다. 이 빛의 촉감이 어쩐지 낯설지 않다는 생각이 당신의 머릿속을 잠식한 순간, 갑자기 전등이 켜진 실내처럼 숲 전체는 환한 빛에 물들었고 나는 완벽하게 사라진다.

"가지 마. 가, 지, 마, 아!"

당신은 울먹이며 소리를 지르다가 눈을 뜬다. 숲과 강과 나를 지운 아침 햇살이 블라인드 틈새로 들어오고 있었다. 당신은 소파에서 일어나 창가로 뚜벅뚜벅 걸어가 창문을 연다. 새 몇 마리가 싱그러운 소리로 지저귀면서 하늘로 날아오르고 있는 게 보였다. 이 도시에 아직도 날 수 있는 새들이 생존해 있다는 사실이 당신은 새삼스럽다. 당신이 웃는다. 그것으로, 나는 충분하다.

*

충분해, 속삭이며 강가의 긴 잡목숲을 빠져나오자 내가 달려가야 하는 길이 안개 속에서 드러났다. 내가 달려가야 하는 곳은 이미 사라지거나 잊힌 길, 아니 어쩌면 처음부터 없었을지도 모르는 길이다. 아주 간혹 턱끝이 아파오는 날도 있겠지만 그 외엔 모든 것이 이전과 똑같을 것이다. 예전처럼 나는 나를 유인하는 누군가의 꿈속을 헤매며 그들의 숨겨진 이야기를 들어주기도 할 것이고, 그들에게 오래전 내가 만났던 다른 이들의 꿈을 펼쳐 보이기도 할 터이다. 내 방문을 괴로워하는 자도 있겠지만 기다리는 자도 있을 것이고, 그중 누군가는 인생의 마지막 꿈이 끝날 때까지도 나를 보지 못한 채 내 발길이 닿을 수 없는 먼 곳으로 떠나게 되리라. 내 사랑은 늘 시작된 순간 끝났다는 것을 상기하며 나는 한 발 한 발 느리게, 아니 온 힘을 다해 빠르게 내딛기 시작한다. 나를 증명할 수 있는 것은 오직 하나, 달리기뿐이다.

나는 지금, 영원 속을 달리고 있다.

* 이 소설은 김행숙의 「세월」(『이별의 능력』, 문학과지성사, 2007)과 스테판 말라르메의 소네트 「순결하고, 강인하고, 아름다운……」(『시집』, 황현산 옮김, 문학과지성사, 2005)을 읽으며 시작되었음을 밝힌다.

유리

이제 남은 것은 스스로를 향한 모멸뿐이란 것도
그녀는 확연하게 깨닫게 될 것이다.
조금만, 아주 조금만 더 기다렸다가 그녀는 울 생각이다.

그녀는 오래전, 유리로만 이루어진 도시에서 산 적이 있다. 건물과 도로뿐 아니라 모든 사물들과 사람들도 유리였다. 도시 곳곳은 쉬지 않고 금가거나 깨졌고 사람들 역시 작은 충돌에도 쉽게 부서지곤 했다. 길가에서 수시로 밟히는 유리 조각들이 건물의 잔해인지, 아니면 유기된 시체의 일부인지 구분할 수 없었다. 하루에도 수십 번, 아니 어쩌면 그 이상, 유리로 만들어진 연약한 사람들의 처참한 죽음을 그녀는 목도해야 했다. 비명을 삼키는 날카로운 파열음과 유리 조각 사이로 흘러내리는 투명하고도 뜨거운 체액, 무엇보다 조금 전까지 한 생애를 이루었던 신체의 부분들이 그저 다른 물질로 대체될 수 있는 광물로 변하여 바닥에 흩어져 있는 풍경은 비현실적이면서도 섬뜩했다. 깨진 유리 조각들은 누군가 수습하기 전까지 거의 그대로 방치되었다. 술집 야외 테라스에서 기울인 맥주잔의 손잡이일 수도 있고 그 맥주를 함께 마신 동료의 살점일 수도 있는 유리 조각들을 사람들은 무심히 짓밟고 지나갔다. 누군가의 손가락이나 귓바퀴일지도 모르는 길바닥의 유리 조각들은 점점 더 작은 파편들로 쪼개지고 부서지다가 결국엔 먼지와 함께 한줌 바람에 실려가곤 했다. 그녀는 그곳에서, 나른한 환멸을 배웠다.

열네 살 때, 그녀는 그 유리 도시를 떠나왔다. 그후로 그녀는 누구에게도 그곳에 대해 말한 적이 없다. 어차피 아무도 믿어주지 않을 이야기였고 그녀 자신조차 그때 보고 경험한 모든 것이 긴 악몽이었을지 모른다는 의심을 떨치기 힘들었다. 그 도시를 빠져나올 때 발바닥에 박히던 유리 조각의 감촉이 생생하게 기억날 때도 있었지만 실체 없는 고통이 지나간 한 시절을 온전히 되살릴 수는 없는 법이었다.

*

스쿨버스가 고속도로 갓길로 들어서더니 갑자기 멈춰 선다. 간간이 있어왔던 버스 고장일 것이다. 창밖으로는 싸락눈이 내리고 있었다. 그녀는 담배라도 한 대 피울 생각으로 가방을 들고 도로로 내려가 버스 뒤쪽으로 걷는다.

"아무래도 오늘은 지각이야, 지각."

곽의 목소리다. 뒤를 돌아보자 휴대폰을 들여다보며 하얀 입김과 함께 한숨을 내쉬는 곽이 서 있었다. 그녀와 곽은 둘 다 K대학에서 9시에 시작하는 1교시 강의가 있었다. 그렇지 않아도 눈이 내리는 도로는 계속 막혀왔다. 강의 시간은 불과 10분만 남아 있는 상황이다. 곽의 말대로 지각은 기정사실이 된 듯하다. 다음주면 강의 평가가 있을 것이고 학생들은 강사의 성실함을 묻는 질문 앞에서 오늘을 떠올릴지 모른다.

"참, 한선생님도 그거 봤죠?"

곽이 문득 그녀 곁으로 성큼 다가오더니 무심한 듯한 목소리로 그렇게 물으며 주머니를 뒤적여 사탕 하나를 꺼낸다. 태도가 좋거나 리포트가 훌륭한 학생에게는 사탕을 준다고 했던가. 그녀는 사탕을 내미는 곽에게 말없이 고개만 저어 보인다. 사탕을 사양한다는 건지, 아니면 '그거'를 본 적 없다는 건지 확실한 대답도 하지 않고 애매한 고갯짓만 하는 그녀가 곽은 불쾌한 모양이다. 사탕을 쥐고 있던 손을 거둬가는 곽의 얼굴은 깨지기 직전의 유리처럼 여기저기 금이 가 있다. 언젠가 K대 인문관 앞에 붙어 있는 학생들의 대자보를 다 읽은 그녀가 지나가는 말투로 등록금 문제를 거론했을 때도 곽은 꼭 저런 얼굴이었다. 그때 곽은, 등록금이 인하되면 정년이 보장된 교수나 퇴직금 혜택을 받을 수 있는 교직원이 아니라 외부 용역이나 시간강사에게 그 피해가 오지 않겠느냐며 다소 격앙된 목소리로 반문했었다. 일군의 사람들이 짙은 빨강의 파라솔 아래서 연둣빛 사과를 깨물어먹으며 구경하고 있다는 것도 모르고 서로를 낭떠러지로 밀어내기 위해 발버둥치는 가진 것 없는 자들의 우둔한 싸움을 지켜보는 것 같아 그녀는 더이상 아무 말도 하지 못했다.

"시동 걸렸어요, 어서 타세요."

마침 버스 기사가 저쪽에서 곽과 그녀를 향해 큰 소리로 말하며 손짓을 한다. 곽이 먼저 버스 쪽으로 다가가고, 그녀는 담뱃갑을 꺼내보지도 못한 채 눈 위에 새겨진 곽의 구두굽 자국을 피해 걷는다. 버스에 오른 곽은 기사 바로 뒷자리에 앉더니 무가지 신문을 한 장 한 장

거칠게 넘기기 시작한다.

곽은 그녀와 비슷한 시기에 같은 전공으로 박사학위를 받았고 지난 학기부터 Y시에 있는 K대학 교양학부에서 6학점씩 글쓰기 강의를 해왔다. 최근 K대학 교양학부는 글쓰기 강의 전담 계약직 교수를 채용하겠다는 공고를 냈다. 곽이 말한 '그거'는 바로 그 채용공고를 의미할 터이다. 아무려나 강의 전담 교수가 생기면 곽과 그녀, 둘 중의 한 명은 더이상 글쓰기 강의를 배당받지 못하게 될 것이다. 아니, 어쩌면 두 사람 다 낙오될지 모른다. 서류 접수 마감은 2주 후였다.

K대 본관 앞에 정차한 스쿨버스에서 내려 시계를 보니 9시 15분이다. 곽은 그녀를 지나쳐 부지런히 인문대 건물을 향해 걷는다. 모직 체크무늬 스커트 밑으로 보이는 밤색 스타킹의 올이 나가 있는 게 멀리서도 뚜렷하게 보인다. 곽에게서 강의를 듣는 학생들이 식당이나 술집에 모여 앉아 곽의 허술한 옷차림을 화제에 올리며 잠시 웃는 모습을 상상해본다. 마지못해 받기는 하지만 대학 강의실을 초등학교 교실 분위기로 뒤바꿔버리는 사탕 이야기가 나오면 여기저기서 신경질적인 폭소가 터질지도 모른다. 이 상상은 조금은 악의적인 반복이다. 지난주, 방금 전에 일어난 사람처럼 머리칼이 잔뜩 헝클어진 모습으로 곽이 스쿨버스에 올랐을 때도 그녀는 똑같은 장면을 상상했고 그 순간만큼은 아무것도 생각하지 않았다. 갑자기 바람이 불었던가. 그녀는 가슴속에서 통증의 촉수가 하늑거리는 걸 느낀다. 언젠가 한번은 곽에게 상처를 줄 것 같은 예감 때문일 것이다. 그러나 이 통증의 예감은 곽이 상처를 받고 안 받고의 차원은 아니다. 타인의 결점만을 확대하여 지켜보는 사람은 방심한 자의 손가락이나 발가락 끝을

공격하게 마련인 깨진 유리와 다를 것 없는 존재이고, 그녀는 다른 누군가에게 그런 존재로 각인되는 게 염려될 뿐이다.

강의실로 들어서자 40여 명의 학생들은 오늘의 궂은 날씨와 도로 정체와는 아무런 상관없다는 듯 반듯하게 앉아 있다. 언뜻 봐도 결석한 학생은 없어 보인다. 11월 말의 이른 눈발과 갑작스러운 버스 고장을 탓한 후 지각은 어쩔 수 없는 상황이었음을 이야기하면서 강의를 시작하려 했던 그녀의 계획이 머릿속에서 스르르 무너진다. 교탁 쪽으로 걸어가 형식적인 인사를 나눈 뒤 출석부를 펼치고 이름을 부르자 학생들은 네, 네, 금속성의 목소리로 재깍재깍 대답한다. 서른여덟 번째 학생의 이름을 부르기 전, 그녀는 심호흡을 한번 한다. 영문학과 최호석. 네. 고개를 든다. 너였구나. 그녀는 맨 뒤 창가 자리에 앉아 있는 최를 유심히 건너다본다. 대담하게 눈을 한번 찡긋해 보이는 스물두 살의 최. 아니, 스물두 살은 학번으로 유추한 나이일 뿐 어쩌면 그는 스물한 살이거나 스물다섯 살일 수도 있다. 지난주, 최가 제출한 리포트 마지막 장에 씌어 있던 한 줄의 문장이 11포인트의 명조체로 눈앞을 둥둥 떠다니는 것 같다.

"최호석 학생, 제출한 리포트에 대해 할말이 있는데 수업 끝나고 잠깐 저 좀 볼까요?"

"그러죠."

학생들의 시선이 최와 그녀를 번갈아 훑는다. 내가 강사라서 우스워 보이니? 난 그렇게 한가한 사람 아냐. 다시는 이런 장난치지 마라. 손톱에 피가 몰릴 만큼 힘주어 볼펜을 잡고 최의 출석 칸에 체크를 하는 동안, 최에게 쏟아부을 날 선 문장들이 금세 만들어진다.

강사의 지각과 궂은 날씨 때문인지 수업 분위기는 30분이 지나면서 산만하게 흐트러진다. 세 시간짜리 수업이었지만 그녀는 두 시간도 채우지 못한 채 대충 수업을 정리한 후 기말고사와 학점 기준에 대해 언급한다. 각자의 의자에 헐겁게 앉아 있던 학생들이 그제야 자세를 바로 하더니 하나둘 필기를 시작한다. 학생들에게 그녀는 학점을 주는 기계이고 그녀에게 그들은 세 시간의 노동을 보장해주는 하나의 집단이다. 그녀는 늘 그렇게 생각해왔다. 공감이나 연민이라는 필터로 상대의 등 너머를 보지 않아도 되는 사이, 죽음조차 서로에게 알려지지 않은 채 차가운 땅속에 묻히게 될 관계. 시험 준비 잘하라는 말과 함께 책을 덮자 학생들이 일제히 일어나 순식간에 강의실을 빠져나간다. 혼자 남은 최는 느긋하게 가방을 챙긴 뒤 그녀 쪽으로 뚜벅뚜벅 걸어온다. 어디로 갈까요? 커피 좋아하세요? 교내 카페테리아로 가면 되겠군요. 아뇨, 제가 잘 가는 곳으로 안내할게요. 가까워야 해요. 가까워요. 걸어서 5분? 그녀는 대답을 못하고 망설인다. 최와 긴 이야기를 나눌 마음은 없지만 교내엔 시선이 많다. 다음주는 강의 평가 기간이고, 평가 항목엔 일부 학생에 대한 강사의 편애를 묻는 질문도 포함되어 있었다. 잠시 뜸을 들인 뒤 그녀는 얼떨결에 말하고 만다. 그럼, 앞장서세요.

*

기억은 파편처럼 흩어져 있다. 그 유리 도시를 떠올릴 때면 어느 유리엔가 비치는 사람들의 겁먹은 표정부터 아프게 밟힌다. 당연한 일이겠지만 그곳 사람들은 서로에게 마음을 여는 일이 드물었고 그 누구와도 진심을 나누려 하지 않았으며 가벼운 신체적 접촉도 삼갔다. 단 한 번의 인간적인 교류로도 불필요한 충돌이 생길 수 있었고 불필요한 충돌은 때때로 되돌릴 수 없는 파멸로 이어지기도 한다는 걸 그들은 모두 알고 있었던 것이다.

그 도시에 사는 동안, 그녀는 일주일에 한 번 정도 깨졌다. 부서졌다. 가루가 되었다. 교실 청소함 옆에서, 화장실 칸막이 안에서, 때로는 과학실이나 음악실의 구석진 자리에서. 함부로 주먹을 휘둘렀던 아이들이 다 돌아가고 나면 그녀는 쭈그리고 앉은 채 자신의 조각들과 가루 뭉치가 바람에 날리지 않도록 잘 모아서 잇고 붙이고 끼워맞추는 일에 몰두했다. 완벽하진 않더라도 완벽에 가깝게 자신의 몸을 다시 조립한 후에야 그녀는 삐거덕삐거덕, 뒤틀린 소리를 내며 일어나 집으로 향하는 길을 걸었다.

시장에서 함께 생선 가게를 꾸리던 부모님은 죽거나 죽기 직전의 생선들을 끊임없이 보살펴주고 손질해주어야 했으므로 틈만 나면 잠에 빠졌고, 곤한 잠을 자느라 자신들의 맏딸이 어금니가 썩어 무언가를 씹을 때마다 얼굴을 흉하게 찡그리곤 한다는 것을 눈치채지 못했다. 목욕을 제때 하지 않아 몸에서 비린 냄새가 난다는 것도, 종종 여기저기 금가거나 깨진 상태에서 하교한다는 사실도 알지 못했다. 교실에서 그녀의 책상 서랍이 쓰레기통으로 사용된다는 것이나 점심시간엔 늘 혼자서 도시락을 꺼내 먹는다는 것 역시, 부모님은 아무것도 몰랐다.

그 시절 그녀에게 가족이란, 이를테면 아침을 나눠 먹는 관계에 지나지 않았다. 자명종이 울리면 아버지와 어머니, 그리고 그녀와 동생들은 식탁에 둘러앉아 서로의 추운 얼굴을 흘끗거리며 더운밥을 나눠 먹었다. 그 전날 아무 일도 없었던 것처럼, 아니 아무 일도 없었다고 믿어야만 이만큼의 평온이라도 지켜진다는 걸 침묵 속에서 동의하며, 노동하듯 입안의 음식을 꾸역꾸역 씹어 삼켰다. 투명하게 비치는 유리 살갗 밑에서 언제나 힘차게 박동하는 가족들의 심장을 그녀는 때때로 바로 보지 못했다.

열네 살의 어느 여름밤, 그녀는 운동장 뒤편 소각장을 빠져나와 학교 정문에서 시작된 비탈길을 온 힘을 다해 내달렸다. 길 끝에 위치한 허름한 공중전화가 눈에 들어오자 그녀는 우뚝 멈춰 섰다. 한순간 유리에서 초록색 플라스틱으로 변한 공중전화는 세상의 가장 외진 모서리에 안겨 있는, 누군가의 타전을 받아주기 위해 유리 도시를 찾아온 고독한 사물 같았다. 뚜벅뚜벅 다가가 떨리는 손으로 수화기를 들고는 번호판을 훑었지만 마땅한 수신자가 떠오르지 않았다. 한참 후에야 담임의 집 전화번호를 기억해내어 차례로 꾹꾹 누르다가 문득 겁먹은 얼굴로 뒤를 돌아본 순간, 트럭 한 대가 강렬한 서치라이트를 뿜어내며 지나갔다. 그녀는 그 불빛에 놀라 수화기를 들지 않은 왼쪽 팔로 얼굴을 가렸다. 여보세요? 말씀하세요. 여보세요?

*

"여보세요?"

불도 켜지 않은 방에서 바닥을 기어다니다가 손끝에 닿는 휴대폰을 가져와 통화 버튼을 누르자 누군가 전화를 받는다. 당황한 듯한, 그러나 온기는 없는 목소리다. 무슨 일이냐고 묻는 휴대폰 저편에 그녀는 나쁜 꿈을 꾸었다고 솔직하게 말한다. 아직 잠에서 깨지 않은 몽롱한 두 귀로 느슨하게 풀어진 웃음소리가 스민다. 순간 작은 입술 사이로 언뜻언뜻 보였던 하얀 덧니가 떠오르면서, 그제야 그녀는 지금 전화를 받고 있는 사람이 최라는 걸 느리게 깨닫는다. 나이가 몇인데 잠투정이에요? 최는 자꾸만 웃는다. 그녀는 더이상 할 말이 없다. 최가 웃음을 거두자 침묵이 밀폐된 전파 속에서 각자의 숨소리를 안고 흘러간다. 혹시 울었느냐고, 잠시 후 최가 장난기가 빠진 목소리로 물어온다. 시계를 본다. 새벽 2시, 20여 년 전처럼 이번에도 그녀는 잘못된 수신자를 택한 것이다.

토요일에 같이 사천 바닷가에 놀러가요.

최가 리포트 마지막 장에 썼던 11포인트의 명조체가 또 한번 그녀의 눈앞을 둥둥 떠다닌다. 좋아요. 내가 정말 이렇게 대답했던가. 그녀는 지금도 그 사실이 믿기지 않는다. 전화를 끊기 직전, 토요일 약속 잊지 말라고 최가 한번 더 다짐을 둔다. 끝까지 그 약속을 취소하겠다는 말을 그녀는 하지 않는다. 그녀는 선생의 품위를 지킬 수 있는 마지막 기회를 놓친 셈이다.

재수도 하고 군대도 갔다 와서 생각보다 나이 많아요, 나. 지난번 따라간 K대 근처 커피숍에서 최는 식은 커피를 벌컥벌컥 들이켠 뒤 말했다. 내가 강사라서…… 네? 그녀의 목소리가 너무 작았던지 최는 두 눈을 동그랗게 뜨며 되물었고 그녀는 입술을 다문 채 커피잔에 남은 립스틱 자국을 엄지로 지웠다. 커피숍 안의 음악은 따분했고 지나친 난방으로 공기는 답답했다. 우리 학교에서 애들 가르치는 거, 좀 짜증나지 않아요? 커피를 다 마실 때까지도 준비해두었던 날 선 문장들을 꺼내보지도 못하는 자신의 미욱함에 조금씩 화가 나고 있는데 최가 느닷없는 질문을 해왔다. 다시 바라본 최는 처음의 호기롭던 자세와 달리 주눅든 표정이었고 눈동자는 미세하게 흔들리고 있었다. 저런 표정, 저런 눈동자, 유리 도시에서 그녀를 되비추던 모든 유리들에 깃들어 있던 익숙함. 열네 살 이후 품었던 단 하나의 열망은 꿈도 없고 눈물도 없는 숙면뿐이었다는 말이 입술 밖으로 불쑥 비어져나올까봐 그녀는 창가 쪽으로 시선을 돌렸다. 서울에 있는 명문대 나오셨잖아요. 우리 학굔, 내 입으로 이런 말하긴 뭣하지만, 완전 삼류대고요. 이어지는 최의 말에 그녀는 입가에 번지는 웃음을 순간적으로 제어하지 못했다. 그녀의 웃음 때문인지 최의 얼굴은 다시 환해졌고 그녀는 말했다. 좋아요. 가요, 사천. 최는 신이 난다는 듯 이전보다 한 옥타브 올라간 목소리로 떠들어대기 시작했다. 사천이 경포대랑 가깝지만 사람들 발길은 뜸하거든요. 그 근처서 해안경계병으로 군생활을 했는데, 아아, 진짜 지루해 죽는 줄 알았어요. 암튼 거기 단골 식당 주인이 직접 낚시한 생선으로 요리도 해주는데요, 아마 제가 가면 서비스도 왕창 줄걸요? 그거 먹고 막차 타면 서울까지 세 시간 안에 갈 수 있어요. 덧니를 보이며 최는 웃었다.

그녀는 일어나 형광등을 켜고 커피포트에 물을 끓인다. 홍차 티백을 넣은 머그에 뜨거운 물을 부은 후 일어난 김에 강의 준비라도 하려고 노트북을 켜는데 휴대폰이 울린다. 휴대폰 액정엔 김선배의 이름이 뜨고 있다. 새벽 2시에 통화를 해도 되는 사이였던가, 우리가. 망설이다가 통화 버튼을 누르니 김선배의 목소리에선 술기운이 느껴진다.

"너도 들었지?"

늦은 시간에 전화한 것에 대해 양해도 구하지 않고 그는 대뜸 묻는다.

"뭘요?"

"다음 학기 강의 말이야, 강의 평가로 가른다는 거."

"아뇨, 못 들었어요."

그녀는 거짓말을 한다. 술 취한 사람의 푸념을 오래 들어주고 싶지는 않았다. 김선배에게서 한숨 소리가 길게 흘러나온다.

"나는 학교에 이십대, 삼십대를 다 바쳤어. 그놈의 박사 논문 쓸 땐 5년을 햇빛 한번 제대로 못 보고 도서관에 처박혀 살았다고. 누가 교수 시켜달라고 졸랐어? 겨우 3년이야, 3년. 3년 강의 줘놓고 이젠 강의 평가 나쁘면 강의를 못 주겠다? 어떻게 학교가 나한테 이럴 수가 있어?"

딱히 해줄 말이 없어 그녀는 김선배가 볼 수 없을 텐데도 계속 고개만 끄덕인다. 그러고 보니 강의실과 도서관, 각종 세미나와 학회를 순례하며 하루하루 허겁지겁 살아오는 동안 시간은 거짓말처럼 사라졌다. 하지만 그녀는 새삼 그 시절이 아깝다는 생각은 전혀 들지 않았다. 길 잃은 자가 낯선 곳에서 그녀의 지나간 시간을 발견하고는 갈퀴 같은 손으로 1초의 깜빡임까지 그러모아 한달음에 도망가버린다 해도 그녀는 놀라지도, 슬퍼하지도 않을 터였다.

"너는 뭐, 믿는 구석이라도 있는 거야?"

피곤하다. 자신의 무응답에 대한 김선배의 해석에 그녀는 피곤함을 느낀다. 교직에 있는 아내가 지방 사립대에라도 마땅한 자리가 나면 퇴직금을 대주겠다고 약속했다던 그의 목소리가 머릿속에서 자동으로 재생되기 시작한다. 그 어떤 성찰이나 배려도 느껴지지 않던 목소리, 그저 혀의 놀림으로 치부할 수밖에 없었던 그런. 원망도, 서글픔도 없었다. 그저, 3년 전 여자 쪽 집안이 보잘것없다는 이유로 부모가 결혼을 반대하자 기다렸다는 듯이 이별을 통보한 자가 다른 사람도 아닌 그 상대 여자에게 자신의 현재를 떠벌리는 방식치고는 지나치게 진부하다는 생각뿐이었다.

술자리에 누가 왔는지 휴대폰 너머가 갑자기 소란스러워진다. 그녀는 할 일이 있다고 말한 후 김선배가 어, 어, 허둥대는 사이 급하게 전화를 끊는다. 노트북의 푸른색 바탕화면을 건너다보며 다음 학기 배정받을 수 있는 수업을 계산해본다. K대학이 강의 전담 계약직 교수를 채용한다면, 게다가 모교에서 그녀의 강의 평가가 최하위권이라면 다음 학기 강의 시수는 제로가 될 가능성도 있다. 강의를 해도 월세와 공과금을 못 내는 달이 있었는데 강의가 없다면 독촉장이 날아올지도 모른다. 생면부지의 사무원에게서 메마른 욕설을 들을 수도 있을 것이다. 노트북 뚜껑을 다시 닫고 그대로 침대에 눕는다. 천장이 멀어지더니 물결처럼 출렁인다. 그녀는 수면 너머, 부서지는 햇살과 이제 막 수영을 배운 아이들의 장난스러운 물장구와 부드러운 모래에 새겨지는 연인들의 발자국을 올려다본다. 조개껍질이 고독 속에서 단단해지는 소리, 정주를 두려워하는 바닷새들의 젖은 날갯짓 소리, 푸르게 다가왔다가 하얗게 부서지는 파도 소리도 듣는다. 그리고 수면에 어리는 물그림자, 아직은 미래가 건강한 젊은 남자와 유리에 긁힌 상처가 몸 여기저기에 남아 있는 여자가 나란히 서 있는 모습 같은…… 그녀가 들어갈 수 없는 깊이였다. 수면을 꿰뚫고 들어온 햇빛이 눈이 부실 만큼 강렬하게 그녀에게로 내리꽂힌다. 이 빛의 강도는 낯익다. 방문을 열고 나가면 초록색 플라스틱 전화기가 누군가의 타전을 기다리며 고요하게 반짝이고 있을지도 모르겠다. 그녀는 무의식적으로 왼쪽 팔로 얼굴을 가린다. 여보세요? 말씀하세요. 여보세요? 저예요……

*

저예요, 선생님. 어머, 네가 이 시간에 웬일이니? 내일 전학 간다고 전화 준 거야? 실은요, 선생님, 제가 좀…… 이상한 것 같아서요. 이상하다니? 아무래도 아까 소각장에서 귀를 가슴에 잘못 붙여놓은 것 같아요. 심장박동 소리가 하나하나 다 들리는 거 있죠. 아무것도 못하겠어요, 너무 시끄러워서. 그게 무슨 말이니? 그러니까요, 제가 좀 아픈 것 같다고요, 제가요. 그래? 그럼 우선 병원부터 가봐야지, 나한테 전활 하면 어떡하니. 선생님, 근데 전 진짜 아니에요. 뭐? 소각장에서 우리 반 남자애들 깨뜨린 거, 저 아니라고요. 얘가, 너 대체 무슨 말 하는 거야? 웬 여자 하나가 줄곧 따라와서는, 그러니까 처음 보는 여자가요, 근데 저는 그 여자를 기다리긴 했거든요. 여자? 어떤 여자? 선생님, 그러지 말고 지금 당장 저 좀 여기에서 빼주시면 안 돼요? 내일까지 도저히 못 참겠어요. 뭐? 빼달라고요! 안 들려요? 얘, 너 꿈꿨니? 무슨 말인지 도통 못 알아먹겠으니까 부모님 옆에 있으면 좀 바꿔봐라. 정말 모르세요? 모르는 척하는 건 아니고요? 뭐? 왜 못 들은 척하고 못 본 척해요, 왜! 나 하나 빠져도 아무 문제 없잖아! 다, 괜,

찬, 잖, 아, 다아! 얘가, 너 지금 어디다가 소리를 질러, 어? 얘, 얘! 뚜뚜뚜뚜…… 뚜뚜뚜뚜……

*

뚜뚜뚜뚜…… 지금 귓가를 맴도는 이 조그맣고 둥근 소음은 저 검푸른 바다가 보내오는 살아 있다는 신호일까.

"왜 이렇게 못 드세요? 더 드세요."

그녀가 먼저 젓가락을 내려놓자 최가 그녀 쪽으로 접시들을 밀면서 말한다. 가족과 떨어져 살면서 그녀는 생선 요리를 먹지 않았다. 못 이기는 척 다시 젓가락을 들긴 했지만 어느 접시를 헤집어야 하는지 판단이 서지 않는다.

이곳은 최가 말해둔 것과 조금씩 다르다. 식당 주인은 오래전 군인 시절의 단골을 기억하지 못했고 메뉴판 어디에도 주인이 직접 낚시한 자연산으로 요리했다는 설명이 없다. 경포대보다는 확실히 인적이 뜸했지만 사천 주변도 각종 횟집과 카페, 모텔과 노래방 등이 현란하게 빛나는 번화가다. 지금 그녀가 최와 함께 앉아 있는 이 식당도 2층부터 3층까지는 모텔을 겸하고 있었다.

접시가 다 비워질 때쯤 최는 화장실에 가고 그녀는 쟁반을 들고 온 주인에게 신용카드를 건넨다. 쉬었다 가진 않고요? 테이블을 정리하던 식당 주인이 신용카드를 받으며 넌지시 묻는다. 네, 방값도 같이 계산해주세요. 그녀는 건성으로 대답한다. 막상 바다를 보니 혼자서라도 자고 간다 해도 나쁘지 않겠다는 생각이 들었다.

최는 좀처럼 화장실에서 돌아오지 않고 그녀는 먼저 식당을 나와 해변을 향해 걷는다. 파도 앞에 이르러서야 등뒤에서 빠르게 달려오는 운동화 소리가 들린다. 그녀의 어깨를 툭, 치는 최의 손이 얼음처럼 차갑다. 그녀는 아무 말 없이 등대가 있는 쪽으로 걷고 최는 곁에서 휘파람을 불거나 허밍을 하며 그녀를 따라온다.

"이제 그만 가요. 추워요."

등대 앞에 이르렀을 때, 그녀의 한쪽 손을 잡아끌며 최가 말한다. 식당에서 받아왔는지 그의 다른 손에는 플라스틱 패가 달린 열쇠가 들려 있었다. 그녀는 어깨를 옹송그린 채 추위에 떨고 있는 최를 넌지시 바라보다가 충동적으로 손을 뻗는다. 점자를 읽듯 세심하게 자신의 얼굴을 더듬는 그녀의 손길에 놀랐는지 최가 한 발 뒤로 물러난다. 그녀는 현재의 허물 같은 지나간 모든 시간을 내던지듯 최의 가슴에 안긴다. 이 순간의 선택으로 앞으로 꽤 긴 시간을 끊임없는 후회 속에서 소모하겠지만, 아무것도 하지 않고 아무도 기다리지 않는 어제 같은 오늘보다는 후회라도 할 수 있는 하루하루가 더 인간적일지 모른다는 단순한 변명에 그녀는 한 번만 더 기대보고 싶었다.

바다 쪽으로 창이 나 있는 방에 도착하자마자 최는 서둘러 옷을 벗는다. 그녀는 코트 앞섶을 손으로 여미며 벽에 기대선다. 최가 청바지를 벗다 말고 다가와 그녀의 코트를 벗긴 뒤 셔츠의 단추를 풀며 목에 입을 맞춘다. 근데 선생님 이름, 좀 귀여운 거 알아요? 꼭 어린애 이름 같잖아요. 만화 캐릭터 그려져 있는 운동화 신고 리본 머리띠 하고 있는 여자애. 그냥…… 뜨거워진 최의 손목을 잡으면서 그녀는 가까스로 말한다. 그냥, 난 그냥 자고 싶은 거예요. 최가 웃으며 팔을 뻗어 형광등을 끈다. 사위가 캄캄해진다. 알았어요, 이제 우리 자요. 최의 웃음소리가 계속 들리곤 있지만 새까만 어둠에 잠긴 이 방에선 최가 정말로 웃고 있는 것인지, 아니면 그저 웃는 척 소리로만 연기를 하는 것인지 확인할 수가 없다.

침대는 생각보다 축축하고 포근하다. 혀로 핥으면 비 알갱이를 잔뜩 품은 젖은 구름 맛이 날 것 같다. 그래서인지 최가 그녀의 몸안으로 성큼성큼 걸어들어오려 할수록 침대는 아래로 푹푹 꺼지고 그녀는 구름에서 떨어지지 않기 위해 사력을 다해 버둥거린다. 최는 그녀에게, 아무것도 하지 못한다.

새벽에 최의 휴대폰은 여러 번 울린다. 그녀는 잠든 척 벽을 향해 돌아눕는다. 다섯번째 진동이 울릴 때, 최는 침대에서 내려가 바닥에 내팽겨져 있던 휴대폰을 집어들며 볼륨을 줄인 라디오처럼 속닥인다. 왜 또. 술 마신다니까. 친구들하고. 야, 나도 지금 엉망이야. 그런 게 있어. 오긴 어딜 와? 됐어, 아침 일찍 들어갈게. 그래, 잘 자고. 응, 나도. 전화를 끊은 최가 침대 옆의 스탠드를 켜자 그녀가 마주보는 벽에는 최의 그림자가 어린다. 웅크리고 있다가 그녀 쪽을 내려다보는 그림자는 사려 깊어 보이기도 하고 어수룩하게 비치기도 한다. 잠시 후, 최의 손바닥이 그녀의 눈앞을 몇 번 오간다. 그녀는 꿈쩍도 하지 않는다. 곧이어 최가 옷을 추슬러 입고 방을 나서는 소리가 들린다. 오늘도 숙면은 힘들 것이다. 그녀는 일어나 형광등을 켜며 숙면에 대한 열망을 착착 접어 주머니에 구겨넣는다. 명순웅이 더디게 오는지 눈앞으로 물방울이 떠다니기 시작한다. 손가락으로 꾹 누르면 뚜뚜뚜뚜 소리가 날 것 같은, 조그맣고 둥근 물방울이었다. 영원한 반복이라는 굴레에서 벗어나지 못하는 파도 소리가 그 물방울들 속으로 촘촘히 스며들더니 귓바퀴 안의 나선형 계단을 따라 데굴데굴 굴러들어온다. 그녀는 몸안에서 폭죽처럼 터지는 물방울을 느낀다. 물방울이 모두 터지고 나면 단 하나의 생각만이 명료해질 것이다. 감정이 넘치고 흘러서 주체하지 못하는 순간의 어쩔 수 없는 선택이 아니라 그저 주어진 시간을 견딜 수 없어 여기까지 온 것임을, 이제 남은 것은 스스로를 향한 모멸뿐이란 것도 그녀는 확연하게 깨닫게 될 것이다. 조금만, 아주 조금만 더 기다렸다가 그녀는 울 생각이다.

*

초록색 플라스틱 수화기를 내려놓자 참았던 눈물방울이 그제야 손등 위로 투두둑 떨어졌다. 눈물은 유리가 아니었고 그래서 차갑거나 쓰라리지 않았다. 집으로 돌아가자마자 그녀는 방으로 들어가 그대로 침대 위에 쓰러졌다. 잠결에도 아랫배가 계속 아파와 설핏 눈을 뜨니 침대 시트가 붉게 물들어 있었다. 말로만 듣던 초경인지, 아니면 통증 후의 나쁜 피인지 그녀는 알 수 없었다. 다만 이전까지 어디에서도 본 적 없는 붉은 빛깔의 체액이 그렇게나 많이 자신의 몸안에 들어 있었다는 사실이 믿어지지 않을 뿐이었다.

작은 소리에도 깜짝깜짝 놀라며 조심스럽게 속옷과 바지를 갈아입고 방을 나오자 부모님이 이삿짐 사이에 상을 놓고 늦은 저녁을 먹고 있었다. 피가 나요, 나. 무슨 말이냐? 그녀의 떨리는 목소리에 아버지가 그녀 쪽을 쏘아보며 싸늘하게 물었고 어머니는 밥을 씹는 중에도 노인처럼 꾸벅꾸벅 졸고 있었다. 그러니까 난 지금…… 말 좀 똑바로 못하겠니? 누굴 닮아 저리 멍충한 건지. 아픈 건지도 모르겠다고요, 아버지. 어디가, 얼마나 아프다는 거냐? 너만 아프냐? 이 집에 너보다 안 아픈 사람이 있는 줄 알아? 니 엄만 관절염 왔어도 병원 한 번 못 가고 있다. 맏딸이란 게 부모 고생하는 걸 알아주길 하나, 집안일을 알아서 할 줄 아나. 오늘만 해도 그렇다, 넌 이 난장판에서 잠이 오냐, 잠이? 아버지가 말을 할 때마다 음식으로 가득차 있는 그의 검은 입안이 보였다. 그녀는 부동자세로 아버지를 뚫어지게 쳐다보다가 현관 쪽으로 뒷걸음질쳤다. 이 밤중에 어딜 가니? 뒤늦게 깨어난 어머니가 큰소리로 물었지만 집을 뛰쳐나가는 그녀를 따라오지는 않았다.

한참을 걷다보니 발길은 어느새 학교로 되돌아와 있었다. 학생과 교사 들이 모두 떠난 빈 교정은 폐쇄된 목재 공장 같았다. 소각장 근처에 아직 남아 있을 깨진 유리들을 확인하고 싶은 마음은 컸지만 혼자서 학교 안으로 들어갈 엄두가 나지 않았다. 그녀는 학교 근처 불 꺼진 상점 차양 아래 몸을 말고 앉아 두 팔로 무릎을 감싼 뒤 그 위에 얼굴을 묻었다. 어느 순간부터 이상한 소리가 들려 고개를 드니 유리 조각들이 여름비처럼 허공에 사선을 그으며 내리붓고 있었다. 그녀는 벌어진 입을 다물지 못한 채 차양 밖 세상을 커다란 눈동자로 건너다봤다. 건물들이 붕괴되면서 그 잔해를 맞은 도로가 깨졌고, 간간이 오가던 사람들도 하나둘 쓰러지고 있었다. 허공엔 파편이 튀었고 바닥은 유리 조각 천지였다. 이상했다. 그녀는 이상하다고 생각했다. 세상은 빠른 속도로 무너지고 있는데 도망가는 사람도, 비명을 내지르는 사람도 없었다. 그건, 믿을 수 없을 만큼 조용한 붕괴였다. 차양에서 나온 그녀는 맥주잔의 손잡이일 수도 있고 동시에 누군가의 살점일지도 모르는 유리 조각들을 밟아봤다. 처음의 통증은 조금씩 무뎌졌다. 열네 살 여름의 문을 열고 나오자 은행과 우체국과 병원과 관공서 들이 즐비하게 나타났다. 쉬지 않고 걸었다. 각기 다른 학교들의 수많은 교실들과 입학식과 졸업식을, 혼자서 밥을 먹고 잠을 자던 방 한 칸짜리 자취집들을, 서울과 지방을 오가던 고속버스를, 그런 곳들을. 짓밟히지도, 짓밟지도 않으면서 그 모든 곳들을 통과하려 했으나 돌이켜보니 세상은 늘 상처의 가능성이 내재되어 있는 유리일 뿐이었다. 상처가 남아 있는 한, 완벽한 망각은 불가능했다.

*

사천을 다녀온 이후 최는 전화를 받지 않았고 수업에도 계속 결석한다. 급기야 그는 기말시험에도 응시하러 오지 않는다. 학생들이 기말시험 답안지를 제출하고 강의실을 모두 빠져나간 후에도 그녀는 교탁 앞 의자에 앉아 아이처럼 발장난을 치며 가끔씩 문 쪽으로 고개를 돌린다. 아무도, 강의실 문을 두드리지 않는다.

해가 저물 무렵에야 가방과 서류 봉투를 챙겨 강의실을 나선다. K대 후문 쪽이라고 했다. 수업을 듣는 학생 한 명이 강의실에 지갑과 휴대폰을 놓고 갔다고 하자 영문과 과사무실 조교는 별말 없이 최의 집 주소와 대강의 위치를 알려줬다. K대 후문 근처에서 한 시간을 헤맨 끝에야 그녀는 최가 자취하는 연립주택을 찾는다.

3층 창문은 불이 켜져 있고 대문은 열려 있다. 옥외 계단을 통해 3층까지 올라간 뒤 휴대폰을 꺼내 한번 더 최의 번호를 누른다. 현관문은 아래는 철제였지만 위는 간유리로 되어 있어서 거실을 오가는 실루엣 하나가 흐릿하게나마 비쳤다. 잠시 후 현관문 안쪽에서 울려대는 휴대폰 벨소리가 그녀가 서 있는 곳에까지 닿는다. 여섯 번, 혹은 일곱 번 신호음이 지나가자 이번엔 통화가 연결된다. 여보세요? 젊은 여자의 앳된 목소리다. 그녀는 문 옆으로 몸을 피하면서도 간유리에 어른거리는 불투명한 실루엣에서 시선을 떼지 않는다. 여보세요, 누구세요? 저……

"네?"

"저, 저는 최호석 학생의 글쓰기 과목 강산데……"

"그런데요?"

"최호석 학생이 기말시험을 보지 않아서요. 미안한데 최호석 학생, 좀 바꿔줄래요?"

"오빠 지금 화장실에 있는데……"

"그럼……"

그녀가 뒤이어 무슨 말인가를 하려는데 간유리 안으로 또 하나의 실루엣이 들어온다. 휴대폰을 들고 있던 그녀의 손이 그대로 내려온다. 누구야? 글쓰기 과목 강사래. 뭐? 오빠, 시험도 안 봤다면서? 그 과목 재수강 아니었어? 휴대폰이나 이리 내. 시험을 안 보면 어쩌려고! 외박을 하질 않나, 요즘 진짜 왜 그래? 휴대폰 내놓으라니까!

그녀는 문득 현관문을 부수고 그 안으로 걸어들어가고 싶다는 욕망을 느낀다. 자신이 깨지지 않으려면 상대를 깨뜨려야 하는 유리 도시를 모르냐고, 그곳을 기억하는 사람이 정말 아무도 없는 거냐고, 어리둥절한 얼굴로 자신을 맞바라볼 최에게 간절히 물어보고도 싶다. 오래오래 기다렸지만 간유리를 통해 번져나오는 두 사람의 목소리는 적의나 파멸의 충동으로 치닫지 않은 채 점점 고요해지다가 애정이 느껴지는 온도로 되돌아온다. 하지 마, 간지러워. 그러니까 내놓으라고 할 때 내놨어야지. 에이, 벌써 끊겼잖아. 근데 그 강사가 다른 건 묻진 않았어? 좀 이상하다? 뭐가, 또. 전화한 사람, 진짜 강사 맞아? 무슨 강사가 시험 안 봤다고 전화까지 해? 전환 네가 받았잖아. 이젠 의심을 아주 사서 하는구나. 텔레비나 켜봐. 아아, 지루해 죽겠다.

돌아선다.

철제 계단을 한 단 한 단 밟으며 그녀는 웃기 시작한다. 웃으며 걷는데, 웃었을 뿐인데도, 길을 오가는 사람들이 한 번씩 그녀를 훑어본다. 버스 정류장으로 다가가자 눈에 익은 사람이 발이 시린지 제자리에서 종종거리며 서 있는 게 보인다. 그녀는 큰 걸음으로 저벅저벅, 곽에게 다가간다.

"사탕 있으세요?"

인사도 없이 대뜸 그렇게 묻자 그녀처럼 서류 봉투를 가슴에 안고 있던 곽이 깜짝 놀랐다는 듯 두 눈을 휘둥그레 뜬다. 잠시 그녀를 살피던 곽은 가방을 뒤적여 사탕 하나를 꺼내는 듯싶더니 이내 한 움큼의 사탕을 다시 집어내어 그녀에게 내민다. 그녀는 사탕들을 받아와 포장을 벗겨낸 뒤 입안으로 하나하나 밀어넣는다. 곽의 눈동자가 좀 더 커다랗게 부풀어오른다.

"한선생님, 무슨 일 있어요?"

"아뇨. 전혀요."

"근데 왜 이렇게 떨어요?"

"제가요?"

"감기 걸렸나보다. 병원에 가봐야겠어요. 참……"

"……"

"그건 냈죠?"

그러고 보니 K대 강의 전담 계약직 교수 서류 마감은 오늘이었다. 그녀는 입안의 사탕을 우적우적 씹으며 고개를 젓는다. 집으로 돌아가자마자 부족한 대로 이력서 등을 이메일로 보내고 내일 아침엔 담당 직원에게 전화를 걸어 그 외의 서류는 등기로 부쳐도 되느냐고 사정해봐야겠다고 그녀는 생각한다. 그리고 그 생각 끝에서, 웃음은 다시 터져나온다.

"한유리 선생님?"

곽의 표정은 한층 더 심각해지고 그녀는 참으려 해도 참아지지 않는 이 웃음이 지겹다. 버스가 곧 도착한다. 잰걸음으로 버스에 오르던 곽이 슬쩍 뒤를 돌아본다. 그녀는 곽에게 먼저 가라는 듯 손을 흔들어 보인다. 그녀에게는 방금 갈 곳이 생겼다. 이번엔 도망가지 않고 끝까지 버텨낼 생각이었다. 뒤이어 도착한, 고속버스 터미널로 향하는 버스에 그녀는 재빨리 올라탄다.

*

잠에서 깨자 고속버스는 목적지에 도착해 있다. 그녀는 가방과 서류 봉투를 들고 버스에서 내린 뒤 지방 도시의 새벽 공기 속으로 스며 들어간다. 인적이 뜸하고 어둡긴 하지만 길을 잃지는 않을 것이다. 그녀는 이 도시에서 10년을 살았다. 수많은 골목들의 모서리를 돌 때마다 세상은 조금씩 유리로 변해간다. 그녀는 문득 멈춰 선다. 지금 막 이마를 스쳐간 바람에는 멀고먼 시간을 건너뛴 언어가 가시처럼 박혀 있었다. 어, 저기 온다. 내 말 맞지? 걔, 일요일마다 여기 지나간다니까. 야, 한유리, 거기 좀 서봐. 너 내일 전학 간다며, 그거 진짜냐? 어, 진짠가보네. 그럼 너, 마지막으로 우리랑 한번 놀래? 그렇게 야려 보면 어쩔 건데, 이게 진짜! 야, 안 되겠다. 일단 학교로 끌고 가자.

세 명의 남자아이들에게 에워싸여 끌려가듯 걸음을 옮기고 있던 여자아이가 흔들리는 눈빛으로 뒤를 돌아본다. 그녀의 두 발이 조금씩 빨라진다. 미치도록 그들을, 유리로 만들어진 저 아이들을 따라잡고 싶다. 심장이 터질 듯이 달려보지만 그 거리만큼 아이들은 멀어진다. 어느 순간 아이들은 그녀의 시야에서 흔적도 없이 삭제된다. 그들이 어디로 갔는지는 알고 있다. 그녀는 학교로 향하는 지름길을 찾아 서둘러 발을 내디딘다.

교문은 잠겨 있었다. 그녀는 서류 봉투를 가방에 구겨넣고는 두 팔을 담 위에 올린 뒤 있는 힘껏 뛰어오른다. 가까스로 담 위로 올라서긴 했지만 담에서 학교 안으로 떨어질 땐 균형을 잃으면서 오른쪽 다리가 접질린다. 통증은 있지만 아이들을 놓쳤을 때에 비하면 아무것도 아닌 고통이다. 그녀는 무릎에 힘을 주어 일어나 절뚝거리며 걷는다. 빈 운동장엔 떨어진 구두굽이 바닥에 끌리는 소리만 길게 울려퍼진다.

짐작대로 아이들은 교사(校舍) 뒤편 소각장에 이미 도착해 있다. 키가 크고 강마른 녀석은 망을 보고 있고 키는 작지만 살집이 두꺼운 녀석은 찰싹찰싹, 여자아이의 뺨을 때리고 있다. 여자아이는 이 정도의 폭력에는 이미 길들여져 있다는 듯 체념한 얼굴이다. 그때, 흐릿한 어둠 속에 반쯤 가려져 있던 안경 쓴 녀석이 뚜벅뚜벅 걸어 나와 여자아이의 청바지 버클에 손을 댄다. 망을 보던 녀석까지 끼어들어 순식간에 여자아이의 청바지를 벗기고 셔츠를 끌어올린다. 그제야 여자아이는 온몸을 뒤틀며 쉰 목소리로 무언가를 외친다. 누구부터 할래? 우리, 그냥 가자. 난 좀 무서워. 그런 말 할 거면 당장 꺼져. 자식이, 지가 계획해놓고서 이제 와서 발뺌이야? 아, 시끄러워 죽겠네. 빠질 놈은 지금 빠져, 그 대신 소문나면 가만 안 둔다. 안경이 짜증을 내며 여자아이에게 다가가고 있다.

하나같이 한낱 유리일 뿐이다. 몇 발자국 떨어진 지점에서 그 모든 걸 지켜보고 있던 그녀는 스스로에게 말한다. 깨지면 광물이 되는 유리, 주전자의 뚜껑이나 상점의 진열장과 다를 것 없는, 깨지기 쉽고 언젠가는 깨질 수밖에 없는 유리들. 소각장 주변엔 예나 지금이나 버려진 나무토막과 벽돌 들이 많다. 그녀는 땀에 젖어 흘러내리는 머리칼을 뒤로 넘기며 바닥을 살피다가 제법 큰 벽돌 하나를 집어든다.

한 발 한 발 조심스럽게 뒤엉킨 유리들 쪽으로 다가간다. 여자아이만이 그녀를 알아보고 그녀 쪽으로 손을 뻗으려 하고 있다. 이상한 낌새를 느꼈는지 세 명의 남자아이들이 뒤를 돌아본 순간, 그녀는 있는 힘껏 벽돌을 내리친다. 영문도 모른 채 차례로 벽돌을 맞은 연약한 유리들은 신음 한번 제대로 내지르지 못하고 순식간에 깨진다. 부서진다. 가루가 된다. 이미 형체를 잃고 조각났는데도 단박에 사라지지 않고 질리게도 꿈틀거리는 파편들을 짓밟고 선 채 천천히 여자아이 쪽으로 고개를 돌린다. 도망가서도, 포기해서도 안 된다. 단 한순간의 망설임도 없이 벽돌을 휘둘러야 이 장면도 완벽하게 지워질 수 있을 것이다. 벽돌을 쥔 그녀의 두 손이 떨리고 있었다.

성큼성큼 여자아이에게 다가가 번쩍 벽돌을 들어 내리치려는데 여자아이가 겁먹은 듯 두 팔로 머리를 감싼다. 순간 손목에서 힘이 빠져나가면서 휘둘러진 벽돌은 여자아이의 머리통을 비껴간다. 맥없이 바닥에 떨어진 여자아이의 투명한 귀 한쪽을 그녀는 눈이 아프도록 노려본다. 그녀는 이내 돌아선다. 천천히 걷다가 어느새 운동장 쪽을 향해 온 힘을 다해 달려가는데 너덜거리는 구두굽 때문에 속도는 나지 않고 그녀의 몸은 삐거덕삐거덕, 자꾸만 뒤틀린다. 오른쪽 구두를 벗자 바람을 타고 소각장에서 날아온 유리 조각들이 발에 밟히면서 익숙한 통증이 한꺼번에 밀려온다. 그녀는 결국 운동장 한가운데서 쓰러지듯 주저앉는다. 그녀의 등뒤에서 여자아이의 흐느낌은 점점 더 통곡에 가까운 울부짖음으로 변해가고 있었다. 쓰라리면서도 차가운, 조그맣고 둥근 유리 조각들이 넘실거리던 파도처럼 영원히 반복될 레퀴엠이었다. 어서 빨리 이 도시를 빠져나가 어딘가에 전화를 걸고 싶지만 어쩐지 이곳은 입구도 출구도 없는 밀폐된 유리알 속 같다.

밤의 한가운데서

유진, 그거 아니? 고향에서는 나도 유진이란 이름으로 불렸어.
그때 우리는 주방에서 함께 빵을 만들고 있었을까,
아니면 산책을 하고 있었을까.

눈을 뜨니 사위가 깜깜했다. 모든 감각이 상실되고 다만 시각만이 살아 있는 잔인할 정도로 불우한 생명체라면 이런 기분에 잠식되는가. 몸을 꿈쩍도 할 수 없었다. 그곳이 다인 것 같지만 그 생각마저 다가 아니야. 메이가 곁에 있었다면 내 이마를 쓰다듬으며 분명 이렇게 속삭여주었을 것이다. 나는 그저 눈으로만 사방의 벽에서 스며나오는 메이의 오래된 목소리를 좇는다. 마치 가장 아름다웠을 때의 온전한 메이가 환영으로 보인다는 듯이. 자, 그러니 의식을 해봐, 그곳이 다가 아니란 걸. 메이. 나는 간절하게 메이를 불러보았다. 그 순간 발가락 끝이 움직이면서 따뜻한 기운이 온몸으로 퍼져가는 게 느껴졌다. 이때를 놓치면 안 된다. 온순하게 기다리고 있다가 결정적인 순간에 먹이를 향해 돌진하는 맹수처럼 나는 내 몸 위를 덮고 있는 얇고도 질긴 막을 순식간에 양쪽으로 찢으며 침대에서 벌떡 일어났다. 하나의 세계는 꺼지고 또다른 세계가 불을 켠다. 호텔방의 센서 등은 내가 스쳐가는 곳마다 빛을 내주었다. 창가 쪽에 자리해 있는 냉장고 문을 열자 생수병과 맥주 캔 두 개가 눈에 들어왔다. 맥주는 차지 않고 그저 미지근했다. 맥주 캔을 도로 냉장고에 넣고 블라인드를 올렸다. 암청색 밤하늘은 천공의 어느 틈새로 밀려들어온 우주 한 조각처럼 깊고 신비로워 보였다. 하늘 끝 어딘가에 신의 거처가 숨겨져 있다 해도 믿을 수 있을 만큼. 이런 밤하늘 아래서라면 어제의 실수와 내일의 일과 같은 것만을 가까스로 마음에 담아두는, 불행하지만 그 불행조차 지각하지 못하는 태평한 인간이 되어도 나쁘지 않겠다는 생각이 들었다. 내가 어디에서 왔고 어디로 가는지, 그런 불확실한 고민 따위 모르는 순진한 얼굴로 한평생을 일순간처럼 살다 갈 수 있다면 더더욱.

견고했던 어둠엔 금세 금이 간다. 사이렌 소리가 오른쪽 도로 끝에서부터 어둠을 부수며 점점 더 광포하게 다가오고 있었다. 한밤의 사이렌은 날카로운 파편이 사방으로 튕겨나올 것 같은 견디기 힘든 소음 덩어리였다. 사고가 난 것일까. 아니, 구급차와 경찰차의 저 긴 행렬은 거의 매일 밤 일어난다는 시위 때문일 것이다. 실제로 본 적은 없지만 구글 등의 웹사이트에 자주 올라오는 장면이었다. 피투성이가 된 얼굴을 두 손으로 감싸며 쓰러져 있는 청년, 머리채가 잡힌 채 질질 끌려가던 여자, 누군가의 찢어진 셔츠를 끌어안고 오열하던 소녀, 불타는 차량, 내동댕이쳐진 깃발, 짓밟힌 신발들…… 5년여 전 국가채무 불이행을 선언한 이후, 절반 이상의 공장이 가동을 멈췄고 수백만의 인구가 직장을 잃었으며 모든 경제지표가 최악의 상태로 곤두박질쳤는데도 시위를 진압할 수 있는 시스템이 건재하다는 건 놀랍다. 며칠 전엔 진압대가 실탄을 사용하는 것에 유엔이 규제를 가하기로 했다는 뉴스를 보기도 했다. 그러나 인터넷을 통해 이 나라의 비극을 실시간으로 구경하고 있는 전 세계 수많은 관객들 중에서 그런 규제가 실제로 행해질 거라고 믿는 자는 아무도 없을 것이다. 이곳은 봉쇄된 국가이면서 동시에 살아 있는 실험체였다. 잦은 시위 탓에 여행 금지 국가로 지정된 이 나라는 외교 및 무역 실무진조차 까다로운 심사를 통과해야만 입국할 수 있었고, 세계적 대공황의 여파로 무너진 경제 시스템과 불량 국가로의 몰락은 금융자본주의의 어두운 얼굴을 되비추는 창백한 거울이었다. 한마디로 이 나라는 접근하거나 참견하지 않고 그저 그 침몰 과정을 지켜보면 그뿐인 거대한 폐선(廢船)인 셈이다. 메이가 정신이 온전해져 이곳에 온다 해도 이 도시가 자신의 고향이라는 것을 단박에 납득하지는 못할 것이다. 버려진 건물들, 닫힌 상점들, 운행을 멈춘 철도와 지하철, 불 꺼진 전광판을 보며 어떻게 한때 천만 이상의 인구로 붐비던 현란한 메트로폴리스를 연상할 수 있겠는가. 메이, 여기가 메이가 태어난 곳이래. 말하면, 메이는 두 눈만 끔벅이며 주변을 두리번거릴 게 뻔하다. 어쩌면 내 어깨를 툭 치며 유진, 어른한테 너무 지나친 농담은 안 돼, 다정한 훈계조로 답할지도 모른다. 어느 순간 메이가 이곳이 그곳이란 걸 받아들인다면 나는 성인 여자의 몸으로 반죽되는 한 덩어리의 슬픔을 또 한번 목격하게 될 터였다. 20여 년 전, J가 인사 한마디 없이 우리 곁을 떠났을 때처럼. 메이, 또 울어? 아냐, 우는 건 내가 아니라 내 두 눈이야. 열 개의 손가락들과 한 겹의 피부로 감싸인 장기들이야. 더우면 땀을 흘리는 것처럼? 맞아. 너 참 똑똑하구나. 메이, 메이의 몸에서 슬픔이 다 흘러나오면 그땐, 날 버릴 거야? 그렇게 물으면, 메이의 젖은 눈동자는 어김없이 나를 향해 빛났다. 그녀가 슬픔을 그대로 삼킬 수 있었던 아주 짧은 순간. 자극적인 말을 해야만 메이의 시선을 잠시라도 붙잡을 수 있던 나날이었다. 그땐 메이의 눈동자가 고요하면 세상도 아름다웠고 그곳에 파문이 일면 나의 모든 것도 흔들렸다. 나에겐, 메이뿐이었다.

붉은 경광등과 함께 회전하던 사이렌은 큰 동심원을 만들며 점점이 사라져갔다. 메이의 모습을 흐릿하게나마 연주하던 유리창에서 나는 미련 없이 돌아섰다. 외투를 껴입고 지갑과 열쇠를 챙겨 방을 나오자 옆방인 1105호 문 앞에 노란색 폴리스 라인이 쳐져 있는 게 보였다. 오늘 아침, 문밖이 소란스러워 무심코 방문을 열었을 때 코끝을 자극하던 그 냄새를 나는 기억한다. 폭력의 영상이 선뜩하게 밟히는 죽음의 냄새였다. 이른 시간이었지만 1105호 앞엔 꽤 많은 사람들이 모여 있었고 그들 사이엔 경찰도 여럿 섞여 있었다. 서둘러 문을 닫으려 할 때 마침 구조대원 두 명이 들것을 들고 1105호를 나왔다. 목 주변만 푸른 젊은 여성의 하얀 나신이 합성수지 비닐을 통해 그대로 투시됐다. 한 생애의 끝은 투명했다. 머리끝에서 발끝까지, 그 무엇도 감춰지지 않았다. 돌이켜보니 시체를 직접 본 건 처음이었다. 더이상 시간을 소비하지 못하는 시체는 모든 살아 있는 인간들이 도달하게 될 쓸쓸한 종착역의 풍경과 이어졌다. 언젠가 그 종착역에서 만나게 될 우리는 서로의 이름을 묻지 않기 위해 괜히 빈 호주머니나 뒤적이는 각각의 이방인일 뿐이었다. 죽은 여자는 내국인이라고 했다. 1105호에 묵던 외국인이 간밤에 부른 붉은 거리의 여자일 터였다. 그 외국인은 새벽에 체크아웃을 하고는 곧바로 출국해버렸다는 목소리가 어딘가에서 들려왔다. 머리가 희끗한 나이 든 백인 여자가 프랑스어로 끔찍해, 끔찍해, 되뇌며 손수건으로 코를 막고 지나가는 걸 바라보다가 나는 그제야 현관문을 닫고는 욕실로 들어가 오랫동안 샤워를 했다.

리셉션으로 내려가 열쇠를 맡기자 호텔 제복을 입은 여직원이 걱정스러운 말투로 외출을 삼가는 게 어떻겠냐고 묻는다. 밤늦게 비나 눈이 올지도 모른다는 기상예보가 있었거든요. 게다가 오늘은 올해의 마지막 날이잖아요. 호텔 지하 바에서는 밤 11시부터 파티가 진행될 거라더군요. 나는 그녀의 흠 하나 없이 깨끗한 얼굴을 새삼스럽다는 듯 쳐다봤다. 시위 때문은 아니고요? 무심결에 묻자 열쇠 보관함을 꺼내기 위해 허리를 약간 굽히고 있던 여직원이 나를 흘끗 쳐다보며 네? 되물었다. 나는 당황하는 여직원에게 우산을 챙겼다고 얼버무린 뒤 빠른 걸음으로 호텔을 빠져나갔다.

각국의 투숙객들이 분주히 오가고 택시들이 길게 늘어서 있는 호텔 정문을 지나 10여 분 정도 걷자 대부분의 조명이 꺼져 있는 어두운 밤거리가 시작됐다. 암청색 우주가 흐르고 있었다. 띄엄띄엄 벽을 등지고 앉아 있는 노숙인들 외에는 행인도 거의 눈에 띄지 않았고 도로 역시 한적했다. 저 멀리서 홀로 화려한 불빛을 발산하고 있는 호텔 간판은 포템킨 빌리지(Potemkin village)를 알리는 이정표 같다고 나는 생각했다. 고급스러운 가구와 소품 들로 장식되어 있고 경제 재앙에 상처받은 사람은 단 한 명도 살지 않는 곳, 악천후를 피해 가도록 따뜻한 조언을 해주고 흥겨운 파티 속에서 함께 연말 카운트다운을 외치는 곳, 반정부 시위 같은 말은 철저하게 함구되는 곳. 나는 다시 걷기 시작했다. 길을 잃는 일은 없을 것이다. 지난 3년간, 나는 1년에 두세 번씩 회사 출장차 이 도시를 방문했고 그때마다 이 거리를 지나 그곳을 찾아가곤 했으니까, 단 한 번의 실수도 없이. 유진, 너 또 그 도시로 출장 가겠다고 신청했다며? 출장을 떠나오기 전날엔 옆 책상을 사용하는 동료가 파티션 너머로 고개를 빼죽 내밀더니 딱해하는 목소리로 묻기도 했다. 걱정 마, 지금껏 여덟 번이나 갔지만 나는 매번 살아 돌아왔다고. 짐짓 의기양양하게 답하자 동료는 혀를 끌끌 찼다. 지나가다가 재수 없게 경찰이 쏜 실탄이라도 맞으면 개처럼 죽는 곳이라고. 중상을 입을 수도 있고 말이야. 가만 보면 넌 참 겁이 없어. 마치 미래가 없는 사람 같단 말이지. 동료의 그 마지막 말에 나는 문득 서류에서 시선을 떼고 물끄러미 그를 올려다봤다. 미래? 미래라고 그랬어? 어느 여름 한낮, 밀가루 반죽을 하다 말고 내 쪽으로 돌아서서 그렇게 되묻던 메이의 모습과 그때 그녀가 서 있던 주방의 풍경이 그 순간 믿을 수 없을 만큼 완벽하게 눈앞에 펼쳐졌다. 언제나처럼 주방은 달콤한 냄새로 가득했고 햇살을 받은 빵가루는 겨울 숲의 눈송이처럼 하얗게 흩날렸다. 무언가를 골똘히 생각하는 듯 잠시 말이 없던 메이는 이내 엉거주춤 무릎을 구부리고는 내 어깨에 손을 올린 채 나와 눈을 맞췄다. 이봐, 유진. 미래는 없어. 미래는, 그래 미래는 우리가 알 수도 없고 확정할 수도 없는 거야. 하지만 대디와 메이는 미래를 약속하지 않았어? 아니, 우린 미래 따위 약속하지 않았어. 미래가 두려워서 만들어진 관계는 가짜니까. 내 말, 알겠니? 얼떨결에 고개를 끄덕이는 아홉 살의 내가 저기, 계단도 없이 한없이 깊은 낭떠러지로 이어질 것만 같은 새까만 지하도 입구에 서 있다. 저명한 언어학자 존 커셋의 외아들, 많은 이들의 우려 섞인 기대를 받으며 태어난 아이, 그러나 한 발만 뒤로 물러나면 그대로 어둠의 심연 속으로 수몰

될 운명…… 곧이어 알 수 없는 공포감이 밀려와 울음을 터뜨리려고 하는 나를 메이가 안아줬다. 근데 대디는 왜 내 미래를 정해놓고 싶어 했어? 어쩌면 삼켜야 했을 그 질문을 나는 내뱉고 말았다. 오, 세상에, 너 간밤에 존과 내가 하는 이야길 들었니? 당황한 메이가 더 세게 나를 안았다. 잊어, 그건 어른들의 농담이야. 그러나 한번 터진 눈물은 잘 멈춰지지 않았다. 유진, 제발. 메이가 어느새 나와 함께 울기 시작했다. 메이의 등 너머 주방 풍경이 낯설게 이지러져 보였다. 그날만큼은 메이도, 내게 아무런 위로가 되지 않았다.

내게 유전자를 물려준 사람은 J였지만 나와 물리적으로나 정신적으로 유대를 맺어준 사람은 사실 늘 메이였다. 나는 눈만 뜨면 메이 뒤를 졸졸 따라다녔다. 잠들기 전에도 메이의 심장박동을 느껴야 안심이 될 정도였다. J는 메이에게 의존적인 나를 못마땅해했고 간혹 불같이 화를 내기도 했다. 머리칼은 잔뜩 헝클어지고 도수 높은 안경알 속 눈동자는 빠르게 흔들리고 입술 끝은 경련을 일으키던, 잊을 수 없는 그 모습. 존, 그러지 마. 유진은 아직 아이잖아. 그럴 때 오로지 내 편에서 나를 감싸주던 메이가 없었다면 나는 J의 집을, 그의 언어와 사유를 어떻게 견뎌낼 수 있었을까. J의 눈에 비친 그 시절의 나는 언젠가는 나약하고 이기적인 어른이 될 씨앗에 불과했다는 걸 안다. 자신의 외아들이 고독하면서도 그 고독을 향유할 줄 아는 성숙하고 강인한 인간이 되어야 한다는 강박증에 사로잡혀 있던 J로선 도저히 그 예감을 용납할 수 없었을 것이다. 실제로 그는 타인에게서 위로와 사랑을 기대하지 말라고, 그 대신 항상 죽음을 생각하면서 근원적인 불안감을 스스로 치유하라고 내게 자주 요구했다. J는 내가 열한 살 때

실종되었으므로 그가 알고 경험한 나는 처음부터 끝까지 아이였을 뿐이다. 고작 11년밖에 지켜봐주지 않은 주제에 내 유년 속에 그 스스로가 상정한 이상적인 인간의 조건을 세우고자 했던 그의 무모한 욕심을 떠올리면 지금도 나는 구토감이 치민다. 아직까지 나는, J를 완전히 용서하지 못했다.

몇 개의 골목을 돌자 그 유명한 '붉은 거리'가 시작된다. 마주한 채 일렬로 이어진 쇼윈도 안엔 거리 이름답게 붉은 조명이 흘렀고, 그 혼몽한 불빛에 갇힌 반나체의 여자들은 자신의 성을 전시하며 구매를 강요하고 있었다. 한때는 경찰의 단속을 받던 불법적인 공간이었다지만 지금은 오히려 외화벌이의 수단이 되어 정부의 보호를 받고 있는 눈치였다. 골목을 통과하는 동안 나는 싸우는 자, 싸우다 울고 나뒹구는 자들, 미친 여자, 미치기 직전으로 보이는 남자, 구걸하는 아이들, 쓰레기통을 뒤지는 청년, 그 청년 곁에 쭈그리고 앉아 빵을 뜯어먹는 소녀를 스쳐간다. 헤이, 블랙. 나를 부르는 건가. 목소리가 들려온 쪽으로 고개를 돌리자 어느 쇼윈도 안에서 나를 향해 손을 흔드는 여자가 보였다. 날 좀, 사랑해줄래? 금발의 가발을 뒤집어쓰고 가슴 선이 그대로 드러나는 오렌지색 원피스를 입은 여자는 나른하게 웃고는 있었지만 목소리만큼은 흐린 날에 듣는 현악기 연주처럼 쓸쓸한 구석이 있었다. 내게서 아무런 동요를 느끼지 못했는지 여자는 서둘러 원피스를 아래로 끌어내렸다. 노출된 여자의 젖가슴은 그저 몸에서 돋아나온 두 개의 살덩어리로만 보였을 뿐, 전혀 매혹적이지 않았다. 오히려 몸의 연약한 부위를 뚫고 솟아나온 거대한 종기처럼 흉측하게 느껴지기까지 했다. 나는 못 볼 것이라도 본 사람처럼 가짜 금발로부터 황급히 돌아섰고, 그 순간 쇼윈도 안 몇몇 여자들이 킬킬 웃어대기 시작했다. 내 걸음은 점점 빨라졌고 나는 신호등이 꺼져 있는 횡단보도에서 누군가와 부딪혔다. 휘청거리다 이내 중심을 잡은 나와 달리 힘없이 뒤로 넘어진 상대는 물에라도 빠진 사람처럼 사지를 버둥거렸다. 넘어진 사내에게 다가가자 찌든 술 냄새가 진하게 풍겼다. 손을 내밀었지만 사내는 내 손을 잡는 대신 그저 빤히 나를 올려다보기만 했다. 사내의 시선에 갇힌 내 온몸은 그대로 얼어붙었다. J일 리가 없는데도, J와는 인종도 체격도 모두 달랐음에도, 나는 J가 겹쳐 보이는 사내의 얼굴에서 시선을 뗄 수가 없었다. 내 손을 무르고 혼자 힘으로 가까스로 일어난 사내가 갑자기 내게 달려들더니 멱살을 움켜잡으며 소리를 내지르기 시작했다. 날 무시하는 거냐? 아니라고 말할 틈도 없이 사내는 연이어 외쳐댔다. 나도 한때는 백만장자였어! 나도 너희만큼은 잘난 인간이었다고! 나는 온 힘을 다해 사내의 두 손을 뿌리친 뒤 뒷걸음질쳤다. 달러, 달러를 좀 주십쇼. 구걸하는 아이들이 어느새 하나둘 모여들었다. 선생님, 제가 구두를 닦아드리겠습니다. 제 동생이 아파요, 제발 도와주세요. 어느 나라에서 오셨나요? 미국? 영국? 아님, 프랑스? 멋진 신사분, 저를 따라오면 천국을 경험할 거예요. 아이들은 서툰 영어를 쏟아내며 억지로 내 구두를 벗기려 하는가 하면 옷소매를 잡고 늘어지기도 했다. 일단 이 거리를 벗어나야 했다. 나는 아이들을 조심스럽게 밀치며 거리의 끝을 향해 큰 걸음으로 휘적휘적 걷고 또 걸었다. 싸우고 있거나 미쳐 있거나, 혹은 그저 오늘만을 살아 넘기기 위해 자신의 가치와 가능성을 땅바닥에 내동댕이치는 사람들은 계속해서 나타났다. 메이, 메이의 고향엔 메이처럼 생긴 사람들만 살아? 대부분. 그곳은 아주 멀다고 했지? 그럼, 수천 마일은 떨어져 있는걸. 거기, 가고 싶어? 가끔, 가끔은 그래. 그럼 나랑 가. 날 거기로 데리고 가줘. 그래, 언젠가는 너를 여행 가방에 담아서 그 도시로 데리고 갈게. 말한 후, 메이는 나를 내려다보며 웃는다. 콧잔등에 주름이 잡히면서 왼쪽 볼에 살짝 보조개가 파이던 갈색 머리칼과 갈색 눈동자의 메이. 메이처럼 생기고, 메이만큼 손길이 따뜻한 사람들이 사는 도시를 나는 밤마다 상상하곤 했다. 아름다웠다. 매번, 예외없이, 상상 속의 이 도시는 구름 한 점 없이 화창했고 마주치는 모든 사람들은 한줌의 적의도 없는 순박한 미소로 내게 인사해주었다. 싸우고 미치고 구걸하고 쓰레기통을 뒤지는 사람들은 단 한 명도 살지 않는 곳이었다.

붉은 거리를 빠져나오자 이번엔 술집과 싸구려 숙박 시설이 즐비하게 늘어선 거리가 발끝에 닿았다. 대여섯 명의 호객꾼들이 순식간에 내 주변을 에워쌌지만 내 시야엔 호객꾼들 너머, 몸피에 비해 너무 큰 외투를 입고 있는 젊은 여자만이 들어왔다. 직각으로 쭉 뻗은 두 팔을 좌우로 바꾸는 행위를 반복하고 있는 여자의 얼굴은 터무니없이 진지하기만 했다. 여자는 공항 활주로에서 비행기를 유도하는 기수 흉내를 내는 듯도 했고, 봐주는 사람이 있든 없든 자신의 세계를 완성하려는 엄격한 행위예술가처럼 보이기도 했다. 파산한 가족이나 자살한 애인이 나오는, 이 나라에선 너무도 흔한 사연을 갖고 있는 여자인지도 몰랐다. 어쩌면 갓 낳은 아기가 영양실조로 사망했을 수도 있고, 치료 시기를 놓친 질병 때문에 정신마저 혼미해진 것일 수도 있었다. 저 큰 외투 안에 무엇이 있는지, 어차피 여자는 보여주지 않을 터였다. 나는 여자에게 다가가 지갑에서 꺼낸 지폐 몇 장을 외투 주머니에 꽂아 놓은 뒤 다시 앞을 향해 걸었다. 몇 발짝 걷다가 뒤를 돌아보자 호객꾼들과 구걸하는 아이들이 슬금슬금 여자에게 접근하여 외투 주머니에서 돈을 빼가는 게 보였다. 여자는 그들을 막지도 않았고 돈을 감추려 하지도 않았다. 두 팔 안에 갇힌 여자의 세계는 내 예상과 달리 아늑하고 풍요로울지도 모른다. 그쯤에서 나는, 여자를 잊기로 한다.

내가 이 도시에 올 때마다 방문했던 술집은 다행히 그사이에 폐점하지 않고 그 자리에 그대로 있었다. 술집으로 들어서니 탁한 담배 연기와 느릿한 선율의 블루스 음악이 친숙하게 나를 맞았다. 보기 드문 외국인이어선지 여기저기 띄엄띄엄 앉아 있던 남자들이 한꺼번에 내 쪽을 쳐다봤다. 술집 중앙에 놓인 바로 걸어가 의자에 앉자 안면이 익은 바텐더가 알은체를 해왔다. 오랜만이에요. 그러게요, 잘 지냈어요? 저야 그렇죠, 뭐. 오늘도 진으로 드릴까요? 네, 그걸로 한잔 주세요, 얼음 빼고요. 술이 나오기 전까지 나는 의자에 기대앉아 찬찬히 주변을 둘러봤다.

메이가 J를 처음 만났을 때 그녀는 스물두 살이었다고 했다. 사춘기 때 가족을 따라 미국으로 이민을 간 메이는 혹독하게 외로운 사춘기를 보내다가 주변 이민자 부모들의 부러움을 받으며 명문대에 진학했지만 뜻밖에 찾아온 병 때문에 오랜 기간 휴학을 해야 했다. 길고 지루한 항암치료를 끝내고 어렵게 복학하게 된 메이는 그곳에서 J를 만났다. 불청객처럼 벌컥 강의실 문을 열고 들어온 사십대의 J는 자신을 소개하거나 출석을 부르지도 않고 동부 출신 특유의 딱딱한 발음으로 바로 강의를 시작했다. 메이가 이미 돌이킬 수 없는 상황이 전개되고 있음을 느낀 건 두 시간의 강의가 채 끝나기도 전이었다. 나는 사실 존이 그렇게 유명한 사람인 줄은 몰랐어. 그날에 대해 이야기할 때만큼은 메이도 아프지 않은 사람처럼 보였다. 아니, 오히려 보통 사람보다 훨씬 더 명민하고 날렵한 모습이었다. J와 살게 되면서 메이는 곧 자퇴를 했다. J와의 스캔들로 인한 학교 사람들의 적대적인 태도는 메이가 감당할 수 있는 범위가 아니었을 것이다. 쉿, 햇살이 들어오는 시간이야. 시립요양원 휴게소의 매달 둘째 주와 넷째 주 토요일 오후는 메이의 회상 속 이야기가 이스트 같은 햇살 속에서 달콤하게 부풀어오르는 시간이었다. 나는 상상으로 빚은 하얀 빵가루를 맞으며 우리의 그림자가 벽에 새겨졌다가 바닥으로 떨어지고, 다시 반대편 벽을 통해 조심스럽게 빠져나가는 것을 지켜보는 게 좋았다. 정말이야, 그렇게 유명한 줄은 짐작도 못했다니까. 그래, 믿을게. 나는 늘 메이를 믿잖아. 대답하면, 메이는 더 신이 난다는 듯 J의 말투, 옷차림, 학자다운 그 독특했던 분위기에 대해서 쉬지 않고 떠들었다. 이제 겨우 오십대 중반인데도 메이에게선 종종 노인의 냄새가 났다. J가 사라진 이후 메이는 걷잡을 수 없이 늙어갔다. 내가 자라나는 속도보다 더 빨리, 더 급속히 시간 속에서 마모되었다. 육체는 쇠약해졌고 정신은 기억들을 잃어갔으며 끊임없이 크고 작은 병에 시달렸다. 메이는 나로부터, 너무 멀리 떠나버리고 말았다.

하이. 마침 삼십대로 보이는 남자가 맥주잔을 들고 내 옆자리에 앉으며 마치 어제 만난 친구를 대하듯 가볍게 말을 건다. 눈 사이가 멀고 턱이 갸름해선지 어쩐지 물고기가 연상되는 인상의 남자였다. 하이, 나도 반갑군. 이 나라 말로 인사에 답하자 남자의 입술에서 짧은 휘파람이 흘러나왔다. 오, 이 나라 말을 할 줄 알아? 남자는 바텐더가 지금 막 내 몫으로 갖다준 진이 담긴 컵에 자신의 맥주잔을 부딪치며 흥분이 느껴지는 목소리로 호기심을 드러냈다. 조금 할 줄 알아. 조금이 아닌 것 같은데? 혹시 전공이 언어학? 아니, 그건 아냐. 사랑하는 사람한테서 배웠어. 그 사람이 이 나라에서 태어났거든. 하, 사랑하는 사람이라. 남자의 표정이 조도가 낮은 조명 속에서 희미하게 밝아졌다. 내가 한잔 살까? 응? 맥주를 거의 마신 것 같아서. 그럼, 너랑 같은 걸로 마셔도 될까? 남자가 내 손등에 자신의 손바닥을 포개며 속삭이듯 물었다. 바텐더에게 진 한잔을 더 주문하는 동안, 내 옆모습을 뚫어지게 건너다보는 남자의 뜨거운 시선이 느껴졌다. 너를…… 내 목소리가 지나치게 낮았는지 남자는 내 쪽으로 한쪽 귀를 바짝 갖다댔다. 뭐? 너를, 메이라 불러도 될까? 메이라면, 말을 가르쳐주었다는 그 사람? 맞아. 어, 근데 이름이 이 나라 이름이 아닌데? 가명이야. 가명? 그렇군. 근데 왜 메이지?

그건, J가 1년 중 5월을 가장 좋아했기 때문이다. 메이의 부친은 자신의 막내딸이 나이가 스무 살 이상 차이가 나는 흑인 남자와 사는 것을 평생 동안 치욕스러워했다. J를 만나기 이전에 형성되었던 모든 공동체와 관계망, 심지어 본명까지 상실해야 했지만 메이는 후회하지 않았다. 오직 J만을 염려했고 J의 전 존재를 감싸주기 위해 애썼다. 아이를 낳자고 한 것도 메이라고 했다. J의 아이라면 평생 정성을 다해 키울 자신이 있다며, 가족을 이룰 의향이 없던 J를 설득했다. 메이는 J에게 5월의 가족 소풍 같은 것을 선물해주고 싶었던 건 아닐까. 키 큰 나무가 그늘을 만들어주는 맑은 호숫가, 쌔근쌔근 숨소리를 내며 잠이 든 볼이 통통한 아기 옆에서 서로에게 기대어 책을 읽거나 흘러가는 구름을 구경하는 풍경 같은. 메이는 J의 삶 속에 슬픔도 고독도 죄의식도 없이 그저 동물처럼 먹고 쉬고 늙어가는 인생의 휴식처 하나쯤을 마련해주고 싶었을 것이다. 메이라면, 분명 그랬을 터이다. 아이에 대한 메이의 집착은 J의 예상보다 강했고 그 집착의 크기만큼 우울증도 깊어갔다. 여느 때처럼 주방에서 설거지를 하던 메이가 돌연 유리컵에 식기 세제를 가득 담아 벌컥벌컥 들이켠 날, 뒤늦게 병원으로 뛰어간 J는 응급처치를 마친 뒤 철제 침대에 누워 숨죽여 울고 있는 메이를 내려다보며 결국 아이를 만들기로 결심한다. 메이는 항암치료를 받으면서 불임이 된 상태였으므로, 기증된 난자와 J의 정자를 배양관에서 인공수정한 후 그 수정된 배아를 다시 난자 기증자의 자궁 안에 이식하는 방식만이 가능했다. 그러니 내게 고향이란 유리 배양관에 불과하고 그 배양관에 생명의 입김을 불어넣은 건 신의 입술이 아니라 의학용 스포이드라 해도 무방할 것이다. 내 생애의 시작은 오늘 아침에 보았던 비닐 속 여자의 죽음만큼 투명하고 차가웠던 셈이다. 인간과 인간 사이의 열정, 감정의 교류, 순간적인 합일과는 상관없이 의학 기술과 수학적 확률 속에서 나는 태어났으니까. 난자를 제공하고 10개월 가까이 자궁을 빌려준 여자는 수고비를 받자마자 행적을 감췄다. J도, 메이도 그 여자의 신원에 대해서만큼은 절대로 말해주지 않았다. 아니, 어쩌면 그들 역시 그녀에 대해 아는 것이 전혀 없었으므로 말을 못한 건지도 모른다. 그들이 쾌적한 진료실 소파에 나란히 앉아 수상쩍은 서류 파일 속에서 내 생물학적 어머니를 선택한 기준은 그녀의 역사, 그녀의 철학, 그녀의 정체성 같은 것이 아니라 그저 신분증 번호와 뚜렷하지 않은 반명함판 사진에 불과했을 테니 말이다.

내가 메이라면, 난 그쪽을 뭐라 불러야 할까? 남자가 한 손으로 턱을 괴며 또다시 질문을 해온다. 너 편한 대로. 그럼…… 난 그쪽을 유월로 부르겠어. 유월? 좋군. 자, 우리 올해에도 어김없이 지나가준 메이와 유월을 위해 건배할까? 우리는 각자의 잔을 들어 가볍게 건배를 했고 해피 뉴 이어, 번갈아 말한 뒤 한 모금씩 술을 마셨다. 그런데 오늘 같은 날, 미스터 유월은 어쩌다가 이 망해버린 나라에 온 거지? 접시를 팔러 왔어. 접시? 나는 주방도구 제조사에서 일하니까. 하. 짧은 탄성 같은 '하'라는 소리는 남자의 버릇인 모양이었다. 이 나라에 수입 접시를 구매할 수 있는 계층이 여태껏 존재하는 줄 몰랐네. 나도 흥미롭게 생각해. 내가 지금 묵고 있는 호텔도 그렇고, 어딘가는 아무 일도 없었던 것처럼 제대로 굴러가고 있는 거지. 개새끼들…… 순간, 남자가 표정을 일그러뜨리며 속삭이듯 내뱉는 욕설을 나는 놓치지 않고 들었다. 시선이 엇갈리자 남자는 술잔을 조금 비운 뒤 신경쓰지 말라고 말했다. 그래도 궁금한데? 누굴 향한 분노지? 그야 물론, 수입 접시 구매자들이지. 그렇게 대답하며 남자는 자신의 감정이 민망하다는 듯 조금 웃었다. 웃기잖아, 국민의 절반 이상이 식량 보조를 받아야 하는 극빈층으로 전락했는데 누군가는 접시를 수입해서 쓰다니 말이야. 그렇게 분노가 치밀면 너도 시위에 나가지 그래? 오늘밤에도 시위가 있을 것 같던데. 시위라…… 남자의 목소리가 자조적으로 바뀌었다. 그는 진을 마저 비운 뒤 한잔 더 시켜도 되느냐고 물었고 나는 좋다고 대답했다. 새로운 술잔이 나오자 그는 나를 보지 않은 채 말을 이어갔다. 나도 혼란을 틈타 정권을 잡은 지금의 정부를 좋아하지 않아. 아니, 끔찍하게 혐오해. 하지만 그들이 물러나고 새로운 자들이 정권을 잡으면 과연 달라지는 게 있을까? 목숨 걸고 시위할 수는 있어. 하지만 목숨을 걸어도 바뀌는 게 없다는 걸 뻔히 아는데 무엇을 위해 거리에 나가야 하는 건지 난 모르겠어. 지금 이 나라의 상황은 최악이야. 희망이 없다고. 30여 년 전의 구제금융 상황과는 질적으로 다르지. 제아무리 대단한 영웅이 나타난다 해도 5년 전으로 되돌릴 순 없어. 차라리…… 남자가 외투 안에 숨기고 있었던 건 짙은 빨강의 절망감이었는지 그의 얼굴은 어느새 사과처럼 익어가고 있었다. 그는, 취하고 있는 걸까. 차라리 몇몇 국가들이 명분 하나를 만들어 이 나라에 전쟁을 낸 거였다면 지금보다는 나았을 거야. 지난 세기에도 대공황이나 대공황에 버금가는 경제 위기가 있을 때마다 전쟁은 유용한 수법이었잖아. 그랬다면 누가, 무슨 이유로, 어떤 과정을 거쳐 우리를 파괴하는지 보이긴 했을 거야. 근데 이게 뭐야. 어느 날 평소처럼 출근을 하기 위해 집을 나서는데 나라가 망했다는 뉴스가 모든 미디어를 통해 속보로 전해지더군. 회사는 출근하지 않아도 된다는 전화를 걸어오더니 이내 파산했지. 사람들은 은행과 상점으로 몰려들었지만, 은행은 창구를 닫았고 대부분의 상점들은 셔터를 내렸어. 기업은 헐값에 팔리고 노동자들은 굶주린 들쥐들처럼 거리를 배회하고 외국 어딘가에 조금이라도 비빌 구석이 있는 자들은 모두 공항으로 달려갔어. 그 와중에도 뉴스는 도산한 기업과 급증한 실업자 수와 추락을 거듭하는 주가와 신용 등급에 대해 계속해서 떠들어댔는데, 젠장, 그놈의 수치는 절대로 줄어드는 법이 없더군. 그날 이후 우리의 미래는 가난과 무능과 우울증과 자살로 채워질 거라는 뉴스가 반복되고 또 반복됐어. 주도한 자는 없고 이유는 아무도 설명하지 못하고 과정은 생략된 채 말이야. 하, 근데 모르고 당하기엔 이 단죄가 너무 엄청나지 않아? 긴 말을 끝낸 남자는 마지막 질문을 한 뒤 서늘하게 웃었다. 그 웃음이 내게 익숙했다. 존은 죽지 않았어요. 아무도 그의 시신을 찾지 못했잖아요. 존이 내일이라도 저 현관문을 열고 들어올지 누가 알겠어요? J의 형제나 동료 교수가 찾아와 그의 유고집을 내자거나 회고록을 써보라고 권유하면 메이는 늘 그렇게 답하며 지금의 남자처럼 웃었다. 더이상 흐르지 않는 눈물이 독약이 되어 배어나오는 듯한 병든 웃음이었다. 기다림이 길어질수록 메이의 그 웃음은 점점 더 공허해졌다. 스산해졌다. 광포해져갔다. 사람들은 메이가 갑작스럽게 미치게 됐다고 여겼지만, 아니었다. J가 사라진 이후의 매 순간이, 그 불확실한 희망이, 차근차근 메이의 영혼을 잠식해갔다.

누가 그러더군. 이번엔 내가 남자의 한쪽 손에 손바닥을 얹으며 말했다. 미래는 없다고, 확정되지 않은 거라고. 나에게도, 그러니까 이 나라 밖의 사람들한테도 말이야, 미래는 기대와는 다르지 않겠어? 나 역시 내가 지금 하는 말이 남자에겐 전혀 위로가 되지 않는다는 걸 알고 있다. 위로는커녕 일종의 폭력 같은 악담으로 전달될지도 모른다. 잊어, 그건 어른들의 농담이야. 메이의 그 말처럼. 그 말을 들은 이후 내가 깨달은 게 있다면, 나란 존재는 메이와 J의 관계를 돈독히 하기 위한 기념품 같은 것에 지나지 않다는 뼈아픈 진실, 그게 다였다. 나이가 들수록 그 깨달음은 견고해졌고 투명해졌다. 남자는 건성으로 고개를 끄덕여 보이더니 다시 술잔에 입술을 대며 속삭였다. 그러니,

마시는 수밖에. 마시고 취하고 깨고 나면 또다시 마시고 취하고…… 남자와 나는 서로를 마주보며 한번 더 잔을 맞추었다. 그리고 누가 먼저랄 것도 없이 순간적으로 짧은 키스를 나눴다. 남자의 입술은 차고 건조했다. 차고 건조한 키스가 끝난 뒤 남자는 더듬거리는 말투로 내게 물었다. 오늘밤, 네가 묵는 호텔로 내가 따라가도 될까? 간절함이 느껴지는 남자의 말이 온 힘을 다해 팔딱거리는 물고기가 되어 입술 밖으로 헤엄쳐나오는 걸 나는 무연히 쳐다봤다. 좋아, 대답하며 고개를 끄덕여 보이자 남자는 이를 드러내며 활짝 웃어 보였다. 남자는 계속 웃었고 음악은 멈추지 않았다. 지난여름에도 이곳에서 나는 메이를 만났다. 그 전해에도, 그 전전해에도 각기 다른 메이들은 내가 묵는 호텔에서 하룻밤을 보내고 갔다. 아침에 눈을 뜨면 메이들은 어색해하는 얼굴로 내 눈치를 살피다가 똑같은 부탁을 해오곤 했다. 미국에 데리고 가달라는 부탁이었다. 자리를 잡을 때까지만 숙식을 해결해주면 돼. 그 대신 내가 너를 위해서라면 뭐든지 할게. 너도 알다시피, 이 나라 화폐는 이제 휴지 조각이야. 나 혼자서는 아무것도 할 수 없다고. 메이들의 레퍼토리는 늘 비슷했다.

아쉽게도 나는 메이들의 그 부탁을 들어줄 수 없었다. 나는 다른 누군가를 책임지고 보살펴줄 능력이 없는 사람이다. J의 불행한 예감은 크게 틀리지 않았다. 나는 J가 그토록 혐오했던 인간 유형인 나약하고 이기적인 어른으로 성장했으니까. 끊임없이 체온을 나눌 수 있는 애인을 찾아다니지만 단 한 번도 누군가를 위해 희생한 적은 없다. 사랑의 시작을 주도할 수는 있어도 그 끝에선 언제나 도망가기 바빴다. 게다가 J의 의도와 달리 내 몸엔 동성만을 사랑하도록 설계된 세포들로 가득차 있다. 그의 관점에서 본다면 명백하게 열등한 동성애자 아들을 지켜보지 않아도 된 건 J 몫의 행운인 걸까.

잠시 후, 나는 남자에게 화장실에 갔다 오겠다는 제스처를 보이며 자리에서 일어나 그대로 출입문까지 걸어갔다. 출입문 앞에 서서 손짓을 하자 바텐더가 조심스럽게 다가왔다. 남자의 술값이 포함된 계산을 마칠 때까지 남자는 다행히 이쪽을 쳐다보지 않았다. 부탁을 들어줄 수 없다는 말을 어렵게 꺼내면 메이들은 더 절실하게 매달리기도 했고 미친 듯이 화를 내며 방을 뛰쳐나가기도 했다. 창문을 열고 뛰어내리겠다며 협박하던 메이도 있었다. 그 어떤 반응도, 나를 움직이지는 못했다. 물고기 남자가 고개를 들어 주위를 두리번거리고 있었다. 남자의 시선이 내가 서 있는 쪽으로 다가오려는 순간, 나는 급하게 출입문을 열고 술집 밖으로 빠져나갔다. 매서운 바람이 얼굴을 할퀴고 지나갔다. 언젠가 여기서 또 만나면 좋겠어, 메이. 출입문에 등을 기댄 채 나는 오늘의 메이에게 수신이 불가능한 마지막 인사를 건넸다. 약속이란 허약하고 허무하다. 메이, 또 올게. 요양원의 커다란 철제문을 열 때마다 그렇게 말하면 메이는 고개를 크게 끄덕여 보이며 환하게 웃곤 했다. 그래, 어서 가. 바쁜 사람이잖아. 애틋하게 걱정하기도 하면서. 내 승용차 백미러에는 메이가 손을 흔들고 또 흔드는 모습이 오래오래 남아 있었다. 그녀가 나를 잡은 건 딱 한 번이었다. 여느 때처럼 면회를 마치고 가방을 챙겨 일어서는데 메이가 빠른 걸음으로 다가오더니 그대로 내 등허리를 부둥켜안았다. 돌아서자 벌써부터 눈물이 흠뻑 고여 있는 메이의 눈동자가 보였다. 나는 오랜만에 목격하게 된 그녀의 눈물이 반가운 건지 슬픈 건지 구분할 수 없었다. 가지 마, 존. 내 품에 안기며, 그렇게, 메이가 말했다. 메이의 어깨를 감싸주려던 두 팔이 힘없이 아래로 내려갔다. 난 아이도 낳을 수도 없다는 걸, 내 몸 안에 가득찬 건 그 지긋지긋한 시스플라틴과 온갖 오물뿐이니까아! 존…… 당신은 다 알고 있잖아. 그건, 20년 넘게 기다리던 J가 나타나면 가장 먼저 들려주고 싶었던 메이의 진짜 목소리였을까. 메이는 그쯤에서 입을 다물었어야 했다. 그랬다면 나는 그때도 그녀를 이해하기 위해 최선의 힘으로 애썼을 것이다. 메이에게만은 그 어떤 고통도 주지 않겠다는 내 오래된 다짐을 지킬 수도 있었을 것이다. 나는 혼자야, 존, 나한텐 당신 외엔 아무도 없어, 아무도. 심장이 차갑게 식어갔다. 늘 상상해왔던 장면이었는데도 현실은 상상보다 훨씬 썼다. 나는 메이의 어깨를 감싸주는 대신 허리를 숙여 그녀의 귓가에 입술을 대고 침착하게 속삭였다. 메이, 존은 죽었잖아. 우리 함께 그의 시신을 차가운 구덩이에 밀어넣었는데, 잊었어? 메이는 히스 꽃을 구덩이 앞에 놓았고 그의 외아들은 그 위에 침을 뱉었지. 그때 우리, 춤도 추었던가? 거짓말! 순간, 메이가 소리를 내지르며 한 손으로 세게 내 뺨을 쳤다. 당신 누구야? 당신 대체 누구야아! 요양원 직원들이 몰려와 메이를 병실로 옮길 때까지도 메이의 울부짖음은 길게 이어졌다. 그날부터였을 것이다. 아주 조금씩, 그러나 매우 규칙적으로 외로움과 두려움 속에서 소멸해가고 있을 메이의 모습을 떠올리는 것은 더이상 나를 아프게 하지 않았다. 요양원을 찾는 내 발길은 점점 뜸해져갔다. 언제부터인가 나는 메이를 보러 가지 않았고 메이 역시 나를 찾지 않았다. 기억 체계가 무너지고 있던 메이는 나를 아예 망각해버린 것인지도 몰랐다. 그리 생각하는 게 나는 편했다. 다달이 청구되는 요양원 비용을 내는 것, 그리고 둘째 주와 넷째 주 토요일 오후마다 메이의 담당의와 통화를 하며 그녀의 상태에 대해 묻고 대답을 듣는 것이 최근 3년 동안 내가 메이를 위해 하는 일의 전부가 되었다.

술집을 나와 두 개의 모퉁이를 돌자 큰 외투를 입고 두 팔로 직각을 만드는 여자가 또 보였다. 어쩌면 여자는 사라진 세계를 향해 자신만의 신호를 보내고 있는 것인지도 몰랐다. 이번엔 여자에게 말을 걸지 않고 그대로 지나쳤다. 나는 계속 걸었다. 싸우는 자, 싸우다 울고 나뒹구는 자들, 미친 여자, 미치기 직전으로 보이는 남자, 구걸하는 아이들, 쓰레기통을 뒤지는 청년과 빵을 뜯어먹는 소녀는 처음 봤을 때와 똑같은 모습으로 나타났고 또 사라졌다. 나른한 표정으로 손님들을 유인하는 붉은 조명 속의 여자들, 누군가와 부딪히면 언제라도 고함을 내지를 준비가 되어 있는 사내, 어설픈 영어로 달러를 요구하는 아이들도 변하지 않는 풍경처럼 반복적으로 내 곁을 스쳐갔다. 이곳은 혹여 시계의 태엽이 고장난 공간인 걸까. 아니, 내가 술집에서 낯선 남자를 만나 진 한잔을 마시며 대화를 나눈 조금 전의 상황 전체가 단순히 환상이거나 꿈일지도 몰라. 그곳이 다인 것 같지만 그 생각마저 다가 아니야. 그러니 의식을 해봐, 그곳이 다가 아니란 걸. 거짓말…… 나는 차갑게 웃으며 중얼거렸다. 과거의 어떤 장면을 뚫고 나오는 메이의 부드러운 손을 힘껏 뿌리치며, 나는 속으로 연거푸 외쳐댔다. 당신이야말로 거짓말하지 마, 메이. 당신이 내 엄마라고 착각하지도 마아!

헤이, 블랙. 그동안 손님을 받지 못했는지 그 가짜 금발이 또다시 나를 불렀다. 여자 쪽으로 뚜벅뚜벅 걸어가 지갑에서 남은 현금을 몽땅 꺼내 보여주자 금발뿐 아니라 그 주변의 모든 여자들도 쇼윈도 쪽으로 다닥다닥 몰려들었다. 얼마를 지불하면 너의 불행을 살 수 있지? 이 거리에서 현금은 흥분제다. 대여섯 명의 여자들이 순식간에 문을 박차고 나와 나를 에워쌌고 몇몇 여자들은 쇼윈도를 탕탕 치며 내 시선을 끌려 했다. 껌둥이, 여기야, 여기. 허니, 오늘밤 내가 화끈하게 해줄게. 이거 왜 이래, 이 남자는 처음부터 내 손님이었어! 여자들은 내 쪽으로 먼저 다가오기 위해 서로를 밀치고 당기고 짓밟았다. 어느 순간, 나는 손아귀에서 힘을 뺐다. 여자들은 바닥으로 떨어진 푸른 지폐를 놀라울 정도로 빠르게 움켜쥐더니 이내 몸안 구석구석에 구겨 넣었다. 내 불행도, 좀 들어줄래? 지폐가 다 사라지고 나자 금세 내게서 멀어지는 여자들을 건너다보며 나는 대상도 없이 물었다. 아무도, 뒤를 돌아보지 않았다.

인간이 자신의 죽는 시점을 안다면 살아 있는 매 순간이 실존과의 치열한 싸움이 될 테고 사유도 깊어질 거라고 J는 생각했다. 수명을 정해놓을 수 있는 그런 기술이 가능했다면 말이야, 나는 유진의 배양관을 관리하던 의사에게 분명 오케이 사인을 보냈을 거야. 메이, 정말이지 나는 유진의 앞날이 무서워. 내가 유진의 미래를 설계할 수만 있다면, 그럴 수만 있다면, 내 모든 걸 바칠 수도 있어. 살짝 열린 문틈으로 들려오던 J의 목소리는 고요한 광기에 젖어 있는 듯했다. 나는 메이가 J의 그 이상한 발상에 화를 내주길 기다렸다. 나 대신 그의 뺨을 때리고 그의 비정상을 폭로한 뒤 침실을 뛰쳐나와 공포감에 몸을 떨고 있던 아홉 살의 나를 있는 힘껏 안아주기를. 메이는 웃었다. 웃고, 웃으면서, 대답했다. 존, 언어학을 그만두고 신학을 하려는 거야? 신학자 존은 전혀 끌리지 않는데, 그건 어쩔 거지? 쉬쉬, 이제 그만. 어떨 때 보면 당신은 정말 아기 같아.

불현듯 견디기 힘든 추위가 밀려왔다. 마치 내가 만들어진 유리 배양관에서부터 내 몸에 박힌 생득적인 추위 같았다. 오들오들 몸을 떨며 붉은 거리를 마저 빠져나오자 호텔방에서 들었던 사이렌이 또 한 번 광포하게 밤의 대기를 뒤흔들며 지나갔다. 나는 맹목적으로 그 소리를 따라 걷기 시작했다.

시위 현장은 무장한 경찰들과 호송차들로 빽빽이 둘러싸여 있어 그 안이 전혀 보이지 않았다. 책임, 사과, 해결, 정부, 사퇴 등의 단어들이 들어간 구호만이 간간이 들려올 뿐이었다. 곳곳에서 시위대에 합류하려는 사람들이 하나둘 나타났다. 조심스럽게 그들의 뒤를 밟자 철제로 만든 바리케이드가 나왔다. 3미터는 족히 넘을 저 바리케이드를 넘으면 호텔이나 붉은 거리와는 또다른 세상이 펼쳐질 터였다. 바리케이드 아래서 사람들이 인간 사다리를 만들어 서로가 서로를 넘겨주고 넘어가는 모습을 바라보며 서성이는데 누군가 다가와 물었다. 혹시 외신 기자인가요? 얼떨결에 고개를 끄덕여 보이자 갑자기 여기저기서 사람들이 몰려들었다. 어느 나라에서 오셨습니까? 방송국인가요, 신문사인가요? 근데, 카메라는 없습니까? 아무런 대답도 못하고 석고처럼 서 있는 나를 몇몇 청년들이 힘을 합쳐 바리케이드 위로 올려주었다. 가까스로 담 위에 올라 시위 현장 쪽으로 고개를 돌린 나는 너무 놀란 나머지 낮고도 길게 신음했다. 시위를 하는 사람들은 생각보다 훨씬 적었고 그들 대부분은 아무런 무기도 갖고 있지 않았다.

시위대 속에서 간간이 흔들리는 촛불들은 오히려 현생의 소망을 담아 물위로 띄워 보낸 등(燈)처럼 그윽하고 아름다워 보였다. 전쟁을 방불케 했던 그 폭력적인 장면들은 다 어디로 갔는가. 이 거리를 뜨겁게 달구었던 사람들은 이제는 허름한 술집에 모여 앉아 마시고 취하고 다시 마시며 가짜 구원이라도 약속해줄 수 있는 저마다의 애인을 기다리고 있기라도 한 것일까.

잡아줄 테니 빨리 내려오세요! 청년 한 명이 외쳤지만 나는 발을 내딛지 못했다. 공포가 아니었다. 서글픔 때문이었다. 내가 미동도 하지 않자 청년은 한심하다는 듯 나를 한번 훑어보더니 이내 시위대 속으로 뛰어들어갔다. 곧 진압이 시작될 테니 뜻을 접고 해산하라는 방송이 들려왔다. 시위대에서 야유와 함성이 터져 나왔다. 잠시 후 호송차 너머에서 곤봉과 방패를 든 경찰들이 조직적으로 흘러나왔다. 경찰들은 일종의 방어막처럼 시위대 선봉에 포진되어 있는 휠체어에 탄 장애인들부터 닥치는 대로 땅바닥에 내동댕이쳤다. 제 몸 하나 제대로 가누지 못하는 중증 장애인들은 다시 휠체어에 오르기 위해 사지를 버둥거렸고 몇몇 경찰들이 그들을 밟고 지나갔다. 시위대는 일방적으로 맞거나 끌려갔다. 진압은 처음부터 승패가 정해진 게임처럼 신속하게 이루어졌다. 예외적인 상황은 단 하나, 갑자기 허공을 가르는 날카로운 금속음이었다. 탕. 눈발이 날리기 시작했다. 총소리는 축제를 알리는 축포처럼 눈을 불러온 것이다. 발포자가 확인되지 않았는지 경찰과 시위대는 똑같이 동요했다. 호송차 쪽으로 일사불란하게 되돌아간 경찰들은 서둘러 방탄조끼를 챙겨 입었고, 시위대도 이리저리 엉키고 부딪치며 빠른 속도로 현장을 빠져나갔다. 거리는 시위에 사용되다 버려진 양초와 깨진 유리병만이 눈에 띌 뿐, 금세 텅 빈다. 허공에서 흩날리는 눈송이는 그새 크고 탐스럽게 부풀어 있었다. 마치 먹어도 되는 진짜 빵가루처럼. 하늘을 올려다봤다. 여전히 우주처럼 깊고 신비로운 밤하늘이 펼쳐져 있었다. 참 신비롭지 않니? 거리나 공원 같은 곳에서 유모차에 실려 있는 아기들을 발견할 때면 메이는 매번 황홀하다는 듯한 표정을 짓곤 했다. 영혼이라도 빼앗긴 것처럼 한참 동안 그 아기들에게서 시선을 떼지도 못했다. 유진, 신이 있다면 정말 세심한 성격일 거야. 저토록 작은 몸에 어떻게 모든 게 다 들어 있지? 그때마다 나는 메이에게 이것저것 묻고 싶은 게 많았지만 질문을 한 적은 없다. 돌아서는 메이의 얼굴이 이루 말할 수 없을 만큼 슬퍼 보이곤 했으므로. 저 하늘 어딘가에 정말로 신의 거처가 있어 문을 열고 그 안으로 들어가게 된다면, 세심하고 인자한 느낌의 노인이 아니라 자신의 업무 외에는 그 무엇에도 관심이 없는 서기관 같은 인상의 누군가가 보이지 않을까, 마치…… 마치, J처럼.

나는 곧 담에서 뛰어내렸다. 눈이 푹신하게 밟혔다. 아무도 다니지 않는 거리 한복판을 천천히 걸었다. 얼굴에, 어깨와 등허리에 내려앉는 눈송이는 무게감이 느껴지지 않는데도 나는 통증을 느꼈다. 잠깐만요! 어느 순간 확성기를 통과한 목소리가 텅 빈 거리에 쟁쟁하게 울려 퍼졌다. 멈춰 서서 고개를 돌리자 우비를 덧입은 경찰 한 명이 검은색 확성기를 어깨에 멘 채 내 쪽으로 허청허청 뛰어오고 있었다. 내 앞까지 뛰어온 그는 제법 유창한 영어로 말했다. 이 나라에선 외국인이 시위에 참가하거나 해외 언론에 보도하는 것은 불법입니다. 모르셨습니까? 긍정하지도, 부정하지도 못한 채 시선을 외면하자 경찰은 수첩과 펜을 꺼내들며 사무적인 말투로 다시 물어왔다. 이름과 나이, 그리고 국적을 말씀해주시겠습니까? 의례적인 절차니 이해해주십시오. 빨리 이 거리를 벗어나고 싶어하는 젊은 경찰에게 나는 질문에 대한 답을 하나하나 내놓았다. 나이는 서른한 살, 이름은 유진 커셋, 미국인. 수첩에 내가 진술한 짧은 내용을 적어 내려가던 경찰의 손이 잠시 멈칫하는 걸 나는 보았다. 이름이 유진입니까? 네, 근데 왜 웃으시죠? 아, 죄송합니다. 제가 잘 아는 사람과 이름이 같아서요, 여자이긴 합니다만. 실은 나도 그 이름을 갖고 있는 이 나라 여자 한 명을 잘 알고 있죠. 그래요? 누군지 궁금한데요. 그녀는 나의…… 뜸을 들이고 있는 사이 메모를 끝낸 경찰은 내가 잘 아는 김유진에 대한 이야기는 더이상 듣지 않은 채 가벼운 목례를 한 후 돌아섰다. 가장 소중한 사람이 자신의 진짜 이름을 대가 없이 내게 주었다는 사실에 기분 좋은 안도감을 느꼈던 어느 날이 떠올랐다. 유진, 그거 아니? 고향에서는 나도 유진이란 이름으로 불렸어. 그때 우리는 주방에서 함께 빵을 만들고 있었을까, 아니면 산책을 하고 있었을까. 마침 손목시계 안에서는 새해의 분기점이 되는 자정을 향해 초침이 한 땀 한 땀 움직이고 있었다. 십, 구, 팔…… 둘, 하나, 제로. 잠시 후, 나는 손목시계에서 시선을 떼고 함박눈이 펄펄 날리는 2030년 새해 첫날의 텅 빈 서울 거리를 다시 걷기 시작했다. 밤의 한가운데를 뚫고 어디로 갈지는, 아직 정하지 않았다.

새의 종말

새들은 땅과 반대 방향으로 날아오르고,
하늘에서는 눈과 비처럼 그 양만 일정하다면
언제까지고 무해한 것들만 떨어진다는 믿음은
하루아침에 무너지기엔 너무도 견고했다.

1

새의 종말이 감지되기 시작한 건 5년 정도 되었다. 새들은 사전 예고도 없이 어느 날부터 갑자기, 사람들의 발아래로 휙휙 떨어지기 시작했다. 간혹 연약하게 몸을 떨며 마지막 숨을 들이쉬는 새들도 있긴 했지만 대부분은 이미 죽은 상태였다. 보도블록에 처박혀 축 늘어진 죽은 새들에게선 자연계에서 유일하게 저 혼자의 힘으로 하늘을 날 수 있었던 종의 우아함, 혹은 오랜 세월 그것들에게 부여된 자유의 이미지를 연상해낼 수 없었다. 죽은 새들은 그저, 딱딱하게 굳은 두 다리가 삐죽 삐어 나온 윤기 없는 깃털 뭉치 같았다. 사람들은 혼란에 빠졌다. 새들은 땅과 반대 방향으로 날아오르고, 하늘에서는 눈과 비처럼 그 양만 일정하다면 언제까지고 무해한 것들만 떨어진다는 믿음은 하루아침에 무너지기엔 너무도 견고했다.

처음 1년여 동안 신문과 방송은 거의 하루도 빠지지 않고 이 기이

한 현상을 일제히 톱뉴스로 다루었다. 환경오염의 심각성을 알리는 다큐멘터리가 매주 특집으로 방송되었고, 조류 전문가들은 새들의 집단적인 죽음과 관련된 원인을 파헤치기 위해 각종 보고 자료를 발표하기도 했다. 시사토론회에서는 정치가들과 환경보호운동가들이 연일 난삽한 토론을 해댔고, 대재앙을 예감하고 일찌감치 군락지에서 도망가는 메뚜기나 두꺼비 떼를 거론하며 불길한 종말론을 펼치는 종교인들도 있었다. 한 무리의 사람들은 마치 페스트가 나돌았던 중세의 유럽인들처럼 거대한 십자가를 이고 힘겹게 거리를 걸으며 이 모든 게 분노한 신의 계시라고 떠들어대기도 했다. 많은 소문들이 난무했다. 대기 높은 곳에 생명체에게 치명적인 이상 바이러스가 서식하고 있다고도 했고, 오랫동안 사용해온 각종 무선기기들이 아주 서서히 새들의 뇌 회로에 혼란을 주다가 급기야 새들에게만 발병되는 특수 질병을 유발한 거라고도 했다. 그런 소문의 이면엔 대기의 바이러스가 언젠가는 지상에까지 내려올지 모른다는, 혹은 새들에게만 발견되고 있는 질병이 한 세기 전의 조류독감이 그랬듯 인간에게 전염될 수도 있다는 불안감이 짙게 깔려 있었다. 어쨌든 불안하고 수상한 시절이었다. 도시의 외곽에선 죽은 새들을 소각하는 매캐한 연기가 하루종일 타올랐고, 소독약을 뿌리는 헬리콥터들이 시도 때도 없이 귀가 얼얼할 정도의 소음을 내며 사람들의 머리 위를 지나갔다. 갑자기 터져나오는 비명이나 울음소리가 빈 거리를 울릴 때면 이제 누구도 치한이나 강도가 나타난 거라고 의심하지 않았다. 그저 죽은 새 한 마리가 어린아이들이나 마음이 연약한 사람의 발밑으로 딱딱하게 굳은 채 떨어진 것임을 묵묵히 받아들였다. 누군가의 그런 과민 반응도 실은 그리 오래가지 않았다. 오히려 도시 관리원의 눈을 피해 죽은 새를 집으로 몰래 가져가 박제로 만든 뒤 개인 소장을 하는 사람들이 늘어나면서 사회문제로 거론되기도 했다. 지구상의 새들은 완전히 멸종된 것으로 봐야 한다는 뉴스가 보도된 이후엔 정말로 죽은 새들이 하늘에서 떨어지는 현상도 현저히 줄어들었고, 언제부터인가는 그마저도 아예 볼 수 없게 되었다. 남은 새라곤 기껏해야 식용으로 사육되는 닭과 오리 같은, 그러니까 높은 하늘에 대한 열망을 품어본 적도 없는 열등한 조류뿐이었다. 그 옛날의 공룡처럼 새라는 종이 과학책이나 백과사전에서만 발견될 수 있는 전설의 종족으로 변해가는 과정을 사람들은 놀라울 정도의 빠른 속도로 목도하게 된 것이다. 먼 바다로부터 들려오는 갈매기의 끼룩거리는 울음소리도, 계절마다 정해진 경로를 따라 집단 이동하는 철새들의 긴 행렬도 마치 처음부터 없었던 것처럼 잊혀갔다. 적어도 G시에 가기 전까지만 해도, 나 역시 다른 사람들처럼 그것이 진실이라 믿고 있었다.

2

G시에 가게 된 건 사실 행운이었다. G시에서 대대적인 국제 지질학회가 열릴 예정이었는데 나는 그 학회에서 「새의 종말과 지질 변화의 연관성」이라는 소논문을 발표할 수 있는 기회를 얻었던 것이다. 이슈가 될 만한 논문 제목이 학회 심사위원단의 공감을 불러왔을 거라고 P교수는 말해주었다. P교수의 말이 아니더라도 사실 그 논문은 제목만으로도 사람들의 관심을 끌 만하긴 했다. 물론 숱한 논문들이 그런 주제로 발표되고 있었지만 새의 종말이란 뭐랄까, 언제 들어도 귀

가 솔깃해지는 모든 이들의 화두였던 것이다.

내가 가지고 있던 오래된 여행 책자엔, 시간에 맞춰 까마귀떼가 출몰하고 저녁나절엔 늙은 새들이 잠시 쉴 곳을 찾아 고성을 헤매는 곳으로 G시를 묘사해놓고 있었다. 물론 모두 5년 전의 일이다. 5년이 지난 지금, G시는 내가 사는 곳과 별다르지 않게 새들이 모두 멸종된 도시에 지나지 않았다.

나는 학회 초청장을 받았을 때부터 올해 아홉 살이 된 내 아들 Y를 G시로 데려갈 생각이었다. 예상은 했지만 학생관리부서에서는 역시나 Y의 긴 외유를 반기지 않았다. 학생들을 관리하는 학교나 정부의 지나치게 강직한 태도는 늘 말썽이 되긴 했다. 늘어나는 무자녀 가정과 독신자, 그리고 나날이 치솟는 불임률 탓에 백 명의 여자들 중 단 다섯 명의 여자들만이 출산과 육아를 경험하고 있었으므로 학교나 정부는 한 세기 전에 비해 비약적으로 줄어든 학생들을 건강하고 정상적이며 이 사회에 꼭 쓸모 있는 인간으로 성장시켜야 한다는 강한 신념을 갖고 있었다. 한마디로, 단 한 명의 낙오자도 허락할 수 없다는 일종의 집단 강박증이었다.

Y를 G시에 데려가기 위해 나는 수많은 사람들을 만나야 했고 수십 장의 서류를 작성해야 했다. 나중엔 사무실의 문을 열 때마다 저마다 책상에 고개를 파묻은 채 일에 몰두하고 있는 모든 사람들이 내가 새로 작성해야 할 서류들을 준비하거나 처리하기 위해 스탠바이를 하고 있었다는 착각마저 들었다. Y의 비자는 출국 바로 이틀 전에야 나왔다. 그 비자를 받기 직전, 나는 학생관리부서의 지시대로 Y와 함께 G시가 속한 국가 대사관에 가서 그곳 7급 서기관과 한 시간의 면담을

가져야 했다. 서기관의 말은 두서없었지만 한마디로 요약하면 G시의 북쪽과 연결된 발트 해에는 접근도 하지 말라는 내용이 다였다. 이미 복잡한 절차와 불필요한 서류에 지쳐 있던 나는 발트 해요? 그렇게만 되묻고는 곧바로 그가 준비한 동의서에 사인을 했다. 동의서는 채 읽지도 않은 상태였다.

"아직 뉴스에는 발표되지 않았지만 발트 해 해안가는 곧 여행 금지 구역으로 지정될 겁니다. 지금도 거기는 무장한 군인들이 살벌하게 지키고 있대요. 그래도 여름에 가면 꽤 봐줄 만한 해변이었는데……"

서기관은 말끝을 흐렸다. 관광객을 위한 해안가가 여행 금지 구역이 된다는 것은 상식적으로 이해가 되지 않았으므로 그 이야기에 잠시 마음을 빼앗기기도 했지만, 그 사안을 궁금해하면 그가 금방이라도 또다른 서류를 내밀어올 것만 같아 나는 더이상 아무것도 묻지 않았다. 서기관도 괜한 말을 했다는 생각이 들었는지 이내 표정을 닫고는 묵묵히 내가 사인한 동의서를 서류철에 끼워 황급하게 사무실을 빠져나갔다.

"엄마, 발트 해는 바다야?"

곁에 앉아 있던 Y가 나를 빤히 올려다보며 물었다.

"그래, 대륙의 바다란다."

"그럼 거기엔 바위를 내리치는 검푸른 파도가 있겠네? 새, 새도 볼 수 있을까?"

가방을 챙기다 말고 나는 가만히 Y를 내려다봤다. 때때로 Y가 구사하는 언어는 아이답지 않게 풍요롭고 깊다. 게다가 그 존재 자체가 허상이 되어버린 새에 대한 그애의 끊임없는 관심은 자주 나를 당혹스럽게 한다. 주변 사람들은 Y의 그런 성향 때문에 Y가 정규 학교 과정을 수료한 후에 취업과 이성과의 결혼에 어려움이 올까봐, 늘 걱정해주었다. 하나같이 타인에 대한 적당한 관심과 상대의 기분을 해치지 않을 정도의 배려가 몸에 밴 사람들의 조언은 나를 불편하게 했고 때론 불쾌하게도 여겨졌다. P교수마저 차라리 Y를 군사학교나 경찰예비학교로 보내는 것이 어떻겠냐는 말을 아무렇지도 않게 하곤 했다. Y가 사라진 세계에 관심을 갖고 있고 다른 아이들보다 감상적인 언어를 사용하는 것은 사실이지만, 그렇다고 그런 면이 한 아이를 비정상으로 규정하는 잣대가 될 수는 없다는 게 내 입장이었다. 오히려 나는 Y가 남다른 감수성으로 다른 아이들이 하지 못하는 일을 해내리라 믿고 있었다. 물론 나에겐 Y를 군인이나 경찰로 만들 계획도 전혀 없었다. 그런 규율화된 직업은 Y에겐 맞지도 않았고 나 역시 군인이나 경찰의 어머니로 사는 것을 고려해보지 않았다.

"사람들이 나쁜 짓을 많이 해서 유감스럽게도 새는 이제 없어. 대신 네 가슴속에는 분명 새들이 살고 있을 거야."

나는 손을 뻗어 Y의 머리를 반듯하게 정리해준 뒤 내가 할 수 있는 최대한의 온화함으로 웃어주었다. Y는 무슨 말인가를 더 하려는 듯 두 눈을 깜빡이며 나를 건너다보다가 이내 고개를 숙였다.

내게 Y가 생겼을 때 사람들은 진정 나를 부러워했다. 아이가 한 명이라도 있으면 정부로부터 보조금이 나오고 각종 면세 특권도 주어지므로 직업이 따로 없어도 육아에만 신경 쓰며 살 수 있다는 면에서 아이는 그 어떤 보험보다 매력적인 혜택을 약속해주긴 한다. 실제로 아이를 납치하여 거액을 받고 팔아버리는 범죄가 한 세기 전에 비해 스무 배 가까이 늘었다는 통계자료도 있었다. 게다가 나는 미혼이었기 때문에 애초부터 맞벌이란 것이 성립이 안 되는 조건이었다. 박봉의 대학 강사 월급으로는 살인적인 물가와 고가의 의료보험을 감당할 수도 없었다. 하지만 아이는 경제적인 이득 외에도 많은 것을 가져다준다는 것을 대부분의 사람들은 헤아려주려 하지 않았다. 아이가 생기면서 내 삶은 많은 부분 변했고 나 역시 아주 조금씩 아이가 있는 여자의 역할에 맞도록 바뀌어갔다. 혼자서 아파트 문을 따고 들어가던 고적한 시간과 주말마다 늦잠에서 깨어나 어제와 다를 것 없는 창밖을 무심하게 건너다보던 외로운 자의 자세는 이제 더이상 내 것이 아니었다. 발작적인 불안증 증세 역시 많이 줄어들었다. 나도 한때는 누군가의 아이였지만 현재는 그 누군가에게 꼭 필요한 존재가 아니란 걸 모르지 않으면서도, 나는 Y가 언제까지고 내 곁에 남아 있을 거라는 믿음으로 살아가고 있었다.

대사관을 나온 후엔 시무룩해 보이는 Y에게 파스타를 사주었고 쇼핑센터에 들러 여행에 필요한 물건들을 구입했다. 집으로 돌아와서는 캐리어 가방에 Y와 나의 짐을 차곡차곡 쌌지만 지금 생각해봐도 그날 내내 대사관 7급 서기관의 말을 곱씹어보지 않은 건 이상한 일이다. 물론 그때는, 그 서기관이 내게 내밀었던 동의서를 정독하지 않은 것이 얼마나 엄청난 결과로 이어질지에 대해선 짐작도 하지 못했다. G시로 떠나기, 이틀 전의 일들이다.

3

공항에는 P교수가 나와 있었다. 처음엔 단순히 배웅을 하러 나왔다고 생각했는데 자세히 보니 그는 여행자의 차림이었다. 그의 곁엔 커다란 캐리어 가방까지 세워져 있었다. 어찌된 일이냐고 묻자 P교수는 마침 겨울방학이 시작되었으니 자신도 G시에 가볼까 해서 비행기 티켓을 끊었노라고 대답했다. 당연히 나 역시 예상하지 못한 일이었는데도 내 옆에 서 있던 Y는 어색한 연기를 하는 두 배우를 지켜보는 듯 심드렁한 표정을 짓고 있었다.

Y가 P교수에게 그리 호의적이지 않다는 걸 모르지 않았기 때문에 나는 늘 조심해오긴 했다. Y와 있을 때는 P교수와 관계된 얘기들은 꺼내지도 않았고 그를 집으로 초대하는 일은 단 한 번도 없었다. 게다가 나는 아직 Y에게 P교수와 나의 관계를 설명할 수 있는 적절한 표현을 찾아내지 못하고 있었다. 뜨겁게 사랑하는 건 아니지만 언제나 손에 닿는 거리에 상대가 있어야 안심이 되고, 꼭 그 사람이어야 하는 절대적인 이유는 없지만 그렇다고 해서 그 사람이 다른 사람으로 대체되는 것에 대해서는 생각해본 적이 없는 관계란 당연히 아홉 살 아이의 언어 체계 속에는 없을 터이다. 하긴, 우리의 관계는 아홉 살 아이의 언어 체계에만 없는 게 아니다. 나 역시, 그리고 아마도 P교수 또한 우리가 왜 5년 동안이나 만나고 있는지, 그리고 왜 이 만남을 끊지 못하는지에 대해 제대로 된 설명을 하지 못할 것이다. 둘 다 성직자는 아니므로 서로를 필요로 하긴 하지만 누군가 육체적으로만 탐닉하는 거냐고 묻는다면 그도 나도 강하게 부정할 수밖에 없다. 그렇다고 정서적으로 그리 긴밀하게 밀착된 것도 아니어서 그는 정기적으로 Z-7을 복용해야만 하는 내 지독한 불안증을 납득하지 못하고 있었고, 나 역시 그를 괴롭히는 수면 장애의 원인을 정확하게 파악했다 말

할 수 없다. 그럼에도 우리 앞에 도저히 피해갈 수 없는 불운이 찾아올 때는 서로가 가장 먼저 찾는 사람이라는 데 이의를 달 수 없다. 예를 들어, 2년 전 러시아로 선교 활동을 떠난 P교수의 아내가 무참하게 살해당했을 때 그의 곁을 지켜준 사람은 경찰이나 교회 선교단, 혹은 그의 부모가 아니라 나였다. 왜 하필이면 오직 신만을 사랑한 여자가 그토록 잔인하게 살해당해야 했는지를 고민하던 그에게 무신론자인 내가 해줄 수 있는 조언은 별로 없었지만 그래도 나는 그가 미치지 않도록 끝까지 곁에 머무르며 그의 갈피 잡을 수 없는 수많은 독백들을 모두 들어주었다. P교수 역시 그런 나의 역할에 만족해했을 거라는 데 나는 확신을 갖고 있다. P교수는 그 보답으로 Y를 내가 사는 도시에서 가장 인기가 많은 사립학교에 입학시킬 수 있도록 자신의 대학 후배이기도 한 그 학교 교장에게 미리 Y의 얘기를 해주기도 했다.

"Y, 인사해야지."

서로를 데면데면하게 바라보고만 있는 Y와 P교수 사이에서 나는 그렇게 말하며 Y의 등을 P교수 쪽으로 살짝 밀어주었다. Y는 건성으로 고개만 까딱하고는 다시 내 등뒤로 숨으며 손바닥만한 게임기만 만지작거렸다. 나는 P교수를 향해 어색한 미소를 지어 보였다. 나름대로 미안하다는 표시를 한 것인데 P교수는 그새 주변을 두리번거리며 얼마 전 새로이 공사를 마친 공항 청사를 살피는 데 정신이 팔려 있었다. 나는 그의 그런 무심한 태도가, 그러니까 자신에 대한 Y의 감정 따위는 안중에도 없다는 듯한 그 태도가 마음에 들지 않았다. 그 마음은 곧, 우리가 언젠가는 서로에게 쉽게 등을 돌리게 될지도 모른다는, 그래서 서로의 생사조차 모르는 관계로 전락해버릴 수도 있다는 불안감으로 이어졌다. 불안증은 이렇게, 때때로 사소하고 쓸데없는 걱정에서부터 시작되어 가파르게 비약한다. 하지만 일단 불안증이 시작되면 그 감정은 무의식 아래에서부터 힘차게 달려와 내 이성적인 논리와 현실적인 감각을 광포하게 뒤흔들며 고요했던 세계 하나를 한순간에 무너뜨리곤 한다. 이명이 생기고 확연하게 손과 눈동자가 흔들리면서 내가 듣고 보았던 이전의 모든 것들에 쉽게 금이 가버리는 것이다. 무어라 설명할 길 없는, 그러나 분명 가슴 어딘가에 묵직하게 자리하여 숨쉬는 것도 고통으로 몰아넣는 통증이 온몸의 핏줄을 타고 머릿속으로 돌진하면서 과장된 미래의 한 모습으로 모아지면 나는 목놓아 울고 싶어진다. 규정할 수 없는 그 미래의 시간에서 나는, 기댈 사람 한 명 없이 홈리스로 거리를 헤매기도 하고 외딴 요양원에서 치명적으로 병이 들어버린 늙은 여자가 되어 누군가의 전화를 긴 시간 동안 기다리기도 한다. 그중에서도 한 손에는 담배를, 다른 한 손에는 빈 약통을 쥔 채 끊임없이 분노와 저주에 찬 혼잣말을 중얼거리는 내 모습은 내가 상상할 수 있는 범위 안에서 최대치로 끔찍하다. 결국 나는 P교수에게 잠시 Y를 맡겨놓고 허둥지둥 화장실 쪽으로 뛰듯이 걸어갔다. 덜덜 떨리는 손으로 가방에서 약통을 꺼내 흰색의 Z-7 알약 세 개를 단숨에 입안에 털어놓고는 수돗물을 손으로 받아 마셨다. 지난주에 만난 담당의는 이젠 조금씩 약을 줄여야 할 때라며 새로운 Z-7 처방을 거부했다. 담당의는 또한, 신경안정제 계열의 약이란 오랜 세월 복용하면 중독이 될 수밖에 없고 일단 중독이 되면 복용량을 늘려도 약의 효과를 기대할 수 없다는 상식적인 설명도 덧붙였다. 약 기운이 조금씩 온몸에 퍼지면서 한껏 과장되어 있던 감정도 차차 수그러들었다. 나는 화장실 벽에 등을 기댄 채 남은 알약을 세어보았다. 스물일곱, 스물일곱 알이 남았다. 이 약으로 8일을 버틸 수 있을까. Y가 생기기 이전보다 약이 줄긴 준 걸까. 손을 씻으며 고개를 들자 거울 속에선 눈 밑이 검게 물들고 눈동자가 흐릿하게 풀어진, 누가 봐도 병색이 느껴지는 여자가 세상에서 가장 추운 자의 표정으로 무뚝뚝하게 이편을 쳐다보고 있었다. 거울에 튄 물방울을 정성스럽게 닦아주어야 하는 것일까, 아니면 어울리지 않게도 너무 쉽게 눈물을 보이는 듯한 거울 저편의 여자를 향해 있는 힘껏 침을 한번 뱉어주어야 하는 것일까. 아무것도 판단할 수 없었다. 나는 그저 다시 벽에 기대었고 거울 속으로 끝까지 밀어넣지 못한 추위에 좀더 몸을 떨어보았다.

화장실을 나와 비틀거리는 걸음으로 다가가자 P교수는 근심스러워 보이기도 하고 불만 어린 것 같기도 한 얼굴로 나를 흘끗 쳐다봤다. 그 시선에 대한 해석은 뒤로 미룬 채 나는 P교수와 함께 비행기 좌석을 배정받은 뒤 짐을 부쳤다. 모든 절차를 마치고 나니 보딩 시간까지 30분 정도 여유가 있었다. 우리 세 사람은 공항 내 빈 벤치에 앉았다. 게임기에 온 정신을 집중하고 있는 Y와 노트북을 켜고 골똘하게 인터넷 웹 사이트를 들여다보고 있는 P교수 사이에서 나는 좀처럼 빠르게 지나가지 않는 시간을 지친 눈으로 마주보고 있어야 했다. 여행은 아직 시작되지도 않았는데 당장이라도 모든 걸 집어치우고 집으로 돌아가 가만히 침대에 누워 달콤한 낮잠을 자고 싶다는 생각뿐이었다.

"G시 근처에 있는 발트 해가 곧 여행 금지 구역으로 지정될지도 모른다더군요."

기다림의 시간이 지겨워 별생각 없이 그렇게 말을 꺼내자 P교수는 그제야 고개를 들어 빤히 나를 쳐다봤다. 언뜻 보면 노려보는 것 같다는 느낌마저 드는 차가운 눈빛이었다. 마치 절대로 누설해서는 안 되는 비밀, 그러나 누구나 알고 있는 비밀을 아무 생각 없이 떠벌려 이 우주에 거대한 혼란을 야기한 덜떨어진 조연이 내게 주어진 것처럼 당혹스러웠다.

"처음 듣는 얘기군요."

잠시 후, P교수는 그렇게 말하며 다시 인터넷 화면으로 고개를 돌렸다. 이상한 배역을 맡아버렸다는 당혹스러움은 이미 사라지고 나는 금세 기묘한 기분에 사로잡혔다. 담당의는 그저 내 불안증의 한 증세라고 말했지만 간혹 이렇게 나는, 다른 모든 사람들이 공유하고 있는 어떤 비밀에서 나 혼자만 배제되었고 그들 모두가 그 사실을 애써 감추기 위해 긴밀하게 서로 모의를 하고 있다는 생각에 빠져들곤 했다. 내가 무수히 많은 타인들로부터 그런 식의 악의적인 배려를 받을 만큼 대단한 사람이 아니란 건 나도 잘 안다. 헛된 망상이고 이 망상에서 벗어나야만 Z-7을 끊을 수 있다는 것도 너무 잘 알고 있다. 하지만 지금, P교수의 어딘가 허술하지만 그 허술함마저 교묘한 의도 같은 단호함에 나는 또다시 불안해진다.

일단 비행기를 타면 이 잠재울 수 없는 불안감을 더더욱 통제하기 힘들겠다는 생각이 들어 숄더백을 들고 일어나자, 그 안에 들어 있던 하얀색 플라스틱 약통이 덜컥거리는 소리를 냈다. P교수가 언짢은 얼굴로 나를 올려다봤다. 그는 슬쩍 Y의 눈치를 보더니 이내 한 손을 들어 내 손목을 잡고는 강하게 아래로 잡아내렸다. 그는 모를 것이다. 그가 가끔씩 이렇게 나를 제어해줄 때면 수많은 화학 성분의 알약으로도 완벽하게 치유되지 못했던 불안감이 그제야 힘겹게 내 몸에서 빠져나가는 듯한 착각이 들기도 한다는 것을 말이다. 한동안은 그 착각의 힘으로 알약 없이도 비참한 미래의 모습을 유기할 수 있었다.

어느새 보딩 시간이 가까워지고 있었으므로 우리 세 사람은 곧이어 기내용 캐리어 가방과 작은 배낭을 챙겨 게이트 쪽으로 천천히 걸어갔다.

4

정확히 14시간 45분 만에 우리는 G시의 국제공항에 도착했다. G시의 현지 시간으로 밤 11시였다. 깊은 밤이었지만 G시의 공항은 전 세계에서 온 지질학자들과 각종 지질학 연구소 직원들, 그리고 그들을 취재하러 온 신문 및 방송 기자들로 북적였다. G시에 위치한 유서 깊은 B대학의 직원들과 시청 소속의 공무원들이 학회 참가차 G시를 방문한 사람들을 안내하고 있었다. 나에게 배당된 젊은 남자 직원은 G시 외곽에 위치한 B대학의 강사용 기숙사에 나와 Y가 묵을 방을 마련해놓았다고 말해주었다. 남자 직원은 또, 기숙사 이용료를 내는 조건으로 P교수가 내 옆방에 머물 수 있도록 조치를 취해주기도 했다. 모든 절차를 마친 후 우리는 그 남자 직원을 따라 공항을 나왔다.

택시를 타고 기숙사로 가는 길에 갑자기 안개가 몰려왔다. 그야말로 한 치 앞도 볼 수 없는 안개 속이었다. 근처에 발트 해와 이어지는 큰 강이 있어 밤과 새벽엔 이렇게 안개가 심하다고, 우리와 동승한 남자 직원은 내가 묻기도 전에 설명해주었다.

"죽은 유라타를 지켜보는 어부의 한숨 같군요.*"

P교수가 그렇게 말하자 남자 직원이 어떻게 발트 해 신화를 아느냐며 신기하다는 듯 뒤를 돌아봤다. 나는 아무 말 없이 P교수의 옆얼굴을 물끄러미 쳐다봤다. P교수가 발트 해와 관련된 신화를 훤히 알고 있다는 건 내게는 전혀 놀라운 일이 아니었다. 지질학 교수가 그의 직함이긴 하지만, 각 나라의 신화에 대한 자료를 독해하고 해석하는 취미에 그가 지질학 연구보다 훨씬 더 많은 시간과 에너지를 쏟아왔다는 것을 잘 알기 때문이다. 그런 취미 탓에 P교수는 생전의 아내와 잦은 싸움을 해야 했다. 그러니까 자신의 유일신만을 사랑해야 한다는 신념을 갖고 있던 아내와 그런 아내의 믿음을 뒤로한 채 세계 각국의 신화에 몰두하는 그녀의 남편 사이에서 필연적으로 생길 수밖에 없는 싸움. 그래봤자 서로에 대한 신뢰와 애정이 바닥에 깔려 있는, 장난 같은 말싸움에 지나지 않았지만 말이다. P교수와 공동 프로젝트를 맡고 있을 때 어쩌다가 한 번씩 초대라는 걸 받으면 나는 과일이나 꽃을 사들고 그와 그의 아내가 사는 그 아담한 이층집을 방문하곤 했다. P교수의 아내는 언제나 화사하면서도 단아한 미소가 밴 얼굴로 문을 열어주었다. 그럴 때마다 나는 준비한 작은 선물을 내민 뒤 그 누구도 강요하지 않은 적절량의 죄의식을 느끼면서 바닥만 뚫어지게 내려다봐야 했다. 내 시선은 매번 그녀의 발에서 고정됐다. 그녀의 맨발은

---

* 발트 해 신화에 따르면 유라타(Jurata)는 바다의 여왕으로, 발트 해로 고기잡이를 온 인간을 사랑하게 되어 아버지 페르쿤(Perkun)의 분노를 사 죽게 된다. 페르쿤은 바닷속 바위에 묶어놓은 어부의 눈앞에 유라타의 시신을 갖다놓아 어부로 하여금 영원히 아내의 시신을 보게 하는 형벌을 내렸다.

믿을 수 없을 만큼 희어서 숭배를 해도 될 것 같은 경건한 신물(神物)처럼 보이기까지 했다. 도대체가 사십대라는 그녀의 연령대와는 전혀 조합이 되지 않는 곱고 작은 발이었다. 깊은 밤, 인적 드문 골목길에서 그녀를 납치하여 볼가 강 근처로 끌고 가 돌아가며 강간한 뒤 목 졸라 살해했다는 십대 후반의 러시아 청년들도 그녀의 발을 보긴 했을 것이다. 그녀가 전적으로 믿고 사랑했던 유일신이 마지막 순간까지 공을 들여 완성한 그 희고 매끄러운 발을, 이미 차갑게 굳은 그녀의 몸에 깔깔 웃으며 오줌을 누었다는 그 끔찍한 순간에도. 경찰서에서 사건 경위에 대한 보고를 들은 날, P교수는 집으로 돌아가 그녀의 종교와 관련된 모든 것들을 마당으로 갖고 나와 일말의 동요도 없이 소각해버렸다. 그렇게, 그의 한 시절은 끝났다. 그날 이후 나는 농담하는 P교수를 본 적이 없다.

택시가 속도를 내면서 강으로부터 멀어지게 되었는지 안개는 조금씩 옅어졌다. 안개 속에서는 미처 발견해지 못했던 장면, 그러니까 버스들이 도로 갓길에 띄엄띄엄 세워져 있고 수많은 사람들이 버스 근처에 줄 서 있는 모습이 그제야 보였다. 이번에도 그 대학 직원이 무언가를 설명해줄 것 같아 나는 룸미러를 통해 앞좌석에 앉아 있는 그를 흘끗 쳐다봤다. 국경으로 떠나는 버스라고 했다. 미처 기차표를 예약하지 못한 사람들이 밤 시간을 이용해서 국경으로 가는 거라고, 일단 국경에만 가면 유럽 각 도시와 연결된 기차를 탈 수 있다고도 그는 말했다.

"잠자는 시간 동안 이동을 하면 시간과 숙박비를 절약할 수 있겠군요."

P교수가 고개를 끄덕이며 대답했다. P교수의 말이 틀린 건 아니었지만 한밤중에 수많은 사람들이 어딘가로 가기 위해 줄지어 버스에 오르는 모습은 인상적이었다. 새들처럼, 어느 날 갑자기 하늘에서 뚝뚝 떨어지던 새들을 처음 목격했을 때처럼 이상한 기분에 사로잡히기도 했다. 그건, 나와 내가 소속된 사회가 오랫동안 지식과 정보를 공유하며 진리라는 이름으로 쌓아왔던 견고한 체계에 전혀 예상하지 못했던 오작동이 일어나는 것을 지켜보는 순간의 기이함이었다.

"다 왔습니다."

직원의 말에 나는 내 품에서 그새 곤히 잠들어버린 Y를 흔들어 깨웠다. 새소리가 들렸어, 엄마. 설핏 눈을 뜬 Y는 또 새 얘기를 꺼냈다. 뭐라고 답변을 해주고 싶었지만 시계를 보니 자정이 넘은 시각이었으므로 Y의 그런 공상은 내일 아침에야 교정해줘야겠다는 생각이 들었다. 시차 때문에 우리는 저마다 더없이 피곤한 상태이기도 했다. P교수와 나는 건성으로 인사를 나누고는 각자의 방으로 들어갔다. 방문을 열자 침대를 발견한 Y가 곧장 그곳으로 다가가 그대로 쓰러지듯 누웠다. 나는 백에서 허겁지겁 Z-7 두 알을 꺼내 삼킨 뒤 욕실로 들어가 욕조에 물을 받아놓고는 오랫동안 그 안에 앉아 있었다. 서기관, 안개, 국경, 발트 해, 신화 같은 단어들이 두서없이 머릿속을 떠다녔지만 복잡한 생각은 미루고 싶었다. 욕실을 나온 후엔 쌔근거리는 숨소리를 내며 깊이 잠이 든 Y를 꽤 오랫동안 내려다보았을 것이다. 언제 Y 옆에 누워버렸는지는 기억나지 않는다. 놀이공원, 회전목마, 꽃무늬 담요 같은 단어들이 과도한 불안으로 그날 분량의 에너지를 이미 소모해버린 내 몸속에 불명확한 그림 하나를 그려넣으려는 순간,

나 역시 깨어 있다는 의식을 이내 상실해버렸다.

5

아침에 눈을 뜨자마자 진한 커피를 한잔 끓인 후 책상에 앉아 노트북을 켰다. 학회는 다음날부터 시작될 예정이었고 내 소논문은 오후 섹션 두번째 타임에 발표될 터였다. 이미 영문으로 완성된 원고를 갖고 있긴 했지만 다시 읽을 때마다 원고는 아무렇지도 않게 허점을 드러냈다. 게다가 줄과 색을 정성스럽게 맞춰놓은 그래프가 단어나 문장을 고칠 때마다 자꾸만 원래의 틀에서 조금씩 빗나가면서 내 신경은 극도로 예민해지기 시작했다. 나중에는 아예 Z-7 세 알을 뜨거운 커피에 타서 천천히 마셔가며 원고 작업을 해야 했다. 아니, 어쩌면 네 알일지도 모르고 두 알에 지나지 않았을 수도 있다.

엄마, 하고 Y가 나를 부를 때에야 나는 Y가 나와 같은 공간에 있다는 걸 느리게 깨달았다. 왜. 여전히 노트북 화면에 온 정신을 집중한 채 나는 짧게 대답했다. 심심해, 그리고 배고파. Y와 G시의 시내에서 전통 음식을 먹으며 저녁 시간을 보낸다거나 G시 근처의 유명 관광지와 박물관을 여유롭게 돌아다니겠다는 계획은 적어도 3일 후부터 행동에 옮길 수 있을 터였다. 학회 발표가 끝나면 분명 몸과 정신이 한꺼번에 아우성을 치며 휴식을 요구할 게 뻔했으므로 발표 다음날은 늦게까지 잠을 잘 생각이었다. 어쨌든 논문 발표가 있기까지는 단 1분의 여유도 스스로에게 허락하고 싶지 않았다. 국제적인 규모의 학회에서 발표 기회를 얻는다는 건 그리 쉬운 일이 아니다. 물론 P교수에겐 말하지 않았지만, 6개월 전 그의 은사이기도 한 석좌교수 W의 퇴

임식날, P교수가 소개해준 U를 나는 사적으로 몇 번 만난 적이 있었다. U는 국제 지질학회에서 동북아 국가 소속의 회원들을 관리하는 간사직을 맡고 있던 S대 연구교수였다. 다리를 완벽한 브이자로 벌려달라거나 자극적인 느낌의 속옷을 입고 오라는 U의 요구를 들어주는 건 그리 어렵지 않았다. 하지만 그런 요구를 묵묵히 들어준 후 돌아온 이만큼의 대가를 물거품으로 만들어버리는 짓은 도저히 용납할 자신이 없었다. 나는 여전히 Y쪽을 돌아보지 않은 상태에서 백으로 손을 집어넣어 주섬주섬 휴대폰을 꺼냈다. P교수는 전화를 받지 않았다.

"아아, 정말!"

세 번 연속 그는 전화를 받지 않았으므로 나는 남은 커피를 한 번에 들이켜고는 약기운 때문에 잠시 비틀거리다가 지갑에서 돈을 꺼냈다. 기숙사 로비에는 B대학 강사들을 위한 작은 매점이 있었다. 나는 Y에게 G시에서 유통되는 지폐 두 장을 쥐여주며 매점에서 빵과 우유를 산 뒤 곧장 다시 방으로 돌아오라고 말했다. Y는 큰 눈을 더욱 동그랗게 뜨며 말없이 고개만 끄덕였다. Y가 슬리퍼를 끌며 방을 나간 후에야 나는 다시 책상에 앉았다. 고작 아이 하나 때문에…… 혼잣말을 하고 나니 그런 문장이었다. Y가 나를 부르기 이전처럼 원고에 온 정신을 집중하려면 시간이 조금 걸릴 것 같았다. Z-7이 스물두 알 정도 남은 플라스틱 약통을 가져와 흔들어보았다. 지난 상담 때, 담당의는 진정 불안증에서 해방되고 싶다면 Z-7을 하루에 두 알 이상 복용하지 말라는 말도 했었다. 아니, 어쩌면 세 알일 수도 있고 다섯 알일지도 모른다. 다시 전기주전자에 물을 끓여서 머그잔에 가득 부은 후 아주 천천히 약통의 뚜껑을 열고는 Z-7 두 알을 탔다. 남은 Z-7이 6일을 보장해주기엔 불충분하겠지만 발표만 끝나면 약을 필요로 하는 시간은 확연히 줄어들 거라는 위안이 성찰 없는 내 행동을 부추겼다.

G시의 어둠은 일찍 왔다. 기지개를 켜며 시계를 보니 오후 4시였는데 창밖은 자정이라고 해도 믿을 수 있을 만큼 어둡고 스산했다. 몇 개의 가로등이 불을 밝히고는 있었지만 근처에 있는 주택가는 어찌된 일인지 모두 불이 꺼진 상태였다. 엄마. 엄마, 라고 나를 부를 수 있는 이는 Y뿐이었으므로 나는 응? 건성으로 대답했다. 나 잠깐 나갔다 와도 돼? Y임이 분명한 그 누군가가 또 한 번 내게 말을 걸었다. 어디를? 묻고 나서야, 나는 그 목소리가 내가 몇 년에 걸쳐 들어온 Y의 음성과는 조금 다르다는 걸 깨달았다. 더 눅눅했고 더 어른스러웠으며 더 묵직했다. 문득 노트북 화면에 띄워놓은 원고 파일이 흔들려 보였다. 자판에 어떤 단어인가를 치려고 했지만 그 단어는 머리에서 손끝으로 이동하는 동안 감쪽같이 사라져버렸으므로 나는 잠시 내 두 손을 물끄러미 내려다봐야 했다. 세게 눈을 비벼보았다. 그럼에도 원고가 계속해서 흔들려 보인다면 내 눈동자가 흔들리고 있다는 의미일 것이다. 나는 슬쩍 뒤를 돌아보았다. Y는, 거기 없었다.

처음엔 믿을 수 없을 정도로 천천히, 나중에는 내 행동을 의식하지도 못할 만큼 다급하게 방과 욕실, 주방과 화장실을 뛰어다니며 Y를 찾았다. Y가 빵과 우유를 사러 나간 게 언제였지? 그때로부터 또 얼마나 시간이 흐른 걸까. Y가 매점에서 돌아오긴 했던가? 대체 언제부터, 여기에 없었다는 말인가. 무수한 질문들이 막무가내로 머릿속을 헤집었지만 나는 그 무엇에도 대답할 수 없었다. 어젯밤부터 입고 있었던 잠옷 차림 그대로 헐레벌떡 방을 뛰쳐나가 옆방 현관을 미친 듯이 두

드려댔다. 잠시 후, P교수는 커피잔을 든 채 현관문을 열어주었다.

"Y, Y 여기 있죠?"

그가 무슨 말을 하기도 전에 나는 거칠게 물었다. 은근슬쩍 자리를 피해 Z-7을 삼키고 오는 나를 볼 때처럼 P교수는 인상을 썼다. 그 표정은 하나의 자명한 사실을 대변했다. Y는 P교수의 방에도 없는 것이다.

"Y가 없습니까?"

"없어요, 없다고요!"

"언제부터요?"

"몰라요. 난 하나도 모르겠어, 정말."

P교수가 커피잔을 내려놓고 내 어깨를 잡아주었다. 그가 무언가를 물어오는 것 같았다. Y가 어디에 간다고 했느냐, 기숙사를 잘 찾아보긴 한 것인가, 기숙사 안에 안내 방송 시스템이 있는지 알아보았느냐. 아마도 그런 질문들이었을 것이다. 하지만 내게 들리는 건 위, 위잉, 하는 언어 없는 소음에 지나지 않았다. 나는 불현듯 심하게 온몸을 떨다가 바닥에 주저앉아 제대로 호흡이 되지 않는 가슴을 두어 번 세게 내리쳤다. P교수가 그런 나를 감싸 안더니 쉬쉬, 포근한 소리를 내면서 내 등을 쓰다듬어주었다.

"일단 기숙사 리셉션에 가서 Y의 행방을 좀 알아볼 테니 외출 준비를 하고 있어요. 기숙사 안에 없다면 기숙사 근처에는 있을 거예요."

그제야 P교수의 목소리가 정확하게 들렸다. 나는 몇 번이나 고개를 끄덕이며 내 방으로 들어가 외투를 입고 백을 챙겼다. 방을 나서기 전, Z-7 두 알을 물도 없이 씹어 삼켰다.

기숙사 안에는 안내 방송 시스템이 없다 했다. P교수는 대신, 전날 우리를 이곳까지 데려온 B대학 직원과 G시의 지리에 밝은 기숙사 리셉션 직원 두 명, 그리고 근처 경찰서에서 비상 근무를 하고 있던 젊은 경찰 세 명이 Y를 찾는 데 도움을 줄 거라고 했다. 외투 안에 잠옷을 갈아입지도 않고 양말도 없이 구두를 구겨 신은 채 백을 가슴에 품고 있던 나를 P교수를 비롯한 몇몇 사람들이 슬쩍슬쩍 쳐다보았지만 그 누구도 내게 외출 준비를 다시 하라고는 말하지 않았다. 시간이 촉박했다.

나와 P교수는 경찰 두 명과 함께 북쪽과 서쪽 방면을 가기로 했다. 몇몇은 기숙사에 남아 각 방을 돌아다니며 Y의 행방을 찾기로 했고 또 다른 몇몇은 동쪽과 남쪽을 수색하기로 했다. 외투를 입고도 부들부들 떨고 있던 나는 그런 의견을 조율하던 사람들을 향해 과장되게 몇 번인가 고개만 끄덕였다. P교수가 다가와 손을 잡아주었다. 그 손이 내 불안한 마음까지 꽉 잡아주길 기다렸지만 기숙사를 나와 어디로 가야 하는지 몰라 멍한 얼굴로 주위만 두리번거리고 있었을 때, P교수는 이미 내 손을 놓고 있었다.

6

기숙사에서 멀어질수록 가로등의 간격은 넓어졌고 조금씩 시야도 뿌예졌다. 근처에 있는 강에서 형성된 안개가 강을 떠나 사람들 사이를 비집고 들어오는 시간이 된 것이다. 불투명하고 끈적거리며 차가운 안개 탓에 바로 곁에 있는 P교수와 경찰들의 실루엣은 자꾸만 이지러졌다. 두 명의 경찰이 손에 쥐고 있던 손전등이 쉼 없이 어둠을 갈라놓는 동안, P교수는 Y의 이름을 연달아 큰소리로 불렀다. 내 아이처럼 키웠는데…… 혼잣말로 나는 중얼거렸다. 정말 내 아이라고 생각하며 살았다고…… 경찰 한 명이 나를 돌아보았지만 신경 쓸 여력이 없었다.

7년 전, 처음부터 아이를 훔쳐와야겠다는 계획 같은 건 없었다. 강의가 없는 토요일 오후, 나는 그저 바람이라도 쐴 겸 도시 외곽을 따라 걸었고 간이로 개설된 놀이공원 야외 파라솔에 앉아 뜨거운 커피를 마셨을 뿐이다. Y는 내 맞은편, 회전목마 앞 파라솔에 앉혀 있었다. 돌을 갓 지난 듯 보이는 아이는 낯을 가리지도 않았고 그저 나를 향해 환하게 웃어 보였다. 순간적으로, 나는 그 웃음에 완전히 매료되었다. Y의 생모로 보이는 여자가 마침 휴대폰을 들고 급하게 어딘가로 종종거리며 뛰어갔다. 의자에서 일어나 아이가 있는 쪽으로 걸어간 뒤 꽃무늬 담요에 돌돌 말려진 Y를 안아보았다. 무겁지도 않았고 내 품에 꼭 맞았다. 내 아이 할래? 내 말을 듣자 Y는 마치 자신도 동의한다는 듯 좀 전보다 더 환하게 웃어 보였다. 그 모습이 너무 사랑스러워서, 그 웃음만 나와 함께라면 그 어떤 비극적인 불안도 나를 병들게 할 수는 없다고 생각했기에, 나는 한낮의 놀이공원에 서서 조금 울었다.

백에 손을 넣어 플라스틱 약통을 집었다. 급하게 약을 꺼내느라 흙바닥으로 떨어진 Z-7 몇 알을 밟고 지나가며 나는 손안에 들어온 네 알, 혹은 다섯 알의 알약을 입안에 털어놓고는 우적우적 씹어 먹었다. 앞서 걷던 P교수가 나를 돌아봤다. 결국엔 Z-7에 의존해버리는 나를 지켜보던 그의 표정을, 사실 나는 그동안 잘 해석할 수 없었다. 인상을 쓰긴 했으나 질타하는 것 같진 않았고 화내는 것도 같았지만 기본

적으로는 안쓰러움이 내재된 표정일 거라고만 짐작했을 뿐이다. 어둠 속에서, 이제야 나는 약을 삼키는 나를 보던 P교수의 표정이 어떤 의미였는지 깨닫는다. 그건, 경멸이었다.

"더이상 갈 수 없습니다."

멀찍이 앞서 가던 경찰들이 어느새 우리에게 다가와 말했다. 왜죠? 쏘듯이 되묻는 P교수에게 경찰 중 한 명이 군사기밀 지역이라고 대답했다.

"모르셨습니까?"

또다른 경찰이 답답하다는 듯 제복 외투의 윗단추를 풀며 P교수와 내게 되물었다. 그러고 보니 저 먼 어딘가에서 파도 소리가 들려오는 것 같았다. 바위를 내리치는 검푸른 파도…… 불현듯 그 문장이 떠오른 순간, 나는 나도 모르게 두 손으로 내 입을 틀어막았다. 두 다리가 휘청거렸다.

"바닷가로 간 것 같아요."

경찰들이 마주보며 무언가를 상의하는 동안 나는 P교수에게 다가가 최대한 나직하게 속삭였다. P교수의 미간 사이가 좁아졌다. 여전히 골똘하게 무언가를 이야기하고 있던 경찰들에게 다가간 P교수는 그들에게 지갑에서 꺼낸 돈을 쥐여주고 되돌아왔다. 군사기밀 지역 안으로 들어가지 않는 조건으로 이곳을 더 둘러본 뒤 기숙사로 돌아가도 된다는 허락을 받았다 했다.

경찰들은 우리에게 손전등을 주고 떠났다. 그들도 연말의 금요일 밤을 우중충한 안개 속에서 수색 작업이나 하며 보내는 것에 지쳐 있었을 것이다. 등뒤에서 멀어지는 경찰들의 발소리를 듣다가 P교수와 나는 다시 앞을 향해 걸었다. 하지만 아무리 걸어도 바다는 나오지 않았다. 철조망이나 무장한 군인들 같은, 우리가 상상했던 군사기밀 지역의 풍경도 없었다. 30분 정도 쉬지 않고 앞서 걷던 P교수가 아무래도 안 되겠다고 생각했는지 불쑥 걸음을 멈추고 내게 물었다.

"계속 이렇게 걸을 겁니까?"

"벌써 지겨워지셨어요?"

"그렇게 말하는 습관 좀 고쳐요. 위악적으로 말하는 습관 말입니다."

말해놓고, P교수는 또 그 표정이었다. 세상에서 가장 믿었던 사람이 가장 냉정하게 나를 재단하는 순간의 상실감을 나는 인내할 수가 없었다.

"다 내 병 때문이라고 생각하고 있는 거죠?"

"무슨 말입니까, 대체."

"난 아무 책임 없어! Y는 그냥 사라진 거야!"

내가 악을 쓰듯 소리를 내지른 순간, 바로 그 순간이었다. 무슨 소리가 들렸다. P교수와 나는 예리하게 눈을 치켜뜨며 서로를 마주보았다. 견고한 침묵 속에서 우리가 동의한 것은 물론 한 가지였다. 그 소리는 새의 울음소리라는 것, 바로 그 불가해한 사실이었다. 그것도 한 마리가 아니라 수십, 혹은 수백 마리의 새들이 떼를 지어 내는 불협화음이라는 믿을 수 없는 사실이었다.

들었어요? 네, 들었어요. 우리 중 한 명이 물었고 다른 한 명이 대답했다. 저쪽이죠? 아마. 가봐야겠어요. 미쳤어요? 마지막으로 미쳤냐고 물은 건 아마도 나였을 것이다. 정신을 차리자 나는 P교수의 코트 자락을 쥐고 있었고 P교수는 내 손을 무르며 저벅저벅 앞을 향해 걸어가고 있었다. 뒤늦게 나는 전속력으로 달려가 P교수를 가로막았다.

"위험해요. 무장한 군인이라도 만나면 어쩌려고요?"

"설마 신원 파악도 없이 민간인을 사살하겠어요? 당신도 들었지 않소? 이곳 어딘가에 분명 새들이 있어요."

"내일 날이 밝으면 같이 알아봐요. 지금은 꼭 무슨 일이 생길 것만 같아."

"가다가 Y를 찾을 수도 있지 않소. 일단 당신은 여기에서 기다려요. 내 부탁이에요."

P교수의 목소리는 사뭇 간절했다. 그 누구도 자신을 막을 수 없다는 걸 이미 알고 있는 자의 목소리였다. 게다가 P교수의 말대로 그가 가는 길 어딘가에 Y가 숨죽여 울고 있을지도 모르는 일이었다.

"30분, 30분만 기다릴 거예요. 그때까지 안 오면 기숙사로 돌아가 경찰에게 알릴 거야."

"그렇게 해요. 30분 후에 만납시다."

잠시 끊겼던 그 소리가 다시 들려왔다. 그런데, 새들의 울음소리가 예전에도 이랬던가. 감각을 믿을 수 없었다. 신뢰할 수 없는 감각을 통해 들려오는 새들의 울음소리는 피에 굶주린 육식성 동물의 울부짖음처럼 섬뜩한 데가 있었다. 그새 안개 속으로 서서히 잠겨가는 P교수를 지켜보다가 나는 백에서 약통을 꺼내 남은 Z-7을 몽땅 입안에 털어 넣었다. 입안 가득 미어지도록 알약을 씹어 먹다가 문득 내가 지금 방금 삼킨 Z-7이 몇 알일지 궁금했다. 물론 그 수치를 확인할 길은 없었다. 그건 그저, 치사량일지도 모르는 모호한 수치. 한꺼번에 너무 많은 Z-7을 복용했는지 곧 멀미 같은 어지럼증과 매스꺼움이 찾아왔다. 가만히 서 있는 것도 내 의지대로 되지 않아 주저앉아 덜덜 떨고 있을 때, 안개 저편에서 아주 작은 키의 아이가 익숙한 걸음으로 내게 걸어오는 게 보였다.

7

몸을 추슬러 일어서지도 못한 채 나는 뚫어지게 Y를 노려봤다. 곧 울어버릴 것 같은 겁먹은 얼굴로 Y가 주춤거렸다. 안간힘으로 일어나 비틀비틀 Y에게 걸어간 나는 내가 할 수 있는 최대한의 힘으로 Y를, 아홉 살밖에 되지 않은 내 아들의 뺨을 내리쳤다. Y는 곧, 뒤로 넘어졌다.

"대체 어딜 혼자 다니는 거야!"

Y는 울지도 못하고 어리둥절한 표정이었다. 넘어진 채 꿈쩍도 못하는 Y의 한쪽 팔을 낚아채듯 잡고는 억지로 일으켜 세웠다. 정상도 아닌 주제에. 여전히 상황을 판단하지 못한 채 반쯤 정신이 나간 표정을 짓고 있는 Y에게 나는 아무런 감정도 실리지 않은 목소리로 뇌까렸다. Y는 끝까지, 울지 못했다.

Y의 한쪽 팔을 잡아끌며 나는 다시 기숙사 쪽으로 걸었다. 내 걸음이 심하게 휘청거리고 있었는지 내 손에 매달린 채 질질 끌려오고 있던 Y는 몇 번이나 넘어질 듯 바동거렸다. 아주 긴 시간을 걸은 듯했지만 우리는 멀리 가지 못했다. 그 소리를 들은 곳은 아마도 기숙사와 P 교수와 헤어진 지점의 중간 부근이었을 것이다. 탕—, 탕—. 두 번이었다. 직접 들어본 적은 없으나 영화나 드라마에서 접한 적이 있기에 머릿속에서 자동으로 학습된 그 소리. 내가 갑자기 걸음을 멈추자 바

짝 따라오던 Y는 내 등에 이마를 부딪치고는 뒤로 넘어졌다. 약 때문이야. 대상 없이 나는 해명했다. 새의 종말, 연구소, 국제 기밀, 군사적 보호 같은 단어들이 기다렸다는 듯 머릿속에서 되살아났다. 아마도, 대사관의 7급 서기관이 내밀었던 동의서에서 언뜻 본 구절들일 터였다. 하지만 아무리 노력해도 그 몇 개의 단어들은 완벽한 문장으로 만들어지지 않았다. 나는 쉽게 단념한 채 뒤로 넘어진 Y를 품에 안고 일어났다. 엄마. 내 품에 안긴 Y가 그제야 그 다정한 호칭으로 나를 불렀다. 아무것도 아냐. 너는 아무것도 듣지 못했지? Y가 얼떨결에 고개를 끄덕였다. 나는 Y의 뒷머리를 한 손으로 정성스럽게 쓸어준 뒤 다시 앞을 향해 부지런히 걸었다. 갈 길이 멀었다.

멀리 기숙사 불빛이 보였지만 기숙사를 발견하자마자 나는 도로 쪽으로 방향을 돌렸다. 한참을 걸으니 어젯밤에 기숙사로 오면서 보았던 버스들이 하나둘 눈에 들어왔다. 허겁지겁 버스가 있는 곳으로 달려가 줄지어 버스에 오르는 사람들에게 국경으로 가는 버스가 맞느냐고 영어로 물었다. 영어를 전혀 못하는 사람들만 모여 있었던지, 그 누구도 대답을 해주지 않았다. 사람들이 웅성댔다. 나는 Y를 앞세워 가장 마지막으로 버스에 올랐다.

버스에는 의외로 빈 좌석이 많았다. 나는 Y와 함께 오른편 중간쯤에 자리를 잡았다. 버스엔 곧 시동이 걸렸고 조금씩 속도가 붙었다. 쉼 없이 주변을 두리번거리며 누구라도 붙잡고 지금 우리가 국경으로 가는 것이 맞냐고, 국경에만 도착하면 기차로 갈아탈 수 있다는 게 진짜냐고 묻고 싶었지만 승객들은 하나같이 입을 꽉 다문 진지한 모습으로 교묘하게 내 시선을 피했다. Y가 내 손을 잡으며 엄마, 하고 나를 불렀다. 나는 Y를 내 품안으로 꽉 끌어안았다. 버스는 어둠과 안개를 가로지르며 국경을 향해, 아니 국경이 아닐 수도 있는 어딘가를 향해 오랫동안 달렸다.

홍의 부고

이제 곧 어딘가에서 전화벨이 울릴 것이고
안은 홍의 부고를 들으며 잠에서 깰 터였다.
아직 아무런 사건도 일어나지 않았고
그 누구도 만나지 않은 이른 아침에.

1

개 짖는 소리가 요란했다. 안은 반사적으로 손을 뻗어 머리맡에 두었던 휴대폰을 집었다. 손안에서 만져지는 휴대폰의 질감은 익숙하고도 뚜렷했지만, 안의 귀는 꿈과 현실 사이를 가로지르는 높은 깃대에 걸린 조잡한 수신기처럼 여전히 휴대폰 벨소리를 개 짖는 소리로 잘못 해독하고 있었다. 우연찮게도 그때 안은, 검은 개떼에 쫓기다가 유리가 깨진 전화박스를 발견하고는 정신없이 그 안으로 뛰어들어가는 꿈을 꾸고 있었다. 개들은 끈적끈적한 침을 흘리며 날카로운 송곳니를 드러낸 채 맹렬하게 짖어댔다. 수화기를 쥐고 있던 안의 두 손은 경련하듯 떨렸고 갑작스러운 요의로 다리까지 후들거렸다. 여보세요? 거, 거기 누구 없어요? 마침내 신호음이 지나가고 통화가 연결되어 안이 다급하게 물었을 때, 개들은 순식간에 뿌연 안개 속으로 삼켜지듯 사라져갔다. 개떼뿐만 아니라 가로등과 깨진 전화박스와 그때껏

온 힘을 다해 쥐고 있던 수화기도 하얗게 지워지면서 안은 갑자기 텅 빈 들판에 혼자 서 있게 되었다. 여보세요? 여보세요! 안은 들판 여기저기를 뛰어다니며 절망적으로 소리를 질러댔다. 바람조차 불지 않는 어둑한 들판이었지만 하늘엔 극지방의 오로라처럼 초록과 보라의 빛 무더기가 겹치고 휘어지며 흘러가는 장관이 펼쳐져 있었다. 먼 옛날 세상 끝에 도착한 방랑자가 더이상 갈 곳이 없자 하늘을 찢고 그 밖으로 빠져나갔다는 이야기가 떠오른 건 그때였다. 안은 어쩌면 이 이상한 들판의 출구일지도 모르는 하늘을 향해 두 팔을 쭉 뻗어보았다. 신비로운 하늘은 바로 머리 위에 있는 듯 가깝게 보였지만 손에 닿지는 않았다. 여보세요? 마침 하늘 저편에서 누군가 굵은 목소리로 신호를 보내왔다. 얼굴은 보이지 않았지만 그 목소리는 들판 끝까지 메아리를 남기며 길게 울려퍼졌다. 담당의인가. 담당의일지도 모른다는 생각이 들자 안도감이 들었다. 그러나 그것도 잠시뿐, 빈 들판을 헤매는 동안의 막막함을 뻔히 알았을 텐데도 이토록 늦게 응답을 보내온 담당의가 안은 못내 서운했다. 늦었어, 중얼거리며 두 손으로 머리를 감싼 채 무릎을 꿇는데 어느 순간 현실적인 감각이 조금씩 살아나면서 안은 자신의 감정이 비이성적으로 과장되어 있다는 것을 자연스럽게 깨달았다. 그제야 안은 슬며시 눈을 뜨고 주변을 둘러봤다. 방안의 풍경이 한줌씩 깃든 정방형의 조각들이 허공에서 질서 없이 나부끼고 있었다. 눈을 한번 깊이 감았다 뜨자 조각들은 순식간에 제자리를 찾아들어갔고 이내 그 이어진 자국마저 감쪽같이 지워졌다. 여보세요? 제 말 안 들립니까? 귀에 대고 있던 휴대폰 너머에서 누군가가 연이어 물어왔다. 꿈속에서처럼 무조건적인 신뢰감을 주는 중저음이긴 했지만 담당의의 목소리와는 미묘하게 달랐다. 안은 비로소 꿈이 끝났다는 것을 실감했다. 아뇨, 잘 들립니다. 말씀하십시오. 다시 잠들지 않기 위해 이불을 밀치며 안은 쉰 목소리로 대답했다. 아침부터 실례가 아닌가 모르겠는데, 혹시 Y대 산악 서클 15기 멤버 아니신가요? 남자의 질문에 침대 밖으로 한쪽 다리를 내놓던 안은 맞은편 벽에 세워진 전신거울을 물끄러미 건너다봤다. 안이 Y대를 나왔고 산악 서클에서 활동한 건 사실이지만, 대학을 졸업한 지 10년이 넘은데다가 현을 제외한다면 서클 동기나 선후배 중에서 연락하며 지내는 사람도 없었다. 한때 자신의 정체성을 대변해주던 Y대니 산악 서클이니 하는 말들이 안은 낯설기만 했다. 그렇습니다만, 누구시죠? 잠시 후 안은 조심스럽게 물을 수밖에 없었다. 아, 저는 홍의 오빱니다. 홍이요? 어젯밤에, 홍이 죽었습니다. 아…… 안은 낮게 신음했다. 월요일 이른 아침, 타인의 부고를 들으며 잠에서 깰 줄은 몰랐다. 고인의 명복을 비는 것과 남자에게 유감을 표하는 것 중 무엇을 먼저 해야 할지 판단이 되지 않았다. 홍이 이름인지 성인지도 알지 못하니 그녀에 대해 좀 더 자세히 설명해달라는 부탁은 그 두 마음 사이에 들어올 틈이 없었다. K구에 있는 S병원입니다. 발인은 내일이고요. 안의 문상을 확신이라도 한다는 듯 덧붙여 설명하는 남자의 목소리엔 습기가 없어 불편했다. 그럼, 기다리겠습니다.

남자가 전화를 끊자 때맞춰 알람시계가 울려대기 시작했다. 시계를 들어 알람을 끄는데 침대 옆 콘솔 구석에 일렬로 놓인 하얀색 플라스틱 약통 세개가 눈에 들어왔다. 안은 2주에 한 번씩 신경정신과 병원에서 상담을 받았고, 상담이 끝나면 처방전을 들고 약국으로 가서 꼬

박꼬박 저 플라스틱 약통을 받아왔다. 그러고 보니 언제부터인가 안은 자정 즈음 잠자리에 들었고 아침 7시에 알람이 울릴 때까지 깨지 않고 단잠을 잤다. 받아온 약을 저렇게 방치해놓은 건 수면 장애가 사라졌음을 몸이 먼저 감지했기 때문일 것이다. 몸은 대개 머리보다 민감하고 별다른 노력 없이도 알아서 변화에 적응하지 않던가. 다음 상담은 이틀 후였다. 담당의에게 수면 장애가 완치되었음을 밝히는 게 당연한 절차인 줄 알면서도 안은 그 당연함이 새삼스러웠다. 오히려 이틀 후면 담당의를 만나게 된다는 생각에 문득 마음이 설렜다. 안에게 담당의는 연체니 압류니 하는 단어를 빼놓고도 이야기를 나눌 수 있는 거의 유일한 대화 상대였다. 실제로 그는 안에 대해 누구보다 많은 것들을 알고 있었다. 당황하면 말을 더듬는 습관뿐 아니라, 칼이나 가위 같은 뾰족한 사물에 근원적인 공포감을 갖고 있다는 것이나 발꿈치가 매끈하고 분홍빛인 여자에게 강한 성적 매력을 느낀다는 것까지. 담당의라면 간밤의 제법 생생한 꿈과 기억나지 않는 대학 동창의 죽음, 그리고 지금 이 순간 떠오르는 자신의 장례식에 대한 상상을 숨김없이 토로한다 해도 차분히 그 모든 이야기를 경청해줄 터였다. 조금은 어리둥절한 표정으로 썰렁한 빈소를 지킬 가족과 의례적으로 조의를 표하는 지인들의 모습, 심지어 구색을 맞추기 위해 상조회사가 갖다놓았을 국화의 알싸한 향으로까지 안의 상상은 뻗어가는 중이었다. 상상 속 그곳은 그동안 안이 다녀봤던 빈소들과 크게 다를 것 없는 분위기였고 안은 그 평범함이 언짢았다. 그렇다면 휴대폰을 들고 외진 구석자리를 찾아가 친척이나 지인 들에게 부고를 전하게 될 사람은 두 살 터울의 형일까, 세 살 아래 여동생일까. 형이나 여동생도 전화를 반복하는 사이 슬픔이나 회한이 희석된 목소리로 한 사람의 완벽한 소멸을 전할 것인가, 홍의 오빠처럼? 안은 뼛속까지 번지는 얼음처럼 차가운 통증을 느꼈고, 동시에 이 모든 상상이 마음의 연약한 부분을 자극하는 쓸데없는 자기 연민에 지나지 않는다는 것을 깨달았다. 안은 콘솔에서 약통 하나를 가져와 거칠게 뚜껑을 열고는 알약 하나를 입안에 넣은 뒤 벽에 기대섰다. 잠시 동안이라도 200밀리그램짜리 알약이 품고 있는 둥글고 작은 위로를 받고 싶었다. 알약에는 어쩌면 잊고 있던 기억 하나가 비밀스럽게 포장되어 있을지도 몰랐다. 가령 초여름의 어느 산행에서 연둣빛 나뭇잎 사이로 내리비치던 햇살의 반짝임에 자신도 모르게 한쪽 눈을 찡그렸던 순간 같은. 뒤를 돌아보면 Y대 산악 서클 멤버들이 옹기종기 서 있을 터이고 주의를 기울여 살핀다면 그들 사이에서 조용히 웃고 있는 홍의 모습도 포착될지 모른다. 안은 더, 더, 깊이 상상하고 싶었지만 식도를 넘어간 알약은 기대와 달리 둥글고 작은 테두리에서 벗어나지 못한 채 가슴 속 어딘가에 내려앉았다. 벽의 서늘함을 조금 더 느끼다가 안은 화장실로 들어갔고 오래오래 오줌을 누었다.

2

현이 열어준 현관문을 지나 거실로 들어서자 맥주 캔과 양념치킨, 불은 컵라면 등이 어지럽게 널려 있는 다탁이 눈에 들어왔다. 소파 쪽으로 걸어가 검은색 슈트 재킷을 벗으며 엉거주춤 앉는데 현이 새 맥주 캔 하나를 내밀었다. 사양했지만 현은 막무가내였고 안은 어쩔 수 없이 맥주 캔을 받아든 뒤 뚜껑을 땄다. 켜져 있는 텔레비전에선 연쇄

살인 사건에 대한 뉴스가 보도되는 중이었다. 연쇄 살인 사건이라면 안도 익히 들어 알고 있었다. 벌써 몇 주째 온갖 매체가 이 사건을 다루었고, 사무실이든 식당이든 사람들은 두셋만 모여도 요란하게 떠들어대며 언제 누구에게 닥칠지 모르는 죽음에 대한 공포를 소모품처럼 나누어가졌다. 살인범들의 수법 자체는 믿을 수 없을 만큼 단순했다. 남자든 여자든 일단 표적이 되면 인적 드문 곳으로 끌고 가 각목과 쇠파이프로 무작정 패는 것, 그게 다였다. 살점이 너덜거리고 뼈가 부러지고 장기가 훼손되어 마침내 희생자의 숨이 끊어질 때까지 쉬지 않고, 아마도 끈적끈적한 침을 흘리기도 하면서. 대여섯 명의 건장한 남자들로 알려진 이들은 개인적 원한이나 사회에 대한 불만을 비치지도 않는데다가 그 수법 또한 잔인하고 비전문적이어서 일부 범죄심리학자들은 이들이 일종의 취미처럼 살인을 즐기는 거라고 진단합니다. YTN 뉴스, 최……

개떼 같군. 리모컨으로 텔레비전을 끄며 현이 혼잣말처럼 중얼거렸다. 개떼라는 비유에 간밤의 꿈이 떠오르면서 안은 저도 모르게 인상을 썼다. 참, 아까 전화로 할말 있다고 하지 않았어? 현이 물었다. 그, 그게, 시, 실은…… 말하는 중에도 안은 자신이 당황하는 이유를 알 수 없어 의아했다. 퇴근 시간이 다가올 때까지 장례식장에 가는 문제를 결정하지 못해 망설이다가 현에게 전화를 걸었던 건, 물론 현이라면 홍을 알지도 모른다는 기대 때문이었다. 현이 뜻밖의 질문을 한 것도 아니고 대답이 준비되어 있는데도, 왜. 안은 생각했다. 그런데도 왜 말의 조각들은 적당히 조립되어 매끄럽게 이어지지 못하고 이렇듯 혀끝에서 뭉개지고만 있는가. 하긴, 현이 어떤 대답을 내놓든 아침부터 지속된 이 답답함이 해소되진 않을 터였다. 현이 홍을 안다면 자신의 기억을 계속해서 의심해야 하고, 모른다고 답한다면 그녀의 존재를 변함없이 미스터리로 남겨둬야 하는데, 안은 그 두 개의 가능한 상황이 모두 달갑지 않았다. 치매냐, 그새 까먹게? 그나저나 저녁 안 했으면 해. 현이 새 나무젓가락을 건네며 통명스레 말했다. 젓가락을 받긴 했지만 도통 식욕이 일지 않는 저녁상이었다. 현은 이미 치킨 조각 하나를 집어 입 주변에 붉은 양념을 묻혀가며 물어뜯고 있었는데, 그 모습을 보고 있자니 그나마 남아 있던 시장기마저 사라지는 듯했다. 지난봄 이혼을 하면서 현은 이전보다 확연히 몸이 불었다. 허리선은 무너지고 뱃살도 축 늘어진 저 상태로 투신이든 실수든 한강에 빠진 사람을 구하러 물속을 드나들 수나 있는 건지, 아니 몸에 맞는 잠수복이 남아 있기는 한 건지 의문이 들었다. 현은 한강구조대원이었다.

피곤해 보이네, 응급상황이라도 있었어? 의례적으로 묻자 어젯밤에, 현은 짧게 대답했다. 날이 제법 쌀쌀해졌는데도 강에 뛰어드는 사람이 있구나. 항상 있는 일인걸, 뭐. 근데 어젯밤의 그 사람은 왜 죽으려고 했대? 내가 어떻게 알겠어, 그들의 속을! 현이 돌연 신경질적으로 쏘아붙이며 아직 살점이 남은 닭뼈를 다탁 위에 탁, 내려놓았다. 연체 상황을 알려주기 위해 전화했을 뿐인데도 욕부터 지껄이는 자들과 통화할 때처럼 안은 얼굴이 화끈거렸다. 또 모르지, 너한테 독촉 전화 받고 홧김에 그랬는지. 순간이었지만, 안은 현의 입가에 떠오르는 한줌의 조소를 보았다. 이봐, 나, 난 사, 사채업자도 아니고 부, 불법 대출회사에 다니는 것도 아, 아냐. 저, 정당하게…… 알아, 안다고. 넌 꼭 별것도 아닌 농담에만 발끈하더라. 현은 재빨리 안의 말을 막으며 멍청하게 웃었다. 안은, 웃지 않았다. 그저 궁금했다. 현이 그 사건을 알고 있는지, 알면서 그동안 모른 척했던 것인지, 알고 있다면 저 무심함을 가장한 질 낮은 유도심문으로 자신을 괴롭히는 의도는 무엇인지.

1년 전, 사업에 실패한 뒤 생활고에 시달려오던 중견 배우가 신용카드 연체대금 때문에 채권추심을 받던 중 한강에 투신했다. 뒤늦게 도착한 구조대원이 어두운 강바닥을 더듬어 찾아낸 건 이미 형편없이 물에 불은 시신이었다. 당시 구조대원에 현도 포함되어 있었는지는 묻지 않았다. 그 배우의 채권추심을 담당한 직원이 자신이었다는 것도 안은 밝힌 적이 없다. 그러니 조롱인지 농담인지 구분할 수 없는 저 화법에 대고 그 일은 회사가 직원에게 지시한 업무일 뿐이고 합법적인 절차를 밟았으며 그 배우는 어떤 이유에서든 자신의 채무에 책임을 지지 않았다고 항변하는 건 무의미했다. 시스템 안에서는 그 누구도 사적인 원한이나 악의로 움직이지 않으므로 개인의 죄란 성립되지 않으며 죄의식 또한 무의미하다는 말도 꺼낼 필요가 없었다. 어차피 안은 지금 와서 그 사건을 들추어낼 마음이 없었고 현이 보일 반응도 알고 싶지 않았다. 안의 불편한 표정을 읽었는지 현이 미적미적 안 곁에 다가와 앉더니 어제의 일을 설명하기 시작했다.

사십대 여자가 마포대교 위에서 한 시간가량 울부짖으며 신세타령을 하다가 그대로 물속에 뛰어들었다. 전기 보트에서 잠수복을 챙겨 입고 대기하고 있던 현과 또다른 구조대원은 곧바로 산소통을 메고 강 속으로 들어갔다. 강이란 겉에서 보면 아름답고 고요하지만 그 속은 어둡고 더러우며 물살은 미친 듯이 빠르게 흐른다. 매일 엄청난 양의 오물이 유입되고 수도 없이 많은 사람들이 수몰된 곳이다. 교각의 온화한 조명이 반사되는 한강을 등지고 선 채 사랑을 속삭이고 낭만을 노래하는 텔레비전 드라마나 예능 프로그램을 보면 현은 토하고 싶을 지경이다. 여하튼 사십대 여자는 물에 빠진 대부분의 사람들이 그러하듯 구조대원들에게 필사적으로 매달렸다. 죽겠다고, 제발 죽게 내버려달라고 외치던 물밖에서의 모습은 어디에도 없었다. 차라리 기절이라도 해주었다면 다소나마 구조가 손쉬워질 텐데 여자는 눈을 감지도 않은 채 악착같이 현의 몸에 들러붙었다. 악귀 같다고, 현은 생각했다. 죽겠다는 일념 하나로 감행한 검은 강으로의 투신과 오직 살아남기 위하여 구조대원의 위험 따위 신경 쓰지 않는 그 맹렬한 몸부림은 명백하게 모순적이면서도 똑같은 분량으로 절실했으므로, 현으로선 그중 무엇이 여자의 진심에 가까운 건지 짐작도 되지 않았다. 아무도 모르게 죽을 수 있는 방법은 수도 없이 많은데 왜 하필 남들 보란 듯이 한강을 택하는지도 현은 이해하지 못했고, 이해하고 싶지도 않았다. 가끔은 투신자의 목을 물속으로 더 깊이 내리누르는 상상을 하기도 한다. 아니, 어쩌면 매번. 그 은밀한 상상을 애써 모른 척하며 여느 때처럼 온몸의 에너지가 소진될 정도로 힘겹게 여자를 보트 위로 올려놓자 잠시 넋이 빠진 모습으로 앉아 있던 여자는 이내 서럽게 울부짖기 시작했다. 왜지? 안이 묻자 현은 한껏 느슨해진 목소리로 대답했다. 왜 자기를 살렸냐는 거지, 왜긴.

긴 이야기를 마친 현은 격앙됐던 표정을 풀며 다시 맥주 캔을 집어 들었다. 적막이 흘렀다. 한 모금에 맥주 캔을 다 비운 현이 문득 안에게 시선을 돌렸다. 현의 얼굴은 공허해 보였다. 애초부터 아무것도 들어 있지 않았던 이 세계의 동그란 구멍 같기도 했다. 홍이 죽었대. 안은 얼떨결에 말했다. 깊이를 가늠할 수도 없는 구멍에 대고 말한 것처럼 안은 자신의 목소리가 몇 겹으로 파동치는 걸 느꼈다. 누구? 홍, 홍 말이야. 같은 산악 서클 멤버였잖아. 몰라? 심문하듯 다그쳐 묻자 현은 그제야 알 것 같다는 표정을 지어 보이며 아, 작게 신음했다. 근데, 홍이 왜? 그건 나도 몰라. 오늘 아침 홍의 오빠라는 사람한테서 연락이 왔어. 근데 걔가, 무슨 과였지? 약학과 아니었나? 그렇게 되묻는 현을 안은 미심쩍게 쳐다봤다. 안의 기억 속엔 산악 서클 멤버였던 약대 출신 여학생이 기록되어 있지 않았다. 왜, 시덥잖은 농담에도 곧잘 웃어주곤 하던 한 학년 후배, 걔가 홍이었잖아. 덧붙여 설명하는 현에게 안은 미끼를 던지는 마음으로 다시 물었다. 혹시 칼을 무서워하던 그 후배? 맞아, 걔! 아, 생각난다. 북한산이었나, 도봉산이었나. 산 중턱에서 누가 사과 좀 깎으라고 시키니까 덜덜 떨리는 손으로 과도를 쥐더니 바로 손가락 베어서 막 피 흘리고, 난리도 아니었잖냐. 현의 말을 듣는 동안 안은 터져나오려는 헛웃음을 가까스로 참고 있어야 했다. 현이 지금 회상하고 있는 사람은 바로 안 자신이었다. 그 산은 관악산이었다고 정정해주고 싶은 것을 꾹 참으며 안은 침착하게 이어 말했다. 발꿈치가 매끈하고 분홍빛이었지, 홍 말이야. 그랬나? 하긴, 홍이 얼굴은 평범했지만 종아리에서 발꿈치까지의 라인은 봐줄 만했지. 여름에 홍이 짧은 치마 입고 나타나면 남자애들 여럿 침 흘리기도 했으니까. 야, 근데 너 별걸 다 기억한다. 말하며, 현은 가상의 여자가 눈앞에 나타나 하체를 다 보여주고 있기라도 한 것처럼 음흉하게 웃어대기 시작했다. 안은 혼란스러웠다. 혹시 현의 기억이 왜

곡된 게 아니라 내 기억의 어느 부분이 오려진 건 아닐까. 어쩌면 나와 쌍생아처럼 닮은 홍은 정말로 실재했는지도 모르는 일이고, 내 성적 취향이란 것도 홍에게서 비롯된 것일 수도 있지 않은가 말이다. 의심이 시작되자 이상하게 몸이 간지러웠다. 마치 홍이라는 후배가 머릿속으로 스며들어와 스러진 성곽 같은 불완전한 기억의 테두리를 사뿐사뿐 걸어다니고 있기라도 한 것처럼. 아니, 그녀는 정말 눈에 보이는 듯했다. 그녀는 맨발이었고 분홍빛 발꿈치 외에는 모든 것이 희미했다. 안이 다가가려 할수록 그녀는 멀어져갔고 절대로 뒤를 돌아보지 않았다. 소실점을 향해 나아가던 그녀는 어느 순간 감쪽같이 사라졌다. 바로 그때 그녀와 안 사이의 수평적 거리가 수직적 깊이로 뒤바뀌면서 안은 가파른 절벽 위에 서 있게 되었다. 기억과 기억의 틈새는 질리는 어둠뿐, 그 속에 무엇이 있는지 확인할 수 없었기에 두려웠다. 안은 공포에 가까운 현기증을 느끼며 천천히 고개를 들었다. 현은 입을 크게 벌려 하품을 하고 있었는데 그의 입안 역시 아주 까맸다. 그 안으로 깊이 손을 집어넣으면 한 인간의 뼈와 내장이 아니라 가장 비참하고 끔찍한 기억들이 밀봉된 차가운 자루 같은 게 만져질 것만 같았다. 소름이 돋았다. 저자는 누구인가. 저 지방덩어리 사내가 내가 안다고 여겨왔던 현이 맞는 것일까. 안은 현에게 홍에 대해 물은 것을, 아니 그를 찾아온 것 자체를 후회했지만 이내 그 후회조차 부질없다는 것을 깨달았다.

안은 벗어놓은 재킷과 가방을 챙겨 일어났다. 어서 장례식장에 가서 홍의 영정 사진을 확인하고 싶다는 생각뿐이었다. 시간은 벌써 8시가 넘어가고 있었으므로 부지런히 이동해야 보통 때의 취침 시간인 자정까지 귀가할 수 있을 터였다. 어, 가게? 현이 주춤주춤 따라 일어나며 물었다. 장례식장에 가봐야지. 너도…… 갈래? 나? 나야 홍과는 친분도 없었고 연락도 못 받았는걸. 납작한 뒤통수를 긁적이며 뻔한 대답을 내놓는 현에게 안은 무성의하게 고개를 끄덕여 보인 뒤 현관 쪽으로 뚜벅뚜벅 걸어갔다. 혼자 가기 멋쩍으면 민을 데려가지그래? 등뒤에서 현이 말했다. 민이야 홍과는 절친이었으니 분명 갈 텐데 말이야. 민? 민이 저 아래 지하철역 앞 사거리에서 약국 하잖아. 야, 근데 걔는 어쩜 그렇게 여전히 촌스럽냐. 아스피린 사러 우연히 그 약국 들렀다가 바로 알아봤다, 내가. 수다쟁이인 것도 그대로고 말이야. 날 붙들고 한 시간이나 수다를 떨더라니까, 10년 만에 만났으면서! 민은 또 누구인가. 안은 궁금했지만 묻지 않았다. 그에게는 더이상 그 무엇도 묻지 않을 생각이었다. 참, 너, 조심해라. 현관문을 나선 뒤 구두를 고쳐 신는데 현의 목소리가 칼날처럼 날카롭게 두 귀를 스쳤다. 뒤를 돌아봤지만 그새 센서등이 꺼져 현의 표정은 잘 보이지 않았다. 너도 아까 봤잖아, 요즘 서울이 어떤 덴지. 되도록 혼자 다니지 말고. 개떼…… 안이 속삭였다. 뭐? 개떼 같은 그 자식들 말하는 거야? 그래, 개떼, 정말 개떼인지도 모르지. 현은 무심하게 말했고 안은 거울 앞에 서 있는 듯 현의 얼굴을 찬찬히 들여다봤다. 센서등이 켜졌다. 주황의 조명 속에서 드러나는 현의 얼굴은 어쩐지 잔뜩 겁을 집어먹은 것처럼 보였다. 센서등이 다시 꺼지자 안은 현이 정말 거기 있는 건지 확인하고 싶다는 듯이 손을 뻗었다. 순간 찰칵, 현관문은 서늘한 금속음을 내며 닫혔다.

*

홍요? 홍이라…… 아, 홍요?

맞아요, 저와는 Y대 동창이에요. 고등학교도 같이 다녔고요. 근데 뭘 착각하신 것 같은데요, 홍은 약학과가 아니라 화학과 학생이었어요. 그리고 전 산악 서클에 가입한 적이 없고요. 저는 등산이라면 질색인 사람인걸요. 그러고 보니 홍은 산을 좋아했던 게 기억나네요. 고등학교 때 학교 뒤편에 제법 큰 야산이 있었는데 가슴이 답답하면 곧잘 그 산에 올라가곤 했죠. 그것도 혼자서 말이에요. 걘 늘 겁이 없었거든요. 하지만 홍이 산악 서클에서 활동했다는 건 처음 듣는데요? 하긴, 어떤 일이 있은 후로는 우리는 서로에게 전화조차 안 했으니까 내가 걔 서클을 모르는 건 당연하달 수도 있겠네요. 홍과 멀어진 계기요? 그 일이 뭐냐면…… 하, 근데 10년도 더 지난 얘기를 막상 하려니까 좀 쑥스럽네요. 돌아보면 그리 대단한 일이 아니란 생각도 들고요.

그러니까 그게…… 대학교 1학년 겨울방학이었을 거예요. 홍이 갑자기 캐나다로 이민을 가게 됐다고 전화로 알려온 적이 있죠. 난 정말 서운했어요. 비상금을 탈탈 털어 달러로 환전해서 걔 손에 쥐여주며 눈물을 뚝뚝 흘릴 정도였다니까요. 근데 다음 학기에 학교 식당에서 홍을 본 거 있죠? 홍은 날 못 봤지만 난 봤죠. 그후에도 캠퍼스 구석구석에서 자주 그앨 목격했어요. 화가 났다기보단 어이가 없더군요. 절교의 방식치고는 너무 유치해서 상대도 하기 싫었죠. 솔직히 난 걔한테 내가 뭘 그리 잘못했는지 알지도 못했다고요. 실은 지금도 몰라요. 아무튼 그 일 이후로 저 역시 홍에게 연락하지 않았고 우연히 마주쳐도 못 본 척했어요. 졸업할 때까지, 아니 그후에도요. 현선배요? 현선배야 제가 수강하던 수영 과목 조교여서 알게 됐죠. 네에? 현선배가 홍과 내가 절친이라고 했다고요? 하긴, 현선배는 그애랑 내가 멀어진 과정을 모를 테니 그리 착각할 수도 있겠네요. 게다가 현선배한테 홍을 소개해준 사람이 바로 저였으니까요. 홍과 내가 교내에서 얘기하는 걸 보고, 물론 그땐 멀어지기 전이었죠, 현선배가 같이 술 좀 마시자고 몇 번이나 졸랐거든요. 홍한테는 애인이 있다고 밝혔는데도 말이에요.

근데 참 신기하네요. 그렇지 않아도 오늘 하루종일 홍이 생각났는데…… 이 잡지 때문이었나봐요. 제가 즐겨 보는 잡진데, 여기 이 사람 보이죠? J구에 자기 이름으로 사무실을 열었다는 인권변호사, 이 사람이 바로 홍의 애인이었거든요. 고등학교 때부터 유명했어요, 얘네 커플. 둘 다 공부도 잘하고 외모도 출중하고 집안도 부유했으니까요. 일종의 선망과 질투의 대상이었다고나 할까요?

그나저나 홍에 대해서는 왜 물으시는 건가요? 혹시 형사세요? 아님, 흥신소 직원? 홍이 무슨 사기 사건에라도 휘말렸나요? 설마 불륜은 아니겠죠? 네? 홍이…… 홍이 죽었다고요? 아니, 어떻게 그런 일이…… 홍이 뾰족한 걸 병적으로 무서워했느냐니, 그건 또 무슨 말이세요? 어쩌자고 아까부터 자꾸 이상한 말만 하느냐고요! 아, 죄송해요, 제가 너무 충격을 받아서…… 이해해주세요. 근데요, 홍은 아무런 이상이 없는 아이였어요. 건강했죠. 그래요, 걘 늘 건강했어요, 몸도 정신도 다.

저는 좀, 앉아 있을게요.

그놈도 이 사실을 알고 있겠죠? 하긴, 그놈은 홍이 죽었다고 해도 눈 하나 깜짝 안 할 위인이긴 하지. 멀어지긴 했지만 그래도 동창이니까 홍의 소식을 전해 듣긴 했어요. 그 자식이 홍한테 한 짓거리도 다 알고 있었다고요. 정말 입에 담기도 불쾌한 일화가 한두 개가 아니더군요. 뭐, 인권변호사? 인권 좋아하시네, 파렴치한 이중인격자 주제에!

홍의 사진요? 우리가 무슨 애틋한 사이였다고 내가 걔 사진을 갖고 있겠어요. 장례식장엔, 글쎄, 아무래도 전…… 못 갈 것 같아요. 너무 갑작스러운 소식이라 준비도 못했고 내가 가봤자 홍은, 아니 홍의 영혼은 날 불편해할 텐데요, 뭐. 저 대신 조의금이나 좀 부탁드려요. 여기요, 봉투는 알아서, 예, 예.

근데요, 아까부터 묻고 싶었는데, 어디가 좀 불편하세요? 아니, 안색이 안 좋아 보여서요. 뭔가에 쫓기는 사람 같다고나 할까. 혹시 이 약요, 한 알 드셔보시지 않을래요? 저도 가끔 먹는 항불안젠데, 마음을 안정시키고 싶을 때 확실히 도움이 되거든요. 약사는 이런 게 좋은 것 같아요. 처방전이 필요한 약도 그냥 먹을 수 있다는 거. 물론 들키지 않게 조심조심 빼돌려야 하는 어려움은 있지만요. 정말, 필요 없으세요? 이거 구하기 힘든 약인데…… 약을 잘 모르시는구나. 어떤 약은요, 사람 같아요. 아주 정교하고 섬세하고 게다가 말도 없는 사람, 그래서 위로를 주면서도 생색내는 법이 없죠. 진정한 친구처럼요. 아, 이런, 제가 괜한 얘길 한 것 같네요. 예, 어서 가세요, 어서, 빈소가 문을 닫기 전에. 맞다, 빈소는 밤새 문을 열어놓지. 하하, 내가 이렇게 맹하다니까. 참, 밤길 조심하시고요.

알다시피, 요즘 서울이 그렇잖아요.

*

약국을 나온 안은 몇 발자국 걷다가 뒤를 돌아봤다. 안에게 주려 했던 알약 하나를 손바닥에 올려놓고 가만히 내려다보고 있던 민이 마침 고개를 들면서 두 사람의 시선이 허공에서 얽혔다. 안이 먼저 가볍게 목례를 했지만 그녀는 인사도 받지 않은 채 그저 뚫어지게 안을 건너다봤고, 손안의 알약을 주저없이 입안으로 털어넣으면서도 안에게서 시선을 떼지 않았다. 안이 건조하게 웃자 민의 입가도 부자연스럽게 올라가는 게 보였다. 그렇게 잠시, 그들은 서로를 마주보며 차고 쓰게 웃었다. 약 때문인지 민의 눈동자는 흐릿해 보였고 텅 빈 배처럼 흔들리고 있었다. 항불안제로 제거되지 않는 불안이 있다는 것을 알기에 더 불안하다는 듯이. 안은 아침에 복용했던 둥글고 작은 알약을 떠올릴 수밖에 없었다. 알약은 지금도 치유할 곳을 찾지 못한 채 몸속 어딘가를 헤매고 있을 터였다. 날 닮은 건 홍이 아니라 민일지도 모르겠군. 안은 생각했다. 그렇다면 우리는 조금 전, 상대방이 아니라 약국 유리에 비친 각자의 희미한 실루엣을 건너다보며 조소하듯 웃었던 걸까. 안은 곧 무표정한 얼굴로 돌아섰다. 도로 쪽으로 걸어가 택시를 잡을 때까지 안은 뒤를 돌아보지 않았다.

목적지를 묻는 기사에게 안은 K구 대신 J구를 말했다. 민의 말대로 빈소는 밤새 문을 열어놓는 곳이니 잠시 J구에 들러 홍의 옛 애인을 만난 후에 출발한다 해도 문제될 건 없었다. 게다가 변호사라면 홍의 사진 한 장 정도는 보관하고 있을지도 모르는 일이었다. 택시 안에서 안은 가슴이 뛰었다.

택시에서 내린 뒤엔 휴대폰의 길찾기 프로그램을 실행해놓고 변호사 사무실을 찾아갔다. 5분도 지나지 않아 안은 휴대폰의 도움이 필요 없다는 것을 깨달았다. 변호사 사무실은 안이 2주에 한 번씩 상담을 받는 담당의의 진료실과 불과 세 블록 떨어진 곳에 있었던 것이다. 담당의와 그의 진료실을 떠올리자 안은 마음이 안정되는 걸 느꼈고, 그가 뭘 하고 있을지 궁금해지기도 했다. 진료실에 찾아가 지나가는 길에 잠시 들렀다고 하면 그는 분명 반갑게 맞아줄 터였다. 어쩌면 가볍게 술 한잔을 마시며 오랜 친구처럼 다정한 대화를 나눌 수도 있을 것이다. 담당의의 진료실엔 아직 불이 켜져 있었다. 흐뭇하게 미소를 지으며 진료실이 있는 건물 쪽으로 성큼성큼 걸어가던 안은 돌연 제자리에 멈춰 섰다. 돌이켜보니 진료 시간이 아닌 때에 담당의를 만난 적이 없었고, 더욱이 안이 그에 대해 알고 있는 거라곤 그의 직업이 의사라는 것뿐이었다. 이 늦은 시간에 담당의와 진료실이 아닌 곳에서 술을 마시는 상황이 불가능할 건 없겠지만 그 술자리는 지루하고 어색할 게 뻔했다. 안은 돌아섰다. 걸음이 빨라졌다. 어차피 이틀 후면 담당의를 만나 이 모든 이야기를 할 수 있을 테니 조급해할 이유가 없다고 안은 스스로를 위로했다.

변호사 사무실은 제법 현대적인 건물의 9층에 자리하고 있었다. 9층에서 멈춘 엘리베이터에서 내리자 마침 사무실을 막 나서는 변호사를 안은 한눈에 알아볼 수 있었다. 저기…… 애매하게 말을 붙이자 안을 지나쳐가던 변호사가 천천히 돌아섰다. 저요? 저, 혹시 저쪽 사무실에서 일 보시는 변호사분 아니신가요? 예, 그렇습니다만. 아, 법률 상담 받으러 오셨군요. 근데 제가 지금 급히 갈 곳이 있어서요. 내일 다시 오시겠습니까? 그게 아니라…… 변호사는 의아하게 안을 쳐다봤고, 안은 홍에 대한 이야기를 어떤 방식으로 꺼내야 할지 정리가 되지 않았다. 다행히 변호사는 안처럼 검은색 슈트를 입고 있었다. 그가 홍의 빈소로 가는 길일 가능성이 아주 없는 건 아닌 셈이다. 안은 용기를 내보기로 했다. 저, 홍이라고 아시죠? Y대 화학과를 나온. 예? 예. 근데, 누구시죠? 홍의 동창한테서 들었습니다, 홍과 각별한 관계였다고. 변호사가 한 발 다가왔다. 그의 얼굴이 갑자기 경계의 빛을 띠었으므로 어깨가 저절로 움츠러들긴 했지만 이대로 물러나기엔 너무 늦었다는 걸 안은 잘 알고 있었다. 대체 누구시죠? 누군데 제 아내를 찾습니까? 아내……라고요? 그러니까 호, 홍이 당신의 혀, 현재 아내라고요? 그렇다니까요. 그러는 당신은 누구요? 그럼 홍이…… 사, 살아 있다는 거, 겁니까? 뭐요? 변호사의 눈빛이 싸늘하게 안의 머리끝에서 발끝까지를 훑기 시작했다. 당신 뭔데 남의 아내가 살아 있느냐니 하는 괴상한 질문을 하는 거야? 진심으로 화가 난 듯한 변호사를 마주보며 안은 굵은 침을 크게 한번 삼켰다. 정신을 똑바로 차려야 했다. 또다시 말을 더듬는다면 모자란 사람 취급만 받다가 아무런 성과도 없이 이 혼란을 그대로 떠안고 돌아서야 할 터였다. 실은 오늘 아침에 홍의 부고를 들었습니다. 저는 홍이 기억나지 않았지만 그녀가 Y대 산악 서클에서 활동했다고, 아니 그런 식으로 말하면서, 홍의 오빠라는 사람이 말입니다, 분명히 그렇게…… 이봐요, 뭘 잘못 알고 온 게 분명하군. 산악 서클이라니. 아내는 나와 같은 봉사 동아리 멤버였소. 우리는 그곳에서 만났고요. 그럼, 고등학교 때부터 사귄 게 아니란 겁니까? 아니, 이자가 아까부터 왜 되도 않는 소리야! 여하튼 죽었다는 그 홍은 딴 데 가서 알아보슈. 난 지금 살아 있는 내 아내를 만나러 가는 길이니 말이오. 변호사는 홱 돌아섰다. 일부러 발소리를 내며 복도를 걸어가는 변호사를, 안은 쫓기 시작했다. 저기요! 또 뭡니까? 혹시 아내분 사진을 갖고 있다면 좀 보여줄 수 있습니까? 사진이 없다면 지금 가시는 약속 장소에 제가 잠시 따라가면 안 될까요? 아내분 얼굴만 확인하면 됩니다. 뭐야? 저는 단지, 이 상황이 납득이 안 돼서…… 변호사가 돌연 안의 멱살을 잡더니 벽 쪽으로 밀어붙였다. 당신 상황이 뭔지는 내 알 바 아냐. 근데 이 자식, 너 누구야? 누가 널 고용했어? 경찰이야? 검찰이야? 강변호사가 지 와이프 때린다는 제보 들어왔으니 사진이라도 한 장 찍어오라고 시켰나, 어? 변호사의 얼굴은 적의로 붉게 물들어갔고 목소리는 빈 복도에 울릴 만큼 커지고 있었지만 안은 잔잔한 물속에서 변호사를 올려다보고 있는 듯 눈앞은 뿌옇고 두 귀는 먹먹했다. 저 사내가 진실을 말하고 있다면 난 거짓이겠지. 하지만 반대로 저 사내가 거짓을 말하는 거라 해도 난 진실이 아니라 허상이 될 뿐이란 게 재미있군. 생각하며, 안은 두 손으로 변호사의 손목을 잡고는 힘껏 뿌리쳤다. 안의 행동에 놀랐는지 변호사는 급히 뒤로 물러났다. 거짓이나 허상만을 반사하는 혼탁한 물에 잠긴 쪽은 안이 아니라 변호사라는 듯 그에게서는 이내 거친 숨소리가 들려왔다. 안은 설명할 길 없는 무력감에 젖어들었다. 일직선의 긴 복도가, 아니 오늘 하루 걸어온 모든 길들이 미로처럼 느껴졌고 지금껏 출구의 위치가 아니라 출구가 없다는 것을 알려주는 거짓 실타

래를 쫓아온 기분이었다. 또다른 누군가의 미로 안에서는 자신 역시 이미 죽은 사람이거나 처음부터 없던 존재일 거라고 생각하니 안은 이 미로 게임이 지겨워졌다. 이제 안에게 홍은 오늘 알게 된 홍, 그 홍이 진짜였고 전부였다. 홍은 말입니다. 안은 변호사를 물끄러미 건너다보며 차분하게 말했다. 별것도 아닌 말에도 잘 웃어주고, 과도 하나 제대로 못 쥘 정도로 겁도 많던 후배였습니다. 고등학교 때부터 산을 좋아했고 미래의 변호사와 연애했다가 호되게 실연을 당하기도 했죠. 그리고 홍은, 죽었습니다, 어젯밤에. 말을 마친 후 안은 헝클어진 옷매무새를 바로하며 엘리베이터 쪽으로 느긋하게 걸어갔다. 열렸다가 다시 닫히는 엘리베이터 문틈으로 고소와 소송 등의 단어가 섞인 변호사의 성난 말들이 쏟아져들어왔다. 이 미친 개새끼야! 변호사가 마지막으로 외쳤다. 홍의 부고를 들은 이후 처음으로, 안은 그녀가 가엾게 느껴졌다.

*

변호사 사무실이 있는 건물을 나서자 짙은 어둠 사이로 찬바람이 두 팔을 휘휘 내저으면서 달려들었다. 도로 쪽으로 서둘러 걷던 안은 갑자기 걸음을 멈추고 고개를 외로 틀었다. 집요하게 한곳만 바라보는 동안 두 눈이 시리듯 아파왔다.

리모컨 차 키를 누르며 고급스러운 검은색 세단 쪽으로 걸어가는 담당의를 교복 차림의 여학생이 따라가는 중이었다. 여학생은 지나치게 타이트한 교복 치마 때문인지 뒤뚱뒤뚱 걷고 있었고 걸음도 자꾸 뒤쳐졌다. 담당의는 잠시 여학생을 기다리고 있다가 이내 그녀의 어깨를 감싸안으면서 세단 조수석 쪽으로 이끌었다. 담당의는 단신에 왜소한 체격이었고, 그래서인지 여학생의 보호자가 아니라 그녀에게 붙어 있는 정령처럼 보였다. 혹은, 악귀처럼. 차 문을 열고 조수석으로 몸을 숙여 들어가려는 여학생의 엉덩이를 담당의가 거칠게 쓰다듬자 여학생이 뒤를 돌아보며 백치처럼 웃었다. 그 순간 담당의는 무슨 이유에선지 조수석 문을 세게 닫았고 그 바람에 여학생의 까르륵거리는 웃음소리는 뭉텅 잘려나갔다. 쌍년. 초겨울의 대기 속에서 순식간에 결빙된 담당의의 목소리가 바람을 타고 빠르게 날아와 안의 뺨을 세게 쳤다. 통증은 없었지만 안은 저도 모르게 짧게 신음했다. 운전석 쪽으로 걸으며 주위를 살피던 담당의는 그제야 안을 발견하고는 제자리에 우뚝 멈춰 섰다. 당황한 표정일 거라고 안은 믿고 싶었지만 그 믿음은 어둠 속에 있을 뿐이었다. 알 수 없어 불안하긴 하지만 알지 않아도 되기에 편하기도 한 그런 어둠. 담당의의 진료실을 처음으로 찾아간 날이 저절로 떠올랐다. 담당의는 불면증을 동반한 우울증의 원인을 알고 싶어했고 안은 상담 없이 약만 처방받으려 했다. 무슨 일이 있었는지는 모르겠지만, 그 일은 분명 환자분만의 잘못은 아니었을 겁니다. 처방전을 쓰며 담당의는 덤덤히 말했다. 아마도 그는 의사로서 보편적인 수준의 조언을 해준 것이었겠지만, 그 말을 들은 순간 안은 두 손으로 얼굴을 감싼 채 한참을 흐느껴 울었다. 한시적으로만 약에 의존하려 했던 안은 그날 이후 부지런히 담당의를 만나러 갔다. 진료 시간을 어긴 적은 단 한 번도 없었다.

마침 트럭 한 대가 상향등을 밝히며 안과 담당의 곁을 지나갔다. 어둠이 걷힌 자리에서 안은 이제야 진짜 목이 죄어오는 고통을 느꼈다. 그런데, 저런 얼굴의 담당의를 나는 전에도 본 적이 있던가. 누구나 검은 자루 하나씩은 품고 살지 않냐는 듯 서늘하게 웃고 있는 저 얼굴이 왜 이렇게 낯익은 걸까. 뭔가 이상한 낌새를 느꼈는지 여학생이 차창을 내리고는 담당의와 안을 번갈아 쳐다봤다. 담당의는 끝까지 인사 한마디 하지 않고 운전석에 올라탔다. 시동이 걸린 세단은 곧 어딘가를 향해 달려갔고 몇 초 후엔 미등조차 보이지 않았다. 이틀 후면. 안은 중얼거렸다. 이틀 후면, 나는 이 모든 걸 당신에게 말할 수 있을 거야.

안은 대로로 나가 택시를 잡은 뒤 뒷좌석으로 들어가 몸을 깊이 기대었다. 피곤했다. 시간은 어느새 밤 11시를 향해 나아가고 있었다. 목적지를 묻는 기사에게 안은 K구에 있는 S병원이라고 말하고는 이내 잠이 들었다.

3

소, 손님, 보셨습니까?

운전석에서 들려오는 다급한 목소리에 안은 잠에서 깼다. 꿈은 꾸지 않았다. 거리에서 보았던 담당의의 얼굴도 기대와 달리 기억 속에서 온전했다. 손님! 안이 아무런 대답을 하지 않아서인지 택시기사가 한번 더 목소리를 높였다. 대체 뭘 봤느냐는 겁니까? 안은 시큰둥하게 대꾸했다. 방금, 방금 지나온 그 공터에서 그 광경을 못 봤습니까? 저는 이제 막 깨서요. 그놈들입니다. 그놈들이라뇨? 손님은 뉴스도 안 봅니까? 그 연쇄살인범들 말입니다. 또 그 지겨운 연쇄살인범

얘기였다. 개새끼들, 정말 끈질기군. 안은 창밖을 건성으로 훑어보며 혼잣말로 속삭였다. 택시가 통과하는 곳은 여기저기 땅이 파헤쳐지고 건물들이 무너진 한적한 재개발 동네이긴 했지만 그래도 몇몇 창문엔 불이 켜져 있었다. 사람이 살고 있는 동네 공터에서 살인이라니, 안은 기사의 말이 비상식적이라고 생각했다. 기사님이 뭘 잘못 본 건 아닐까요? 아닙니다! 제가 두 눈으로 똑똑히 봤습니다. 각목이랑 쇠파이프로, 뉴스대로 말입니다, 놈들이 누군가를 마구잡이로 패고 있었단 말입니다! 안은 룸미러를 향해 고개를 갸우뚱거렸고 안의 반응을 살피던 기사의 형형한 눈동자는 그 룸미러 위를 할퀴듯 스치고 갔다. 다시 거길 지나갈 테니 이번엔 두 눈 크게 뜨고 보십시오! 안이 말릴 새도 없이 택시는 급회전을 했고, 그 탓에 안의 몸은 오른쪽으로 눕듯 기울어졌다. 택시는 금세 멈춰 섰다. 저깁니다. 기사가 숨죽인 채 말했다. 안은 창가에 바짝 붙어 앉으며 기사의 주문대로 눈을 크게 떠보았다. 20여 미터 떨어진 공터에 몇 명의 남자들이 둥그렇게 모여 서 있는 게 보이긴 했지만 주변에 조명이 없어서인지 그들이 구체적으로 뭘 하는지까지는 파악할 수 없었고, 구타의 소음과 신음 소리 역시 들려오지 않았다. 기사가 착각한 게 분명해 보였지만 안은 더 따지고 싶은 마음이 없었다. 뭔 사고가 났는지 교통정체가 심해서 나름 지름길 찾겠다고 이 동네로 들어서지 않았겠습니까? 근데 저놈들을 딱 목격하게 될 줄이야! 기사는 마치 보고 싶었던 경기 관람권을 손에 넣은 소년처럼 천진하게 말했다. 그 순간, 안은 깨질 듯 머리가 아파오면서 속이 울렁거리기 시작했다. 손님, 왜 그러십니까? 토할 것 같아요. 잠시 내리겠습니다. 예? 연쇄살인범들이 바로 저기 있는데 차 문을 열겠다고요? 미쳤습니까? 안은 기사의 말을 무시한 채 한 손으로 입을 가리고는 급하게 뒷문을 열고 나갔다. 쭈그리고 앉아 속을 게워내는데 눈앞으로 무언가가 툭, 떨어졌다. 가방이었다. 기사는 창밖으로 안의 가방을 내던지고는 바로 차를 출발시켰다. 멀어져가는 택시를 보고 나서야 주위에 정체를 알 수 없는 한 무리의 남자들 외에는 아무도 없다는 사실이 안의 머리를 둔중하게 내리쳤다. 등뒤에서 발소리가 들려온 건 그때였다. 아니, 안은 그렇게 느꼈다. 뒤를 돌아볼 자신은 없었다. 잠자코 웅크린 채 숨을 고르고 있던 안은 어느 순간 벌떡 일어나 가방도 챙기지 않고 뛰기 시작했다. 등뒤의 발소리도 간격이 짧아졌고 또 빨라졌다. 한 명 같기도 했고 여러 명 같기도 했으며 사람이 아니라 짐승들 같기도 했다. 안은 사력을 다해 뛰고 또 뛰었지만 발소리는 계속 안을 따라왔고 행인도, 자동차도, 불을 켠 상점도 나타나지 않았다. 내리막길이 시작된 부근에서 안은 넘어졌고 그대로 몇 번인가 굴렀다. 바지는 찢어졌고 손바닥에선 피가 났으며 허리는 뻐근했다. 이제 발소리는 바로 귓등 뒤에 있는 듯했다. 그 소리는 미끌미끌한 침을 흘리며 날카로운 송곳니로 안의 귀를 덥석 물어뜯을 준비가 되어 있는 살인중독자의 핏발 선 눈동자로 되돌아왔다. 안은 일어날 엄두도 내지 못한 채 바닥을 기기 시작했다. 숨을 헐떡이며 필사적으로 기어가고 있는데 여자의 날 선 비명이 들려왔다. 고개를 들자 사색이 된 얼굴로 자신을 내려다보고 있는 젊은 여자가 보였다. 안은 그제야 턱을 덜덜 떨며 조심조심 뒤를 돌아봤다. 지나온 골목은 텅 비어 있었다.

여자는 고개를 푹 숙인 채 빠른 걸음으로 안을 지나쳐갔고 안은 인상을 쓰며 일어났다. 절뚝이며 몇 발자국 떼지도 않았는데 믿을 수 없게도 8차선 대로가 나왔다. 이곳은 어디일까. 어느 방향으로 가야 K구에 있는 S병원에 무사히 도착할 수 있는 것일까. 아무것도 알 수 없었지만 안은 무작정 앞만 보며 걸었다. 자정이 다 된 거리는 조용했고 밤하늘은 낮게 내려와 있었다. 팔을 쭉 뻗으면 손끝에 닿을 것처럼 아주 가깝게. 안은 가만히 서서 하늘을 올려다봤다. 세상 끝에 도달하여 하늘을 찢고 그 너머로 사라진 방랑자는 어떻게 됐을지 문득 궁금해졌다. 인생의 모든 진리를 터득한 현자가 되었을 수도 있고, 새까만 어둠 속에서 눈이 먼 것과 다를 바 없이 매 순간을 영원처럼 살았을 수도 있을 것이다. 어떤 방식의 삶이었든 방랑자의 가슴속에 쌓인 고통과 후회의 총량은 똑같았을 거라고 안은 생각했다. 눈을 감았다. 이제 곧 어딘가에서 전화벨이 울릴 것이고 안은 홍의 부고를 들으며 잠에서 깰 터였다. 아직 아무런 사건도 일어나지 않았고 그 누구도 만나지 않은 이른 아침에. 잠시 후, 안은 천천히 눈을 떴다.

해설 | 정홍수(문학평론가)

느릅나무 책상에서 태어나다

「영원의 달리기」는 고립과 궁핍에 지쳐 삶을 놓아버린 젊은 날의 연인을 가슴 한구석에 묻어두고 살아온 사내의 이야기다. 여기서 '묻어두고'라는 표현은 '망각하고'라고 바꾸어야 할 것 같은데, 신문 배달 일을 하며 보급소에서 잠자리를 해결하던 연인 J의 참담한 곤궁을 그녀의 자살 이후에야 알게 되었던 남자에게 이 기억은 차라리 삭제되거나 망각되어야 할 아픔이었을 테니 말이다. 실제 사내는 그렇게 살았던 것 같고, 지금은 9시 출근에 목을 매는 직장인이다. 그런데 사내는 언젠가부터 이상한 꿈을 꾸기 시작한다. "하얀 원피스를 입고 긴 갈색 머리칼을 휘날리며 어딘가로 달려가는" "맨발의 여자"가 꿈속에 들어와 사내를 고통받는 사람, 참혹한 장소와 대면하게 한다. 종잡을 수 없는 악몽의 출현이자 틈입이다. 소설은 악몽을 거부하려는 사내의 시점과 사내의 꿈속으로 들어가려는 '맨발의 여자'의 시선을 번갈면서 얼어붙은 망각의 호수를 향해 나아간다. '억압된 것들의 귀

환'을 둘러싸고 전개되는 의식/무의식의 이야기는 흔하다면 흔한 소설적 모티프이고, 조해진의 「영원의 달리기」 역시 그런 맥락에서 보면 그다지 특별할 게 없는지도 모른다. 그러나 이 작품은 섬세하고 정교한 문장으로 고전적 스타일의 서사를 구축하면서도, 절실함에 기반한 상상의 밀도를 구성과 형식의 미학적 탐구로 꾸준히 전화시켜온 조해진 소설의 완미(婉美)한 성취를 확인할 수 있다는 점에서뿐만 아니라 조해진의 소설 쓰기를 추동하고 지속시키는 마음의 풍경을 엿볼 수 있게 한다는 점에서 조금 상세히 들여다볼 필요가 있다.

이 작품의 말미에는 "이 소설은 김행숙의 「세월」(『이별의 능력』, 문학과지성사, 2007)과 스테판 말라르메의 소네트 「순결하고, 강인하고, 아름다운……」(『시집』, 황현산 옮김, 문학과지성사, 2005)을 읽으며 시작되었음을 밝힌다"라는 작가의 짧은 말이 붙어 있다. 슬픈 세상의 시간을 계속 달리며 지나가는 비인칭적 주어의 자리를("나는 달리기예요.") 상상하며 씌어진 김행숙의 시로부터 "영원 속을 달리"며 누군가의 상처와 고통의 이야기를 찾아내고 듣고 옮기고 흩뿌리는 형상 없는 꿈속 여인에 대한 생각이 시작되었고, 얼어붙는 강에서 벗어나려 필사적으로 날개를 퍼덕이다 끝내 얼음에 결박된 하얀 새의 이미지(소설 속 죽은 연인 J의 이미지)는 하늘을 향한 비상을 꿈꾸지만 망각과 유적(流謫)의 호수에 결빙된 백조의 운명(시인 자신의 운명)을 노래한 말라르메의 소네트로부터 도움을 받았다는 이야기일 테다. 그런데 여기서 선행 텍스트가 제공하는 구체적인 이미지의 영향보다 더 중요해 보이는 것은 두 시편이 슬픔에 대해 취하는 태도가 사뭇 대조적이라는 사실이다. 말라르메의 시에서 망각의 호수에 결빙된 백조의 운명은 거의 절대적인 허무에 붙잡혀 있는 듯한 반면, 김행숙의 시는 발이 보이지 않는 달리기를 통해 그 세월의 나쁜 꿈 또한 지나가는 어떤 가볍고 빠른 속도의 경이를 아이러니한 어조로 노래한다("나는 지나갔어요. 가장 슬픈 마음도 나를 붙잡지 못해요."). 세상의 슬픔이나 고통, 특히 말할 기회를 부여받지 못한 사회적 '타자들'에 대한 지속적인 관심은 익히 알려진 조해진 소설의 특징적 좌표인데, 그 좌표가 '타자들'을 향한(혹은 '타자들'의 출현으로 촉발되는) 일방향의 벡터를 가지고 있지 않았다는 점은 그리 많이 말해지지 않은 듯하다. 가령 평판작이기도 한 장편 『로기완을 만났다』(창비, 2011)는 한 탈북 청년의 삶을 뒤따르는 형식을 취하고 있지만, 중요한 소설적 질문은 그 사회적 타자의 재현을 통해서가 아니라 재현의 담당자인 소설 화자 '나'(방송작가)의 윤리적 자기심문을 통해 이루어진다. 타자를 향한, 혹은 타자를 받아들이는 공감·환대의 윤리가 실패하는 지점에서 그 심문은 조해진 스스로 자기 소설의 근거를 묻는 질문과 포개진다.

그러나 『로기완을 만났다』처럼 전면화되지 않았을 뿐이지 애초부터 조해진 소설에 그 질문이 빠졌던 것은 아니다. 물론 다른 방식이긴 하다. 그 질문을 이미 통과했다고 믿는 방식 말이다. 말하자면 첫 소설집 『천사들의 도시』(민음사, 2008)에 나오는 조해진 소설의 인물들은 '타자'의 자리나 '타자'와의 거리를 이미 숙지하고 있거나 어쩔 수 없이 받아들이고 있는 것처럼 보인다. 표제작 「천사들의 도시」의 '너'와 '나'처럼 아픔에 너무 깊이 침윤되어 있는 그들은 적절한 소통의 언어와 행동을 모른다. 사랑에 근접하는 감정은 뒤늦게 발설되지만 전달되지 못한다. 씌어지지 않은 여백을 환기시키는 데 민감한 조해진 특유의 문체와 함께 이런 정황은 소설의 울림에 어느 정도 기여했던 것 같다. 그러나 입양아나 결혼 이주 여성, 에이즈 감염자, 노숙자, 실명 위기의 여인, 억울한 전과자 등, 육체적·사회적으로 약자의 자리에서 고립과 단절의 삶을 사는 여러 인물들의 이야기가 꽤 절실한 표현을 얻고 있음에도 결국에는 현대적 실존의 고립이라는 다소간 일반적이고 익숙한 구도로 흘러가는 듯한 느낌을 주었던 것은 왜일까. 아마도 거기에는 '타자'에 대한 질문을 이미 '비관적인' 지점에서 수행해버린(혹은 수행했다고 믿어버린) 작가의 시선이 완강히 버티고 있었기(여기에 왜 이유가 없겠는가마는) 때문인지도 모른다. 첫 소설집에 해설을 쓴 신형철이 적실하게 꼽은 것처럼 「기념사진」에서 시력을 잃어가고 있는 여배우와 이웃한 사내가 나누는 불가능할 것 같은 희미한 교감의 이야기가 특별히 빛났던 이유도 거기에는 '이미' 닫혀버린 문이 없었기 때문일 터인데, 그 문을 여는 '열쇠'가 앞을 거의 보지 못하는 사정을 알게 된 사내가 여자를 집까지 부축하고 안내했던 날의 우연한 선물이었다는 사실 또한 적절한 이완과 열림의 길을 예시하는 믿음직한 소설적 세목이었던 것 같다. 그러니 말라르메의 치열한 무거움과 김행숙의 경쾌한 가벼움 사이 어디쯤에서 조해진 소설의 '달리기'가 상상되고 시작되어야 할 이유가 있었던 셈이다.

「영원의 달리기」에서 타인의 꿈속으로 들어가 끊임없이 달리는 '맨발의 여자'는 그녀 자신에 대해 흥미로운 진술을 내놓는다. "내게는 다리를 제외하곤 정형화된 육체조차 없다. 발가락이 시려, 속삭이면 발가락이 생기고 온몸이 타들어가는 것 같아, 생각하면 그제야 화상 입은 살갗이 만져지는 식이다. 어쩌면 없을지도 모르는 육체를 뒤집어쓰고 나는 달리고 또 달린다." 그러니까 상처나 아픔이 있어야 그 만큼의 육체가 생겨난다는 말인데, 에두를 것도 없이 이는 조해진이 생각하는 문학 혹은 소설의 형상이 아닌가. 이제 성(性)조차 확정할 수 없는 이 '맨발의 존재'는 자신의 출현을 거부하는 사내에게 말한다. "당신에게 고통을 주려 한 건 아니었다. 병들게 하고 싶지도 않았다. 내가 들려주는 이야기를 통해 보이지 않는 세계를 보고, 느끼고, 알아가면서 조금씩 내 모습을 완성해주기를 바랐을 뿐이다." 여기서는 좀더 명료하게 조해진식 문학관이 펼쳐지는 느낌이다. 인상적인 것은 보이지 않는 세계를 보게 될 때, 정형화된 육체 없는 존재 역시 조금씩 모습을 갖추게 된다는 사실이다. 단순히 쌍방향성을 이야기하는 차원을 넘어, 여기에는 그 '보이는(make visible)' 순간만큼만 존재할 수 있다는 절박성이 있다. 담담하게 전개되는 듯하지만 늘 절실성, 절박성의 호소를 숨겨 가지고 있는 조해진 소설의 특별한 힘을 생각해보게 되는 대목이다. 그러나 이 소설에서 사내가 격렬하게 거부하는 것처럼, 왜 요청도 초대도 없는데 이런 이상한 '존재'가 필요한 것인가. 사실 작가 조해진에게 다음과 같은 반문처럼 오래 스스로를 괴롭힌 게 있었을까.

> 많은 시간이 지난 후, 내가 선택했던 대부분의 사람들이 그러했던 것처럼 당신은 내게 물을지도 모른다. 미친 자와 미칠 정도로 괴로운 자의 차이는 뭐지? 폭력과 죽음, 공포와 분노, 슬픔과 고통, 이런 것들을 예민하게 느낀다고 해서 내 인생이 뭐가 달라지는 거냐고, 어? (117쪽)

자기 자신의 아픔, 막막함에서 출발하고 거기서 한시도 발을 뗄 수 없는 것이지만, 그 이야기는 타자 속으로 들어가 섞여야 한다. 그래야만 한 줄의 형체나마 얻을 수 있는 게 소설이다. 그러나 여기에 초대나 요청이 있는가? 조해진의 소설에는 어린 시절 낯선 이국 가정으로 보내진 입양아나 자기 땅을 떠나 살아야 했던 이민자의 이야기가 많이 나온다(이번 소설집만으로 국한해도 「PASSWORD)」「밤의 한가운데서」). 성 소수자랄 수 있는 동성애자들의 아픔도 빠지지 않는다(「북쪽 도시에 갔었어」). 외국에서 온 이방인이나 이주 여성들의 사연도 있다(「이보나와 춤을 추었다」). 앞서 말한 대로 장편 『로기완을 만났다』는 낯선 유럽 도시에서 살아남기 위해 몸부림치는 탈북 청년의 이야기다. 이번 소설집에 실리지는 않았지만 최근 많은 비평적 지지를 받은 「빛의 호위」(『한국문학』 2013년 여름호)에는 홀로코스트 생존자의 이야기가 액자소설 형식으로 들어 있다. 「영원의 달리기」에서 사내는 나치의 절멸수용소로 가는 지옥의 기차를 타거나 줄무늬 죄수복을 입고 '잿빛 수용소'에 갇히는 악몽을 꾸기도 한다. 어떤 형태로든 작가의 관심이나 경험 반경과 연결되어 있는 테마들일 테고 이즈음 한국소설의 탈경계적 흐름으로 보면 오히려 익숙하다고 할 수도 있겠지만, 어쨌든 여기에는 통상의 기준에서 보기에 '감응의 거리(距離)' 같은 게 있다. 그럼에도 "폭력과 죽음, 공포와 분노, 슬픔과 고통"의 이야기를 이처럼 널리 분주하게 찾아내어 "타인의 꿈으로 이어진 수많은 문"을 열고 "이야기 한줌을 풀어놓"아야 할 필연성은 어디에 있는가? 요청은커녕 "고통을 강요하지 마"라고 외치는 완강한 거부만 있는데 말이다.

사실 이런 질문에 마땅한 답을 구한다는 것은 무망한 일이다. 「영원의 달리기」의 '맨발의 존재'는 겨우 이렇게 말한다. "언어도 없고 언어를 조직할 수 있는 혀와 입술도 없는 나는 아무 대답도 하지 못할 것이다. 그저 당신이 거기 있었고 내가 당신을 발견했다는 것을 당신이 알아주길 기도할 뿐, 위로가 되기를 간절히 염원하면서." 그러니까 '위로'다. 언어가 있다 하더라도 사정은 마찬가지일 터이다. 한쪽은 고통인데 한쪽은 위로를 염원하는 이런 상황이 성립될 수 있는 근거는 무얼까. '위로'를 염원하는 쪽 역시 고통과 상처의 시간을 살아왔고 살고 있다는 사실이 아닐까. 「영원의 달리기」에서 '맨발의 존재'는 세상의 고통과 상처, 그 시간들이 지나가고 현현하는 자리다. 사내는 그 시간들이 지나가는 꿈의 방문을 통해 망각 속에 묻어두었던 J의 죽음과 다시 만난다. 신문 배달 일을 하겠다며 뒤늦게 찾아갔던 보급소의 그 방. '스물한 살'의 여자가 묵기엔 지나치게 춥고 적막했을 방의 얼룩진 벽지에는 J의 글이 남아 있었다. "이응이 점처럼 작고 모음이 길쭉한 그녀의 글씨체를 당신은 뚜렷하게 기억하고 있었다." 그리고 당신은 달리지 않았는가. "신문 배달을 가야 하는 시각, 당신은 아무도 몰래 그 방을 빠져나와 심장이 터지도록 달리고 또 달렸다."

그러고 보면 이번 소설집에는 J의 자리에 환치될 만한 쓰라린 고립의 이야기가 더 있다. 「이보나와 춤을 추었다」의 소설 화자 '나'는 가장 소중하고 애틋했던 시절의 자신에게 '이보나(Jiwona)'라는 이름을 선물로 준다. "이보나는 나와 함께 대학 시절을 보냈던 내 자취방의 고독한 책상에서 태어났다." 폴란드에서 온 친구들로부터 '지원'의 폴란드식 명명인 '이보나'로 불리던 '스물한 살' 무렵을 회상하는 형식으로 씌어진 이 소설에서, 그 시절의 '나'는 신문 보급소 방의 벽에 무언가를 쓰며 추운 밤을 견뎌야 했던 「영원의 달리기」의 또다른 '스물한 살' J와 그다지 멀지 않은 것 같다. "오래된 다가구 주택의 냄새나는 화장실에 쭈그리고 앉아 속옷을 빨다가도, 먼지 묻은 거울을 보며 머리를 빗을 때나 나쁜 꿈에서 깨어나 새벽까지 침대에 오도카니 앉아 있을 때도 나는 이보나를 생각했다." 캐나다 교포라고 속이고 보습학원에서 영어를 가르치며 생활비와 등록금을 벌던 그 시절의 '나'에게 대학 입학 후 상경하여 처음 구한 자취방의 중고 책상은 아마도 어떤 꿈이 태어나고 자라난 자리였을 테다. "느릅나무, 책상, 태초의 여자, 엠블라, 거인들……"과 같은 북유럽 신화 속의 단어들을 모아 쓴 아버지의 시를 기억하고 있는 그녀에게 그 '느릅나무 책상'은 글쓰기의 꿈을 키우던 자리였을까. 언어의 테두리 안으로 안착되지 못하는 조각난 삶의 파편들에 둘러싸인 채 혼잣말로만 소모되는 "테두리 없는 언어"에 지쳐가던 그 시절의 '나'에게 '이보나'의 존재는 단순히 자존감의 회복을 넘어, 폴란드에서 온 교환 학생 미하우와 요안나, 그리고 러시아에서 온 불법 체류 여성 파니(알렉산드라)와 젠시나와 나눈 부서질 것 같은 희미한 소통과 연대의 가능성일 수도 있다. 그런데 파니를 도우러 갔던 바닷가 도시에서 혼자 돌아오는 길, '나'가 만난 기차의 환상은 조해진 소설의 뿌리에 있는 것으로 짐작되는 어떤 고립과 상처, 결핍의 경험이 '이보나'와 같은 자리를 끊임없이 호명하고 있었다는 증거처럼 보인다. 그리고 그 자리는 보다 근본적이고 격렬한 '타자'의 도래를 예감하고 있다.

마침 기차 한 대가 내 앞에 섰다. 물도, 식량도 없는 비참한 기차라고 누군가 악을 쓰며 알려주었지만 나는 주저 없이 그 기차에 올라탔다. 기차 안은 비좁았고 탑승객들의 얼굴은 하나같이 어둡고 슬퍼 보였다. 그곳에 오래 있을 수는 없었다. 도망치듯 기차에서 내렸을 때, 창가 자리에 앉아 있던 이보나는 현실과 상상의 접점에서 어리둥절한 표정으로 서 있는 나를 바라보며 손을 흔들어주었다. 그때 이보나는 웃고는 있었지만 눈가에 흘러내리는 검은색 눈물을 나는 놓치지 않고 보았다. (101쪽)

아우슈비츠행 죽음의 열차를 떠올리게 하는 "물도, 식량도 없는 비참한 기차"의 환상이 뜬금없는 것은 아니다. 직전에 게토의 이야기를 농담처럼 꺼내 '나'를 화나게 한 미하우는 절반은 유대인의 피를 물려받았으며 요안나와 함께 아우슈비츠의 땅 폴란드에서 왔다. 그렇긴 해도 아우슈비츠에서 저질러진 악행과 거기에 묻힌 절규와 슬픔은 어딘지 범접 못할 절대적 거리를 요구하는 것도 사실이다. 그것은 21세기 아시아 땅에 사는 보통 사람의 감각과 상상을 초과하는 지점에 있는 것 같다. 지리나 인종적 · 역사적 거리의 문제도 있지만 절대악으로서 함부로 발설되기에는 너무 무겁기도 하다. 그냥 쉽게 말해, 우리가 비장하고 흥분된 어조로 아우슈비츠 문제를 거론하는 것은 조금 어색하다. 탈영토 탈경계의 상상력이 세를 얻고 있고, 악이나 인간 타락의 한계에 대해서라면 엄청난 문학적 테마를 제공해줄 사건이지만 한국문학 역시 부분적 소재 이상으로 아우슈비츠를 다루지는 못해왔다. 조해진의 소설 또한 단편적인 삽화나 간접화된 이미지로 아우슈비츠의 악과 슬픔을 기입하며 자신의 이야기에 어떤 긴장을 부여하는 정도라고 하는 게 옳을 것이다. 그러나 「빛의 호위」는 좀더 본격적인 경우라고 할 수 있고, 「영원의 달리기」와 「이보나와 춤을 추었다」에서 아우슈비츠행 열차의 이미지가 반복되는 것은 그리 예사로워 보이지 않는다.

'나'가 마주친 이상한 환상-악몽에서 '이보나'는 계속 '슬프고 어두운' 기차에 탄 채 금방 내려버린 '나'를 바라보며 손을 흔들어주고 있다. 그리고 웃고는 있지만 '이보나'의 눈에서 흐르는 검은색 눈물을 '나'는 놓치지 않고 지켜본다. 새벽 거리에서 혼자 '이보나'를 볼 때 그녀의 이미지는 "바람의 방향에 따라 출렁이는 풍만한 머릿결"로 묘사된다. "갈색 머리칼을 휘날리며 어딘가로 달려가는" 「영원의 달리기」의 "맨발의 여자"를 겹쳐 보게 만드는 대목이다. 적어도 '이보나'와 '맨발의 여자'는 어떤 '진리의 과정'(알랭 바디우), 그 '계속'의 충실성을 요구하는 '사건'의 자리라는 점에서 하나로 만난다. 조해진에게 그 '사건'은 무엇보다 글쓰기 혹은 문학(그러니까 바디우식으로 하면 '예술적 진리 공정')과 관련된 것이었던 듯하다. 신문 보급소 방의 벽에 씌어진 J의 글("이응이 점처럼 작고 모음이 길쭉한 그녀의 글씨체")과 '이보나'가 태어난 느릅나무 책상은 글쓰기의 열망이 스러져간 흔적일 수도 있다. 미하우와 요안나, 파니 등과 헤어진 후 '나'는 더이상 '이보나'로 불릴 일도 없게 되었지만, 느릅나무 책상 쪽에도 '이보나'는 보이지 않는다. "그녀가 내 느릅나무 책상에서 태어난 날부터 이미 예감했던 일이었으므로, 아버지와 같은 부류가 되지 않기 위해서는 그녀를 떠나보내는 것이 맞았기에, 자연스러운 절차라는 듯 나는 그녀를 정지된 시간 속으로 덤덤히 보내주었다." 소설 속의 아버지는 실패한 시인이었다. 그런데 그 '이보나'가 다시 나타난다. 대학 졸업 후 공무원 시험에 합격해 C시의 구청에 다니고 있을 때다. "나는 이전보다 더 뚱뚱해져갔고 무심결에 혼잣말을 내뱉는 질 나쁜 습관도 고치지 못했다." 우리의 관심을 끄는 것은 '이보나'가 다시 나타났다는 사실보다, 그 '나타남'의 방식(물론 환상)이다. 그녀는 기차와 함께 나타난다. "지난 5년 동안 한 번도 그 기차에서 내린 적 없다는 듯"한 지치고 수척해진 얼굴로. 그러니까 창가에서 검은색 눈물을 흘리며 '나'에게 손을 흔들어주던 그 "물도 식량도 없는, 비참한 기차"다. '맨발의 여자'가 그러했듯 '이보나'의 재출현 역시 슬픔과 고통의 기차와 함께다. 그 순간 '나'는 '이보나'에게서 '태초의 여자'를 본다. '나'가 알고 있는 북구 신화에 따르면, 거인들이 사라진 세상에서 태초의 여자 엠블라는 느릅나무에서 태어난다고 한다. 강과 바다가 난폭해지고 꽃과 나무가 바람에 휘날리면 그건 죽어서도 영혼을 갖지 못하게 된 거인들이 우는 시간이기 때문이다. 태초의 여자 엠블라는 거인들의 죽음과 슬픔 위에서 태어난 셈이다. "거인들이 울 땐, 그저 가만히 서서 그들의 슬픔이 잦아들 때까지 기다려주어야 한다. 이것이, 이보나가 내게 가르쳐준 세상에 대한 예의였다." 그러니 세계의 비참과 슬픔을 기억하고, 거기에 조용히 감응하는 존재가 '이보나'다. 우리는 이 느릅나무 책상에서 태어난 '이보나'를 조해진 소설의 기원적 주체라고 부를 수 없을까. 얼어버린 강에 결박된 채 긴 울음을 우는 하얀 새의 이미지, J와 함께 말이다. 그러니까 거부하고 망각하고픈 악몽의 기억들에 언어와 형체를 내주며, 슬픔으로 진동하는 거인

들의 대지를 잊지 않는 자들만이 출 수 있는 '춤'과 '영원의 달리기.'

바디우는 나치의 악행을 절대적이고 근본적 악으로 전제하는 사유가 초래하는 역설을 지적한 바 있다(알랭 바디우, 『윤리학』, 이종영 옮김, 동문선, 2001). "그래서 인종 말살과 나치는 생각될 수 없는 것, 말해질 수 없는 것, 전례가 없었고 앞으로도 인지 불가능한 것으로 선언된다." 여기에는 모든 악의 척도로 기능하면서 정작 그 척도인 절대적 악은 측정될 수 없는 자리에 놓이는 역설이 있다. 이 역설의 논리 안에서 인종 말살이라는 악의 환원 불가능한 개별성은 추상화의 위험에 빠진다. 물론 절대적 악의 테마, 측정되지 않는 척도의 테마를 폐기하고, 악을 선의 관점에서, 진리 과정의 파탄으로 파악할 것을 제안하는 바디우의 논의는 발본적이고 명료한 만큼이나 접근하기가 쉽지 않다. 다만, 조해진 소설이 자신의 문학적 주체를 형성하는 기원의 자리에서 거듭 조심스럽게 환기하는 아우슈비츠의 이야기가 세상의 악이나 슬픔에 대한 자신만의 척도를 찾거나 벼리려는 안간힘이라는 느낌은 이와 관련해 덧붙일 수 있을 듯하다. 아우슈비츠행 기차나 절멸수용소를 상기시키는 짧은 삽화들은 세상의 실패나 비참을 절대화하고 추상화하는 차원이 아니라, 조해진 소설의 인물들이 겪는 곤경을 세계와의 연관 속에서 좀더 객관화하려는 마음에서 비롯되었을 가능성이 크다. 그러면서 조해진 소설은 스스로에게 "잊을 수 없는 것으로 남아 있어야 하는 것"에 대한 요청을 그 마음 위에 새기고 싶었는지도 모른다. 아감벤은 벤야민이 『백치』의 무이슈킨 공작에 대해 한 말을 인용하며 '요청'을 재정의한다(조르조 아감벤, 『남겨진 시간』, 강승훈 옮김, 코나투스, 2008) "벤야민은 (……) 무이슈킨 공작의 생을, 설령 누구 한 사람도 그것을 회상하지 않더라도 잊을 수 없는 것으로서 계속 남아 있어야 한다고 적고 있으며, 이것이 다름아닌 요청이라는 것이다." 이때의 '요청'은 돌이킬 수 없이 망각되거나 상실되는 세계의 우연성을 무시하지 않는다는 점에서 섬세하게 이해될 필요가 있는데, 망각된 것이 상기되어야 한다는 의미라기보다는 '잊을 수 없는 것으로 남게 되는 것'에 강조점이 주어지는 것 같다. 좀더 정확히는 상실되고 잊힌 상태이지만—의식적인 기억이라는 형태로는 측정할 수 없지만, 그럼에도 어떤 식으로든 존재하고 있다—그런 상태로 우리들 속에서 우리들과 함께 남는 것을 말한다. 그러니 「영원의 달리기」나 「이보나와 함께 춤을 추었다」에서 다소는 '느닷없이' 나타나는 비참한 기차의 이미지가 조해진 소설에서 갖는 의미는 이런 요청의 차원을 품고 있다고 이해해볼 수도 있겠다. "끝없이 잊히면서도 잊을 수 없는 것으로서 남아 있어야 하는 것, 어떠한 형식으로 우리들과 함께 머물 것을 요청하고, 게다가 우리들에게 있어서 어떠한 형식으로 가능한 것을 요청하는 것." 조해진 소설은 지금 그 요청을 스스로에게 부과하면서 '함께 머물 수 있는' 형식을 찾고 있는 것은 아닐까.

그런데 5년 만에 다시 만난 '이보나'와 '나'가 두 손을 꼭 맞잡고 춤을 추는 장면을 보자. 조금 이상하다. 옛 친구들인 미하우와 요안나의 시디에서 흘러나온 음표들이 날아올라 기분좋은 허밍을 하며 주변을 맴돈다. 오래전부터 잊고 지냈던 음표들이다. 흥겹고 즐거운 분위기다.

이상했다. 웃어야 하는데, 충분히 반가워해야 하는데 나는 웃지 않았다. 아무런 표정 없이 그저 메마른 얼굴로 이보나의 손길을 따라가다가 이보나와 시선이 마주쳤다. 웃지 않는 나를 본 순간, 그녀는 주저 없이 내 손을 놓아주었다. (108쪽)

소설에는 여기에 어떤 설명도 주어져 있지 않다. 차들의 클랙슨 소리와 오가는 사람들의 발소리가 다시 선명하게 들려오고, C시 특유의 텁텁한 바람이 뺨을 할퀴고 지나갔다고 되어 있을 뿐. 그리고, "어디로 가야 하는 건지 알 수 없었다." 조금만 생각해보면 이상할 게 없는 일이다. '함께 머문다는 것'은 그렇게 잊힌 상태로, 돌이킬 수 없이 사라진 상태로, 혹은 사라져가면서, 그렇게 잠시 우리와 함께 있는 것을 확인하는 것일 테니까. 그러나 그 '만남' 이후에 우리는 '아주 조금은' 다른 시간을 살 수 있을지도 모른다. '이보나'가 다시 사라진 거리에서 '나'가 "어디로 가야 하는 건지 알 수 없었다"면, 그래서일 것이다.

사실 문학에 도착하는, 혹은 문학이 이르는 문(門)이란 그런 것이 아닐까. 마침내 열리는 '진리'는 지극히 개별적이고 무력한 한에서만 어떤 진실의 포착에 이르는 것일지도 모른다. 그리고 하나의 '진리'가 있는 게 아니라 '진리들'이 있을 뿐인지도. 그것은 가령 저마다의 '패스워드' 같은 것일 테다. 어릴 때 네덜란드 가정으로 입양된 「PASSWORD」의 화자 '나'는 양부모의 마음에 들기 위해 스스로에 대한 체벌과 학대까지 서슴지 않으며 강박적으로 자신을 몰아붙인다. 그러나 양부모의 입양 결정이 친딸 J의 신부전증에 대한 대비였다는 사실을 알게 되면서 '나'는 다시 한번 버림받은 자의 자리를 뼈저리게 깨닫는다. '나'는 자신의 삶을 열어갈 '패스워드'를 찾지 못하고 자살을 생각한다. 생모를 찾아 귀국해 머물게 된 고모집, 그 고층 아파트 계단에서 우연히 보게 된 소년. 혼자 자신의 머리를 주먹으로 때리고 있던 다운증후군 소년은 바로 과거의 '나'가 아니었던가. 버림받은 자들. 소년의 아파트 문을 열 수 있도록 여섯 개 숫자의 패스워드를 알려준 이는 사촌 M이었다. 그녀는 그 패스워드를 어떻게 알고 있었을까. 생모에 대한 이야기를 꺼낼 때마다 침묵하던 M. "위로의 필요성을 느끼면서도 그 무엇도 위로해줄 수 없는 자신의 무력함을 인정해야 했던 그 순간의 영원성을 M은 어떤 방식으로 견디고 있었을까." M은 앞집 소년에게도 그러지 않았을까. 패스워드를 알아내 소년을 도우면서도 그 '무력함'은 사라지지 않았을 테다. 그러나 패스워드를 둘러싼 이 희미한 연대를 기억하게 된다면 '나'는 살아갈 수 있을지도 모른다. 소설은 생모의 등장으로 끝나는데, 그러지 않았다 하더라도 '나'에게 여섯 자리 '패스워드' 하나가 주어진 것은 분명한 사실이니 말이다.

그러나 그렇게라도 '패스워드'를 손에 쥐는 경우는 그나마 나은지도 모른다. 초등학생 시절 겪었던 참혹한 짓밟힘과 폭력의 기억 탓에 "열네 살 이후 품었던 단 하나의 열망은 꿈도 없고 눈물도 없는 숙면뿐"인 「유리」의 화자를 생각해보자. 도망쳐 달려나온 세상마저 서로를 속이고 짓이기는 환멸 그 자체일 때 출구는 어디 있는가. 사실 '패스워드'라는 게 영원히 반복되는 듯한 환멸의 굴레를 잠시 잊게 만드는 자기연민의 환각일 수도 있다. "그저 주어진 시간을 견딜 수 없어 여기까지 온 것임을, 이제 남은 것은 스스로를 향한 모멸뿐이란 것도 그녀는 확연하게 깨닫게 될 것이다. 조금만, 아주 조금만 더 기다렸다가 그녀는 울 생각이다." 그녀는 더이상 내려갈 데 없는 자기모멸의 바닥에서 어린 시절 폭력이 자행되었던 운동장 뒤편 소각장으로 간다. 소녀는 그때 그 아이들을 향해 벽돌을 휘둘렀던가. "자신이 깨지지 않으려면 상대를 깨뜨려야 하는 유리 도시"에서 깨어지면 한낱 광물 조각이 되는 그 '유리'의 세상을 향해. 성인이 되어 다시 돌아간 그 자리에서 그녀는 그 유리의 세상을 가루가 될 때까지 부순다. 그러나 정작 그녀가 부수어야 할 대상은 '어린 그녀'다. 그래야만 그 견딜 수 없는 장면은 완벽하게 지워질 수 있을 테니 말이다. 그러나 그녀가 휘두른 벽돌은 소녀의 머리를 비껴가고 '투명한 귀 한쪽'만 바닥에 떨어진다. 이 실패는 '완벽한 망각의 불가능'을 입증하는 것인가. 그런데 떨어진 '귀'는 무언가? 그 귀는 심장박동 소리를 하나하나 새길 수밖에 없던 그날 그 자리에서 소녀의 짓눌린 가슴의 절규가 들어주는 이 없는 세상을 향해 간절히 찾던 '수신의 자리', 그 좌절의 흔적일까. 유리로 된 세상은 부서져야 한다. 거기에 봉합의 가능성은 없다. 여자아이의 흐느낌과 울부짖음만 남은 세상. 어서 빨리 빠져나가 어딘가에 전화를 걸고 싶지만 "입구도 출구도 없는 밀폐된 유리알 속 같"은 곳. 그러나 '투명한 귀 한쪽'은 남아 있다. 왠지 이 귀는 낯익다. 『로기완을 만났다』에서 수술중 오른쪽 귀를 잃은 윤주에 대해 자책하던 소설 화자 '나'는 '로기완'이란 탈북 청년의 아픔을 따라가는 과정에서 윤주의 잃어버린 귀를 세상의 슬픔을 듣는 자신의 귀로 보존하겠다는 환각의 결의를 다지지 않았던가. 아무런 '패스워드'도 보이지 않는 「유리」의 세상에서 소각장 바닥에 떨어진 '투명한 귀 한쪽'은 소설의 서사에 통합되길 거부한 채 남아 있다. 다만 이렇게는 되어 있다. "맥없이 바닥에 떨어진 여자아이의 투명한 귀 한쪽을 그녀는 눈이 아프도록 노려본다"고.

그러고 보면 조해진의 소설이 눈이 아프도록 노려보아야 할 곳은 아직도 많다. '통곡의 의자'를 마련해놓고 죄의 고백을 강요하는 세상(「목요일에 만나요」). 그런 세상에서 사람들은 만들어진 죄를 고백하고, 가짜의 방식으로 위로받는지도 모른다. 죄의 목록을 추가하는 자기처벌은 넘쳐나지만 그것은 자기기만이나 자기연민에 불과할 수 있다. 차량 전복 사고 후 뇌사 상태에 빠진 어머니에 대한 자책으로 사라져버린 동생 K는 '통곡의 의자'에서 내려와야 한다. K의 이름으로 자신에게 엽서를 보내고 있는 '여자'는 마지막 다섯번째 엽서의 문장을 준비해두고 있다. "너의 잘못이 아니야." 그러나 다소간 예상할 수 있는 진행을 보이는 이 소설에서 죄를 만드는 자기처벌의 테마보다 「유리」의 '투명한 귀 한쪽'처럼 읽는 이를 낯설게 공명시키는 작가 특유의 에두름은 따로 있다. 목요일 저녁의 농구 게임은 남매의 오랜 습관이었다. 농구공을 사들고 혼자 찾은 운동장에서 여자는 스탠드 구석에서 울고 있는 새끼 고양이를 본다. 어머니의 인공호흡기를 제거하지 않겠다는 결정을 의사에게 통보한 뒤, 여자는 목요일이 아직 끝나지 않았다는 사실을 깨닫고 동생 K와 쓰던 낡은 농구공을 집어들고 다시 학교 운동장으로 간다. 연갈색 새끼 고양이는 여전히 거기 있었다. 아까와 달리 손을 뻗자 다가와 안긴 고양이는 "내장을 감싸고 있는 작은 뼈가 손가락 끝으로 느껴질 만큼 굶주린" 상태였다. 고양이의 울음은, "여자가 해석할 수 없는, 여린 분홍빛의 언어였다."

아마도 조해진 소설은 앞으로도 더 많이 이런 "해석할 수 없는" 울음이나 언어와 마주해야 하리라. 그 해석할 수 없는 것들은, 사고 순간 K가 품었을 어떤 희망에 대해 "진실에 눈멀게 하고 하고 이성적인 사고를 불허한 그 부질없는 위로의 순간을 여자는 영원히 용서하지 못할 것 같다는 생각이 들었다"고 단호하게 말하는 것보다 조금은 낮은 자리에서 세상의 슬픔이나 아픔으로 조해진 소설을 스며들게 할 것이다. 그리고 그것이 조해진 소설이 특별한 간절함 속에 이르고자 하는 타자로의 열림, 그 불가능해 보이는 개시의 순간들을 '이보나'의 '느릅나무' 책상에 새겨줄 것이다. '이보나'와 추는 춤은 늘 그 막막한 헤어짐의 자리에서 다시 시작되어야 할 테다. 「영원의 달리기」의 마지막에는 마치 작가의 마음처럼 보이는 문장이 놓여 있다. "내 사랑은 늘 시작된 순간 끝났다는 것을 상기하며 나는 한 발 한 발 느리게, 아니 온 힘을 다해 빠르게 내딛기 시작한다. 나를 증명할 수 있는 것은 오직 하나, 달리기뿐이다." 그런데 비상을 위해 날개를 퍼덕이다 끝내 얼음에 결박된 하얀 새의 이미지로 남은 J는 보급소 방의 그 얼룩진 벽지 위에 뭐라고 쓴 것일까. "이응이 점처럼 작고 모음이 길쭉한 글씨체로" 말이다. 그 얼어붙은 글들이 이제 조금씩 녹아 풀리고 있다.

| 수록 작품 발표 지면 |

PASSWORD …… 『세계의 문학』 2008년 여름호

북쪽 도시에 갔었어 …… 『창작과비평』 2008년 겨울호

목요일에 만나요 …… 『문학사상』 2009년 9월호

이보나와 춤을 추었다 …… 『문학사상』 2011년 1월호

영원의 달리기 …… 『현대문학』 2011년 7월호

유리 …… 『문학과사회』 2011년 겨울호

밤의 한가운데서…… 『문예중앙』 2012년 여름호

새의 종말 …… 『현대문학』 2009년 7월호

홍의 부고 …… 『창작과비평』 2012년 가을호

문학동네 소설집
목요일에 만나요

초판인쇄 2014년 2월 24일
초판발행 2014년 3월 3일

지은이 조해진
펴낸이 강병선
책임편집 김필균 | 편집 강윤정
디자인 김선미 유현아 | 마케팅 정민호 나해진 이동엽
온라인마케팅 김희숙 김상만 한수진 이천희
제작 강신은 김동욱 임현식 | 제작처 영신사

펴낸곳 (주)문학동네
출판등록 1993년 10월 22일 제406-2003-000045호
주소 413-120 경기도 파주시 회동길 210
전자우편 editor@munhak.com | 대표전화 031) 955-8888 | 팩스 031) 955-8855
문의전화 031) 955-3576(마케팅) 031) 955-2663(편집)
문학동네카페 http://cafe.naver.com/mhdn | 트위터 @munhakdongne

ISBN 978-89-546-2416-9 03810
* 지은이는 대산문화재단의 '2010년 대산창작기금'을 수혜하였습니다.

* 이 도서의 국립중앙도서관 출판시도서목록(CIP)은 서지정보유통지원시스템 홈페이지(http://seoji.nl.go.kr)와 국가자료공동목록시스템(http://www.nl.go.kr/kolisnet)에서 이용하실 수 있습니다.(CIP 제어번호 : 2014004991)

www.munhak.com